우정 도둑

우정 도둑

삶의 궤도를 넓혀준 글, 고독, 연결의 기록

유지혜 산문집

We steal from each other

놀

몇 해 전 길에서 고양이를 주웠다. 그는 원래 도둑고양이였다. 나는 길고양이라는 말보다 도둑고양이라는 말이 좋다. 장소가 아닌 행위가 그를 설명한다는 사실이 마음에 든다. 고양이는 집에서도 도둑으로 살던 본성을 버리지 못한다. 뭔가를 훔친 것처럼 필사적으로 뛴다. 박진감 넘치는 뜀박질로 실내를 거리로 바꾸며. 새침한 뒷모습에 인간이 탐낼 수 없는 위엄이 있다. 그동안 어떻게 살았니? 주로 뭘 훔쳤어? 나는 질투하며 고양이에게 자꾸 말을 건다. 그러면 그는, 안 훔치고 어떻게 사니? 내게 대꾸하는 듯하다.

나도 한때 도둑이었던 적이 있다. 초등학생 때 몇 번의 도둑질을 했다. 그때 내가 훔친 건 학용품이었다. 샤프, 지우개, 다이어리. 그런 걸 호주머니에 몰래 넣고는 상가 밖으로 뛰쳐나가곤 했다. 그런데 내가 훔쳤던 건 정말 샤프, 지우개, 다이어리였을까? 물건은 욕망의 은유였다. 스스로를 평범하지 못하다고 생각했던 나는 평범한 아이가 되고 싶다는 바람을 훔친 거였다. 도둑은 자신의 결핍을 훔치고 달아난다. 드라마틱한 인생역전을 꿈꾸며. 부리나케 쓸어 담는 것들은 도둑에게 없는 것들이다. 그러니까 도둑은, 자신에게 없는 것과 그 부재를 메꾸려는 욕망으로 정의되는 누군가다.

어른이 되고 나니 다시 욕심이 생겼다. 내게 이미 있는 것을 아끼고 길러내는 걸로는 삶이 잘 안 됐다. 제일 귀한 걸 훔치고 싶어졌다. 헛헛함을 채우고 인생을 바꿔버릴 무언가를. 훔치기엔, 사랑보다 우정이 나았다. 우정은 사랑보다 훨씬 오래가며, 때때로 영원하기 때문이다. 우정은 투명한 사랑이다. 우정은 일순간 가치가 폭락하는 사랑과는 달리 차근차근 가치가 쌓인다. 우정은 차라리 비밀에 가깝다. 다이아몬드나 우정을 훔친 이는 티 나지 않게 조심하며 보물을 지켜낸다.

책을 쓰는 건 도둑질에 가깝다. 작가들은 자기가 훔친 걸 뻔뻔하고 근사하게 공개하는 부류다. 조앤 디디온이 작가는 끊임없이 누군가를 팔아넘긴다고 쓴 것처럼. 여기 내가 훔친 것들이 있어요. 이제 전혀 다른 삶을 살게 될 거라 예감해도 될까요? 알고 보니 우정이 값이 좀 나가던데요……. 내 여행가방 안에서 글들이 우수수 쏟아진다. 여름, 시, 과거, 거리, 고독 그 모든 것이. 모든 것이 나와 대화한다. 모든 것이 나의 친구다. 그것들은 우정이 아니라는 진부한 오해를 견뎌내며 집요하게 반짝이고 있다.

그걸 발견한 이는 도둑질을 고발하거나 도둑과 함께 도망치거나, 둘 중 하나를 선택해야 한다. 그러나 이미 독자는 훔친 이야기를 팔아넘긴 작가의 공범이다. 그들은 반짝이는 눈으로 나와 몰래 접선한다. 우리는 각자의 바깥에서 서로를 만난다. 마치 친구처럼. 친구가 된 이가 속삭인다. 당신에게 없는 것이 내게 있어요. 이걸 드릴 테니, 당신은 내게 없는 걸 주실래요?

그렇게 우정이 시작된다. 자신에게 없는 것을 서로에게서 몰래 훔치며. 당신에게 없는 것으로 인해 당신은 완벽해진다.

당신은 우정 도둑이다.

차례

1. 고독과 산책

2. 대화와 새벽

3. 네가 되는 꿈

1.
고독과 산책

초조하게 제 속으로 움츠렸던 본질도
모두의 눈에 띄게 명료히 힘입고
한 번도 노래에 들어가지 못한 것들이
주저하며 내 노래 안으로 걸어 들어온다.
   -라이너 마리아 릴케, 「나날 속에 굶주리는」[*]

* 『라이너 마리아 릴케 시집』, 윤동주 100년 포럼, 스타북스.

대체로 답장이 늦는 연인

봄이 없을 때 나는 봄을 가장 많이 생각했다.

책에 써두었던 문장이다. 비스와바 쉼보르스카는 같은 말을 다르게 썼다. 그리워하기 위해서는 멀리 있어야 한다고.* 부재는 존재를 증명하고 상실을 통해 사랑의 소유를 실감하게 한다. 매일 여름인 곳에서는 진정한 여름을 느끼기 어렵다. 추위가 없다면 따뜻함도 느낄 수 없다. 이별이 없다면 사랑도 없다. 끝이 없다면 시

---

* "어쨌든 나는 돌아가야만 한다. 내 시의 유일한 자양분은 그리움. 그리워하려면 멀리 있어야 하므로."(『충분하다』, 비스와바 쉼보르스카, 최성은, 문학과지성사).

작도 없다. 사라짐이 없다면 존재도 없다. 거리가 없다면 가까워짐도 없다. 이 때문에 부재를 예측한 문장은 한층 더 입체적이다. 빛과 소금의 노래 제목 「내 곁에서 떠나가지 말아요」가 내 마음처럼 들리는 이유도 그 때문일 것이다. 내 곁에 있어 달라는 말이 아니라 떠나가지 말라는 말로 표현하는 사랑. 네가 없는 세상을 미리 그려보고, 그 세상의 허무함을 미리 깨달아 더 충실히 붙잡아 놓는 사랑. 부재를 상상할 수 있는 사람만이 존재를 감사할 수 있다. 사랑하는 일에는 부재를 끌어안을 상상력과 용기가 필요하다.

이러한 이유 때문에 나는 문자를 선호한다. 문자는 더 열심히 부재하기 때문이다. 노란색 메신저에는 문자보다 더 많은 정보가 전시된다. 상태 메시지가 없음 또한 하나의 메시지고, 프로필 사진이 없음 또한 그 나름대로의 의미를 전달하고 있다. 하지만 문자는 여분의 정보를 제공하지 않는다. 프로필 사진도, 그 옆의 작은 문구도, 읽음 여부도 확인할 수 없다. 나는 정말 궁금한 사람과는 문자로만 연락한다. 애타는 마음을 한 번 더 확인하기 위해.

부재를 사랑하기까지 일련의 과정이 있었다. 많은 이들이 그랬겠지만, 어린 날의 연애에는 부재가 부재했다. 하루 종일 붙어 있는 건 젊은 사랑의 타당한 자랑거리였다. 부재, 존재 어쩌고 하는 말은 그저 어른들의 철학에 불과할 뿐, 어리고 열렬한 사랑에는 아무런 도움도 되지 않았다. 하루 종일 그 애 얼굴이 일상의 순간에 겹쳐 보였던 스무 살의 나한테는 적용되지 않는 멋있는 헛소리. 그 애와 떨어져 있을 때 초조했다. 상대에게 언제나 내 앞에 존재할 것을 요구했다. 나의 시간을 잃을 테니 네 시간도 기꺼이 나를 위해 잃어줘. 그게 진짜 사랑 아니야? 강요는 나의 연애편지이자 사랑의 증거라고 생각했었다.

하이쿠의 한 구절처럼 "나만 바라보는 남자의 한심함을 알면서도 나는 자꾸 너한테 그것을 바랐다."* 할 일 없는 학생들의 미련한 로맨스. 내가 아직 아무것도 아니라는 사실이 버거워서, 나만큼이나 아무것도 아닌 너와 내가 만나 치기 어린 사랑이라도 만들어낼 수 있을까 봐, 나는 집착했었다. 담백한 믿음을 연료로 작동되어야 탈이 없는 진정한 부재는 전혀 담백하지 못했던 내 마음 탓에 궁색하게 덜거덕거렸다. 혼자 있는 시간은 기다리는 시간이었다. 그렇게 모든 재회가 간절했고, 만나는 시간은 낭비된 하루를 만회하는 용도로 채워지다 점점 싱거워졌다.

스물하나. 나는 그 애의 잦은 부재를 견디기 위해 어디로든 도망쳐야 했다. 그리고 그 도피가 나를 책으로 이끌었다. 여느 날처럼 도주하던 중 우연히 이 시를 만났다.

당신의 부재가 나를 관통하였다.
마치 바늘을 통과하는 실처럼.

* 『샐러드 기념일』, 타와라 마치, 신현정, 새움.

내가 하는 모든 일이

그 실 색깔로 꿰매어진다.

　-윌리엄 스탠리 머윈, 「이별」

　시 제목을 이별에서 사랑으로 바꿀 수도 있을까. 그래도 말이
될까. 시간의 틈이 벌어진 우리 사이도 아직 진행 중인 사랑으로
불릴 수 있을까. 대학생이었던 나는 사랑도 이별도 제대로 해본
적이 없었다. 그래도 그 시를 알고 외우게 된 이후, 실 색깔로 꿰매
어지는 그 휴전의 시간을 이해하게 되었다. 시는 내가 그 시를 떠
올리지 않을 때마저 내 속을 보란 듯 휘젓고 다녔고 그건 그 애도
마찬가지였다. 성숙한 사랑의 연습, 혹은 단련, 혹은 시인이 쓴 것
처럼 무력하지만 달콤한 바느질. 없음이 물어다 주는, 더 큰 있음
의 기쁨을 알 수 있을 때까지 나는 그 시를 반복해 읽었다. 마침내
이별했을 때 나는 그 애를 훨씬 더 많이 사랑하고 있었다.

　나이가 들며 어느새 나는 점점 사라지는 쪽이 됐다. 일이 중
요해지면서 외려 누군가를 기다리게 했고 대체로 답이 늦는 애인
이 됐다. 성장이라는 고속도로를 달리려면 부재, 다른 말로는 고독
이라는 통행 요금이 필요했다. 사라지지 않으면 글을 쓸 수 없었
다. 달리고 있을 때는 전화도 문자도 위험했다. 간간이 휴게소에
들러서 짧은 연락을 남길 수 있었을 뿐. 목적지는 분명 찍혀 있었

지만 그곳이 성공일지 사랑일지 확신할 수는 없는 시기였다.

기다리는 사람에서 기다리게 하는 사람으로. 이기적이지만 나는 그렇게 변했다. 매일 연락하고 비슷비슷한 나를 만날래, 아니면 유령처럼 사라졌다가 돌연 성장해서 나타난 내게 달라진 사랑을 받을래. 묻고 싶었다. 무엇이 더 나은지는 알 수 없었다. 적어도 그때의 나에게는 그런 사랑이 필요했었다. 기다리기만 했던 그 학생은 낯설고 외롭고 고통스러웠다. 나는 그때 덜 중요한 사람이었나. 혹은 사랑만 할 줄 아는 사람이었나. 그래서 사랑 밖의 모든 것이 무척이나 심심했었나. 나의 무료함을 사랑으로 가장해 너에게 매달렸었나. 뒤늦게 몇몇 이별에 나의 책임도 있었다는 것을 깨달았다.

연인과 부재에 대한 오해를 쌓으며, 서운함을 주고받으며 생각했다. 친구 같은 사랑이 이 모든 사랑의 끝이기를 바란다고. 당연한 듯 서로를 원해도 그 사이 자리한 기다림이 비참해지지 않는 사랑. 어릴 때 좋아했던 노래 가사처럼-Part-time lover, Full-time friend-파트 타임으로 애인, 풀타임으로 친구인 사이는 내가 생각하는 가장 이상적인 관계의 모양이다. 그 사랑이 뜨겁지 않다는 것은 흔한 오해일 것이다. 미지근해 보이는 그 사랑은 사실 낮은 온도로 가장 오래 끓을지도 모르는 일이다. 닮고 싶은 연인들은 죽고 못 사는 애인이라기보다 친구에 가까워 보였다. 닦달했던 연애 초반은 반드시 존재했겠지만 다음 단계인 친구 같은 애인으로 발전한 것처럼 보였다.

서로가 없는 자리에서도 서로를 생각하지만 굳이 설명할 필요는 없는. 각자의 고독을 이해하기에 연락이 뜸해도 불안해하지 않는 관계. 그 고독이 결국은 너를 위한 일이 되는. 함께 있을 때는 애인으로서의 부분이 전체가 되는. 아름다운 안심은 두 사람이 온전히 각자 존재할 때 태어났다. 연인이 있어도 여전히 나로 존재할 수 있게 하는 사랑. 때에 따라 친구였다가, 애인이었다가 하는 변형 가능한 유연한 사랑. 그 믿음은 활활 타지는 않았지만 결코 꺼지는 일이 없었다. 바람이 통하는 사이. 그 바람의 선선함은 영원을 뜻했다.

서로 열심히 사라지고 그럼에도 불구하고 그 사라짐을 이해하기로 했다. 대신 만나는 날에는 모든 것을 잊고 너랑만 같이 있는, 어설프게 연락을 이어가거나 만나서도 그 자리에 없는 다른 사람에게 존재를 나눠주는 짓은 하지 않는, 대신 매일 커가는 관계. 나는 그래야 마음이 깊어져도 나를 잃지 않을 것 같다고, 나를 잃지 않음으로써 너를 더 건강하게 사랑할 수 있을 거라고 말했다. 파렴치해 보일 수 있는 부재의 선포. 하지만 그것은 성실한 사랑의 선포이기도 했다.

한 달 전쯤 좋아하는 책의 번역가 선생님을 뵌 적이 있다. 선생님은 우리의 지난 연락을 언급하셨다.

우정 도둑

"문자가 늦게 와서……. 나와 비슷한 사람이라고 생각했어요. 그래서 오히려 편했어요."

선생님과 내가 사귀는 사이였다면 이야기가 달랐을지 모른다. 앞서 늘어놓은 구구절절한 설명에도 불구하고 애인의 연락에 애가 타지 않는다면 거짓말일 거다. 하지만 이제는 애달픈 마음에 앞서 지켜내야 할 내 시간, 내 일이 중요해졌다. 쓸쓸한 고백이다. 이제는 사랑하는 사람과 보내는 시간만큼이나 나 자신과 보내는 시간을 중요하게 여길 줄 안다. 그 시간이 만들어낼 새로운 나만큼, 비슷한 종류의 시간을 보내고 돌아올 그 사람을 기대한다. 종종 일시적인 부재를 만들어내는 사람이 언제나 연락이 닿는 사람보다 끌린다. 그의 치열한 고독을 생각하면 기다림이 즐겁다. 그런 사람은 나와 만났을 때에는 다른 이와의 연락을 까먹을 것이다. 나랑 있을 땐 핸드폰 하지 마. 이런 말 굳이 안 해도.

그런 사람은 어쩐지 자주 사라지는 못된 나를 잘 기다려줄 것 같고 그런 기다림이 쌓여 우리는 만날 때마다 다른 사람들, 다른 세계, 다른 시간을 잊을 것이다. 분리되지 않는 사랑은 그렇게 만들어질 것이다. 그런 사랑이 다 만들어진 뒤에 그 세계 안에서, 뒤늦게 애달프던 마음을 허물어보는 것도 좋을 것이다. 그 정도의 무너짐은 이 사랑 안에서는 티도 안 날 거다. 앞면과 뒷면, 빛과 그림자, 침묵과 수다, 처음과 끝, 떨림과 권태, 납치와 방치, 벗음과 숨김, 키스와 서운함이 공존하는, 긴 나날들이 만든 촘촘함 속에

너도 나도 길을 잃어버리는, 우리로서만 걷는 세계. 그리고 그 안에서 우리 발에 채이는 낙엽 같은 무언가.

서로의 부재를 꿰맨, 실 자국 무성한 사랑 한 장.

고독은 아름다운 억울함

5월의 뉴욕 센트럴파크, 호수가 내려다보이는 바위 위에 띄엄띄엄 사람들이 앉아 있었다. 관광객으로 보이는 멕시코 남자는 애인으로 보이는 여자의 사진을 무척 열심히 찍어주고 있었다. 마찬가지로 관광객인 나도 그들 옆에 서 있었다. 두리번거리다가 한 구석에 쓰레기가 흩어져 있는 것을 보았다. 핫도그와 감자튀김 잔여물도 있었지만 가장 부피가 큰 건 한국 음식이 담긴 일회용 플라스틱 통. 사람들이 버리고 간 것이다. 나는 굴러다니던 봉지 하나를 주워 그 안에 쓰레기를 주워 담았다. 쓰레기 더미를 곁에 내려두고 자리를 잡고 앉아 포장해 온 버거를 먹기 시작했을 때 누군가 어깨를 톡톡 쳤다. 젊은 흑인 남자였다. 네가 아까 한 일 봤어, 쿨하더라. 멋진 행동이라고 생각해, 그러니 이건 내가 가는 길에 버려줄게. 나는 낯이 뜨겁고 어리둥절했다. 어, 어, 별거 아냐, 나야 고맙지. 이렇게 도덕적인 오후라니. 뿌듯한 당황스러움이 엄습했다.

　며칠 뒤 문득 놀라운 일이 생겼다. 익명의 누군가가 최근에 내가 올린 한 사진 아래 댓글을 단 것이었다. "그때 그 공원에서 앞쪽에 앉은 신혼부부였는데 혼자 쓰레기 치우시는 걸 봤어요. 혼자만 알 수 없어 이 미담을 널리널리 알립니다." 그때 주위에 있던 사람들을 기억으로 더듬어 보았다. 다들 각자만의 시간에 빠져 있어서 서로의 인기척을 거의 느낄 수 없었던 것을 기억해 냈다. 혼자만의 일에 타인의 곁눈질이 대신 윤곽을 그려줄 때가 있다. 우리가 평소에는 결코 실천하지 않았던 일을 했음을 가끔 누군가 증명해 주는 것이다. 그건 너무나 전형적인 '미담'다워서 나는 내가 아닌 다른 사람이 된 것 같은 기분에 휩싸였다. 선생님 말씀을 잘 듣는 초등학생이 된 기분이었달까. 길가에 쓰레기가 보이면 주워라, 횡단보도는 손을 들고 좌우를 살피며 건너라, 화장실 사용은 깨끗하게. 나는 사실 쓰레기를 주운 횟수보다 거리에 침을 뱉은 횟수가 훨씬 많고, 쓰러지기 일보 직전인 쓰레기 더미에 다 먹은 스타벅스 플라스틱 컵을 살포시 얹어놓았던 경험도 셀 수 없이 많은데. 좋은 일은 단 한 번 했는데, 하필이면 그걸 들킨 기분이었다.

그날, 아름다운 운치를 해치는 쓰레기 더미 앞에서 일말의 영웅심이 발동했던 것일까, 아니면 나는 정말 아무도 보지 않을 때 더 아름다운 사람이었나?

　나도 모르게 미담이 형성된 그 달, 한 낯선 남자를 만났다. 그는 혼자 춤을 추고 있는 내게로 다가와 "나 너 춤추는 거 봤어"라고 말했고, 한 달이 지나고 나는 그에게 "그때 나를 알아봐 줘서 고마워"라고 했다. 우리는 연인 비슷한 것이 되어갔다. 여느 젊은 연인들이 흔히 그러하듯 우리는 시도 때도 없이 그날의 첫 만남을 상기하는 일을 좋아했다. "나는 네가 그 바에 있는 줄도 몰랐어!"라는 말은 해도 해도 질리지가 않았다. 그 말에 숨은 의아하고 신기한 기분과 함께. 그가 내게 온 것은 내가 그를 전혀 의식하지 못하고 혼자만의 시간에 푹 빠져 있었기 때문일지 모른다. 내가 그를 꼬드기려 작정하고 춤을 춰 보였다면 그는 나를 어깨를 부딪치는 수많은 사람들과 구별해 내지 못했을 가능성이 높다. 어쩌면 우리는 혼자 있을 때에 가장 어여쁘다. 혼자 있을 때, 상대를 의식하지 않을 때 최대치의 매력과 실천을 발산할 수 있는 것이다.

　그러나 혼자 있는 시간이 누군가의 눈길을 끌 만큼 매번 매력적인 것은 아니다. 오히려 우리는 자신이 얼마나 한심하고 더럽고 게으르고 이기적인 사람인지 확인한다. 혼자 있는 시간에는 좋은 일을 할 수 있는 만큼 후진 일도 할 수 있기 때문이다. 전혀 도덕적이지도 않고 호감을 살 만큼 사회적이지도 않은, 스스로 생각하기에도 불편한 일을 저지르며 그것을 비밀로 부치기도 한다. 나는 알고 있다. 나의 모든 생각을, 비난받을 만한 나쁜 공상을, 무수한 욕망을, 무시무시한 이기심과 유혹에 곧장 져버리는 나약함과 끊임없이 과거를 배회하는 미련을. 내가 나를 안다. 나는 나의 유일한 공범이다.

모든 순간이 나와 공유된다. 하지만 혼자 있는 모든 순간을 고독이라고 칭할 수는 없다. 고독은 그 순간들 사이에서 건져진, 나를 의식하면서 반드시 품위를 유지하는 자발적인 홀로서기다. 고독은 오직 나 자신에게 잘 보여야 하는 게임이다. 관객은 없다. 관객이 존재한다면 그것은 오직 나를 바라보는 나 자신이다. 내가 나를 염두하며 하는 모든 행동은 일종의 연기다. 연기는 어감상 가식적인 인상을 주지만, 관객이 없을 때에는 다른 의미를 지닌다. 1인 연극은 우리에게 보는 사람 없이도 진실될 기회를 준다. 고독이라는 이름의 극작품을 연기하는 배우로서의 나와 관객으로서의 나는 단 한 명으로 이루어진, 그 사건을 유일하게 기억하는 공범이자 목격자다.

나는 알고 있다. 새벽 1시 23분, 쓰레기를 줍는 걸 들키거나 춤으로 이성을 유혹하는 나와는 달리 나는 안 씻었고, 초췌하고, 소파에 누워 이틀 만에 넷플릭스 16부작 시리즈를 다 볼 만큼 쓸데없이 적극적이다. 이때 연기를 시작할지 말지 끊임없이 고민하게 된다. 거의 고민하는 데만 두 시간이 걸린다. 온갖 핑계를 대며 무대에 오르는 것을 망설인다. 간단한 세수는 분칠이고 물 한 잔은 탈복이고 최근 읽은 책을 전부 꺼내는 일은 소품 설치다. 그 새벽 오래도록 다시 아무도 봐주지 않는 무대에 오른다. 정신없이 연기하다 보면 아침이 되어 있다. 고칠 점이 많은 원고가 완성되고 그 길로 나는 오늘 분량의 연기를 마친다.

나는 책을 읽는다. 그것 또한 연기다. 책을 읽기 싫은 날에도 일단 앉아서 책을 읽는 척 연기한다. 그러다 보면 한 구절이 눈에 들어온다. 그리고 다음 구절 그리고 또 다음. 맞춰놓았던 타이머를 30분 추가하고, 또 추가하고. 그렇게 책 한 권을 앉은자리에서 다 읽을 수 있다고 하면 그건 또 거짓말인데 일단 거짓말을 뱉어놓고 또 연기한다. 개인적인 시간을 어떻게 보내는지 다른 사람에게 거짓말할 수는 있어도, 스스로와 대면하고 있는 상황에서는 불가능하기 때문에. 의식 속에 만든 나의 고독이 나의 무의식을 지배한다. 그것은 습관이 되고 그다음엔 기질이 된다. 고독은 누적된다. 고독은 자기 자신과 성실히 잘 연락을 주고받으며 지내는 자신감과 연결된다. 풍성한 고독은 내면을 성장시킨다. 온갖 칭찬과 비난, 평가받는 일에 젖어 있는 우리를 건져 올린다. 세탁하고 건조한다.

이런 고독에 능숙해지면 자신감이 붙는다. 걷는다. 홀로. 노래를 크게 들으며 거리를 걷고 있으면 나는 꼭 그 일을 하기 위해 세상에 태어난 것 같은 기분이 든다. 누군가와 함께 있을 때는 '행복해'라는 기분 좋은 부르짖음으로 이 무한한 감각을 축소시켜 버리기 때문에 나는 차라리 혼자이고 싶다. 시간의 진짜 주인은 고독이다. 잘 빚은 고독이 모든 떠들썩함 위에 군림한다. 나는 아무 말도 하지 않고 혼자 걷기만 한다. 아무것도 표현하지 않기 때문에 그때부터 다른 것들의 이름을 빌려 나의 시간을 채울 수 있다. 오, 나는 자의식에 기분 좋게 젖어 있고 그 자의식은 오직 관객 없는 온전한 시간 속에서 나를 긍정하게 하는 도구로써만 쓰인다. 하루 종일 걷고 아무 가게나 들어가서 샌드위치에 커피를 마시고, 또다시 나와서 걷고, 구경하고. 그렇게 여행이 채워진다. 호텔 방으로 돌아와 거울을 본다. 아무렇게나 질끈 묶은 머리는 어느 때보다 완벽하고 피부는 맑다. 누구라도 만나서 나를 보여주고 싶지만 오늘 이 아름다움은 비공개다. 억울하다. 다음 날 아침, 일어나서 똑같은 머리 스타일을 하려고 해도 잘 되지 않는다. 약속이 잡힌다. 이상하게 입고 나간다. 공을 들인 것이 실수다. 억울하다. 혼자 있을 때 난 더 예쁜데. 똑같이 혼자 거리를 걷고, 지쳐서 집에 돌아오면 얼굴이 뽀얗다. 그런 과정의 반복이다. 나만 아는 엉성한 시간 속에 고독이라는 사건이 쌓이면.

각자 혼자 있을 때의 우아함이 우연히 충돌하는 경우에 고독은 서로에 의해 발각된다. 서로의 역할은 고독과 그 아름다움을 아까워해 주는 것이다. 남의 고독을 훔쳐보던 소중한 추억이 있다. 이를테면 카페에 홀로 앉아 뭔가를 열심히 적는 여자, 하얀색 블라우스에 머리를 하나로 묶은 그 이름 모를 여자를 관찰한다. 곧 그의 친구가 도착하고 그들은 수다를 시작한다. 그러면 침묵 속에 잠겨 말이 아닌 오직 행동으로 신비한 미美를 발산하던 그이가 이전에 갖고 있던 침묵의 아우라가 왠지 옅어지는 것을 본다. 나는 후회한다. 그 전에 가서 말을 걸었어야 했는데.

앞모습이 유행하는 세계에서 고독은 인기가 없다. 고독은 묵살된다. 혹은 존재가치를 부정당한다. 나는 언젠가 한 대화를 엿들은 적이 있다. "○○ 배우가 공항에서 든 가방, 대박 났대. 품절돼서 구할 수도 없대. 나도 가방이나 만들어볼까? 그 가방 진짜 별거 없어 보이던데……" 상대편은 대답한다. "야, 그 사람이 ○○만을 위해서 그 가방을 만들었겠어? 그냥 열심히 하다 보니까 그런 운도 따라줬던 거 아닐까. 보이는 결과만으로 그 사람의 안 보이는 노력이 없어지는 것은 아니야. 그 대박 난 가방을 만들기 전 만들어진 수많은 다른 가방을 떠올려봐."

고독은 하나의 과정이다. 모든 결과는 과정보다는 더 대중적이고 선명한 조명이 비친다. 조명이 비춰졌을 때 과정이 빈약하면 부끄러운 결과가 나온다. 듬성듬성 구멍이 난 고독이 모두에게 공개되는 것이다. 얼마나 충실했는지 제일 잘 아는 것은 본인이다.

충실했던 이는 가려져 있던 그 시간만큼 보상받는다. 성실한 고독의 역사를 여러 사람에게 들키는 것을 우리는 성공이라 부르기도 한다. 결국 우리에게는 더 많은 기다림, 더 많은 비밀이 필요하다. 판단은 쉽고 기다림은 짧은 우리 시대에, 숨겨진 꾸준한 노력이란 얼마나 희귀한가. 조용히 겸손한 그 고독은 더없이 우아하다.

그러한 기억들은 자연스레 타인을 존중하는 구실로 쓰인다. 세상의 모든 이들이 저마다 비밀스러운 구석을 가지고 있을 것이며, 그것이 그들의 표면적인 내면 혹은 외면보다 훨씬 근사할 것이라는 믿음. 그 믿음 안에서 우리는 누군가의 과시를 혐오하지 않고 귀엽게 넘길 수 있다. 겉으로 드러나는 부분을 꾸며내도 결국 그가 혼자 있을 때 더욱 예쁠 것이라는 확신이 미움을 걷어내고 혐오를 해결한다. 다른 이의 혼자 있음을 상상할 수 있는 능력이 우리의 고독을 나란히 걸어가게 만든다. 서로의 고독을 격려한다. 우리는 누군가를 상상력 섞인 존경심으로 바라보게 될 것이다. 결국 모두가 자신의 가장 아름다운 모습을 숨기고 고독 속에서 더 매력적이고 정직할 테니.

고독은 아름다운 억울함이다. 우리의 내면은 의미심장한 상태를 유지하고, 우리의 가장 좋은 점은 결코 발설되지 않는다. 서로 끝내 알지 못할 미지의 세계, 그 안에서 우리는 몰래 아름답다. 공개된 곳은 당신의 아름다움을 결코 다 담지 못한다. 우리가 서로의 모르는 시간을 상상할 때 우리는 자랑하고 싶은 애초의 마음을 깨끗이 잊어버린다. 네 숨은 격정을 내가 끝내 몰라도, 책상 앞에 앉은 내 모습을 네가 영영 알아주지 않는다 해도. 전시되는 삶과 이별하고 고독을 연마하는 그대, 자기 안으로 걸어가는 이기심이 사실은 세상을 아름답게 만들고 있다는 비밀.

나는 시간을 보려고 이 시계를 산 게 아니다

그 시계를 만나기 위해서는 정신 사나운 몇 가지 우연들이 필요했다. 우선 런던 브릭레인 빈티지 숍에서 수염이 덥수룩한 한 중년 남자를 만나야 한다. 동대문 밀리오레처럼 여러 가게들이 한데 모여 있는 그곳을 혼자 구경하던 내게 그가 말을 걸었다. 『해리 포터』에 나오는 덤블도어를 닮은 아저씨였다. 그는 내 쇼핑백에 담긴 피셔맨 니트를 얼마에 샀냐고 묻더니 갑자기 이 의복의 유래에 대해 말하기 시작했다. 그건 원래 어부들이 배를 탈 때 입는 성긴 니트여서 그 어원을 살려 피셔맨이라고 부르지, 재밌는 건 패턴에 따라 만들어진 지역을 구분할 수 있다는 거야, 스코틀랜드랑

이쪽 영국 거랑 짜임새가 다르거든…….

나는 그가 파는 옷들이 궁금해 그의 뒤를 힐끗거렸다. 그가 서 있는 가게의 배경이 난감할 정도로 화려했다. 가게 되게 좋다. 내가 말하니 슥 웃으며 그가 말한다. 여기 내 가게 아니야, 친구 거야. 그 순간 강력한 비주얼의 남자가 등장했다. 가게 주인이었다. 어부가 아니라 해적 같은 남자. 「캐리비안의 해적」에 나오는 잭 스패로를 똑 닮은. 나는 당신 잭 스패로 같아! 라는 말을 꾹꾹 참으며 그의 옷차림을 훑었다. 왜냐하면 개성 있는 사람들은 대부분 자기의 롤 모델을 들키고 싶어 하지 않으니까. 그는 이미 자신이 잭 스패로 그 자체 혹은 그 이상의 무언가라고 생각하고 있을 테니까. 선망하던 무언가를 본받아 자기만의 세계를 구축하고 그 안에서 충실히 살아가는 그에게서 빛이 나는 듯했다. 40대로 보이는 그가 만일 한국인이었다면 '아직도' 저러고 사네, 라는 핀잔을 들었을지 모른다. '아직도'가 아니라 '이제야' 찾은 삶일 텐데도.

빈티지숍은 그의 배였다. 그는 행동도 선장처럼 했다. 팔을 움직일 때마다 소매가 펄럭거렸다. 머리에는 글루건으로 붙어 있을 것만 같은 딱딱하고 챙이 넓은 페도라가, 눈가에는 단막극에 출연하는 배우처럼 짙은 검정색 아이라인이 그려져 있었다. 그의 가게를 정신없이 구경하고 있을 때 그가 스마트폰을 꺼냈다. 나는 조금 실망했다. 가슴팍에서 만년필을 꺼내 들 줄 알았는데, 못해도 종이신문이라도. 그는 최신 스마트폰에 뜬 뉴스 기사를 내게 보여주었다. 최근 발표된 코로나 정책을 보았냐며, 이렇게 가다간 세상이 망하겠다며, 친구들과 퇴근 후 펍에서 한잔하는 재미가 없다면 어떻게 인생이 인생이겠냐며, 여름엔 무작정 이탈리아나 파리로 떠나는 바캉스도 없어지게 생겼다며 푸념했다.

그와 열렬히 대화하는 와중에 덤블도어가 말을 걸어왔다. 아, 맞다. 잭 스패로와 이야기하는 동안 그를 완전히 잊고 있었다. 그는 이제 작업실로 돌아가야 한다고 했다. 그때 잭 스패로가 말한다. 나가는 길에 네가 애 마켓 데려다줘! 내가 말한다. 무슨 마켓? 그들은 입을 모아 말한다. 매주 목요일에만 열리는 빈티지 마켓이 코앞에 있어. 그러면서 그는 그 마켓은 새벽부터 열려 있었기 때문에 30분 뒤에 마감할 거라는 말을 덧붙였다. 그의 가게는 눈이 휘둥그레지게 멋진 옷들로 가득했기 때문에 나는 그의 취향을 믿고 곧장 덤블도어를 따라나섰다. 덤블도어는 서둘러 횡단보도까지 나를 데려다주고는 엄청나게 큰 짐 보따리를 이고 사라졌다.

그렇게 도착한 마켓에서 슬슬 물건을 정리하고 있는 상인들을 발견했을 때 나는 조급해졌다. 해가 지고 있었던 것이다. 천막들 사이를 쏘다니기 시작했다. 생각이 너무 많거나 무기력한 친구가 있다면 나는 마감하기 30분 전인 아무 상점으로 그를 데려갈 것이다. 한정된 시간 속에서 무언가 놓칠 수 있다는 생각을 하면, 끝없는 무력감에도 데드라인이 생긴다. 끝을 인식할 때 생기는 일말의 급한 용기. 시간이 없었다.

고서적과 헤링본 코트 더미, 태국 음식점을 지나 시계 좌판을 발견했다. 한 노인이 시계들을 지키고 있었다. 그것들은 한눈에 봐도 너무 낡아 보였다. 작동되지 않는 소품이겠지, 생각한 순간 상인은 돋보기를 건네왔다. 큰 시계 안에 들어 있는 초침으로 된 작은 시계를 한번 들여다보라고 했다. 지우개만 한 돋보기를 받아 들고 시계에 갖다 댔다. 초침이 움직이고 있었다. 한 번도 본 적 없는 몹시 작은 초침이 쉬지 않고 움직이고 있었다. 할아버지는 말했다. 소리도 들어봐. 귀를 갖다 대니 정말로 소리가 났다. 귀여운 근엄함으로 시간이 쌓이고 있었다. 저절로 숨죽이게 된 그 순간 내 입가에는 비밀스러운 미소가 번졌다. 귀 기울여 시간을 들어본 적이 처음이었기 때문이다. 흠뻑 빠져 있는 나를 보고 할아버지는 말을 이어갔다. 매일 밥을 줘야 해. 조심하면서 천천히 태엽을 돌려야 시간이 제대로 흘러. 이건 너랑 나보다도 오래된 시계니까. 전자제품 가까이에 두어서도, 물에 젖어서도 안 돼. 항상 '테이킹 케어'를 해줘야 해. 오래되고 소중한 거야. 똑같은 건 절대 구할 수 없어. 생소한 상품 설명이었다. 그의 말은 '시계'가 아니라 '시간'에 대한 설명으로 들렸다.

하루에 한 번 잊지 않고 태엽 감기, 애지중지 다루기. 낡은 시계는 내게 그것을 요구한다. 늘 성급하고 덤벙대는 나는 시간을 인식하고 감사하는 일에 익숙지 않았다. 허둥지둥 바쁘게 지내며 시간을 그냥 흘려보냈다. 열심히 살수록, 도리어 시간이 새어 나가는 듯했다. 이미 많은 시간을 낭비한 뒤, 중요한 순간이 들이닥쳤을 때 나는 시간을 착취했다. 몇 시간의 정성을 들여야 할 일을 몇 분 안에 해치우려 했다. 가치 없는 일에는 하루 종일을 기꺼이 내주었다. 바쁘게 산다는 착각 속에 빠져 시간이 아닌, 아이폰에 찍힌 '숫자'의 노예가 되었다. 하루 끝에는 이렇게 말했다. "벌써 하루 끝이야. 아무 것도 안 했는데……." 봄이 지나면 말했다. "벌써 여름이네." 12월 31일에는 단연 이런 말을. "시간이 너무 빨라서 무서워……."

'무섭다'는 조급함의 표현을 알리바이 삼아 나는 시간을 착취한 가해자면서 피해자인 척 불평한다. 습관적으로 뱉는 이 말은 마치 노스탤지어에 잠긴 노인의 쓸쓸함처럼 다 살아내지 못한 수많은 지금들을 반증한다. 나는 그런 식으로 불평해 왔다. 그러나 다들 알다시피, 시간은 누구에게나 공평하게 흘렀다.

그런 불평을 잠시 멈출 수 있어 떠나는 것을 좋아했다. 낯설고 반가운 '방해꾼'들이 내 시간을 주물러 다르게 만들었다. 여행은 집중을 위한 날들처럼 보이지만 사실은 방해받기 위한 날들이다. 그 방해가 생산적이라는 점만 다르다. 여행에서는 '시간이 빨리 가'라는 말이 유일하게 긍정적으로 사용된다. 자기반성적인 뉘앙스와는 달리 미소를 머금고 발설된다. 나만 아는 시간이 있었다

우정 도둑

는 듯이. 그곳에서 만난 방해꾼들은 나만의 것이라는 듯이. 그래서 여행 가서 뭐 했냐는 질문을 받으면 얼버무리게 되는 것이다. 아무리 잘 설명해도 이해받지 못할 거라는, 자부심인지 오만함인지 모를 말투로……. 떠나 있을 때 방해받던 그 시간들은 자신감이 된다. 여행은 수동적인 태도로도 시간을 다르게 쓸 수 있는 낯선 방법이다. 우연에 나를 떠맡기는 대신 그 우연들이 제공하는 방해꾼들을 상대하며, 나는 그들이 만드는 새로운 시간을 기념품으로 얻는다.

런던에서 우연히 만난 두 아저씨는 기대한 적 없는 방해꾼들이었다. 그들은 묻지도 않은 정보를 흘리며 산만하게 떠들었다. 꿈꾸던 시계를 사기 위해서는 진실된 시간이 상징하는 바를 몸소 겪어야 한다는 듯. 나는 그들과 이야기하는 동안 한껏 방해받으며 정신도 잃고 시간도 잊었다. 시간을 확인하는 일보다 더 중요한 일이 있었기 때문이다. 눈앞에 펼쳐진 가장 중요한 부산스러움. 그 흐름 안에 몸을 맡기다 정신을 차려보니 시계 앞에 도착해 있었다.

절친한 이와의 만남 앞에서 시계는 멎었다. 우리는 시간을 잊는 전문가였다. 자정에 시작한 수다는 눈물과 웃음에 방해받았다. 그때 갑자기 여름 해가 떠버렸다. 시간은 아마 일부러 그러는 듯했다. 권위를 잃은 게 분해서 속도를 높이는 식으로 심술을 부렸다. 정성을 다해 까먹은 딱 그만큼 시간은 달렸다. 시계를 보고 일출을 보는 게 순서일 테지만 우리는 반대로 했다. 원시시대의 사람들처럼 하늘을 보고 시간을 알았다. 우리는 벌써, 라는 말을 기쁜 놀라움을 섞어 반복했다. 아침이 되어 사람들이 깨어나면서 자잘한 소음이 들렸지만 우리는 듣지 못했다. 아무도 밟지 않은 눈길 위를 처음으로 밟는 짜릿함. 누군가 우리를 초대했는데 그게 새벽이었는지 우정이었는지 아니면 이국적인 테라스였는지는 알 수 없었다. 그러나 확실한 건 그때의 우리가 시간 밖에 있었다는 것이다.

시간의 울타리를 뛰어넘는다는 것은 시간 안에 감정을 가득 채워 흘러넘치게 하는 것일까. 구멍도 흠도 없는 완벽한 느낌을 부어 넘친 양만큼 우리는 우리만의 어떤 것을 갖게 되었나.

세상의 소리를 막아버리고 내 안에서 우러나오는 소리 외에는 다른 어떤 소리도 들리지 않도록, 과정의 세계를 발견하도록, 시계 초침 소리를 듣지 못하도록, 시간이 그냥 환상이 되도록. 시간은 관념에 불과했다. 그것은 오랜 시간 동안 그 중요성을 과대평가받은 하나의 주장일 뿐.

우습게도 사람들은 많은 책을 읽고 열심히 공부해서 준비한 글보다 나와 내 친구들이 보냈던 시간에 대해 '그냥' 쓴 글을 더 좋아했다. 쓰기도 전에 이미 완성되어 버리는 글들이었다. 그렇게 쓰인 글은 사람들의 시간까지 빼앗기도 했다. 사람들은 내 책을 좋아하는 게 아닐지도 몰랐다. 그 책을 읽으며 시간을 잊을 수 있었음에 기뻐했겠지.

시간을 뛰어넘는 사람들만을 위해 시간이 흘려둔 부스러기를 주워 액자에 넣으면, 그것은 우리의 예술이 되었다. 예술은 속하는 게 아니라 벗어나는 것. 기억하는 게 아니라 까먹는 것.

70유로야.

할아버지가 말한다.

현금이 없어요.

바아아아로 앞 모퉁이에 현금인출기 있어. 프리야 프리. 빨리 다녀와.

나는 그에게 지폐를 쥐여주었고 그도 나도 횡재한 표정을 지었다. 할아버지는 시계를 판 것이었지만 나는 시간을 샀다. 적어도 시간을 생각하는 시간을 손목 위에 얹게 되었다.

귀국 후 삶은 분주해졌다. 걱정했던 대로 시계에 밥을 주는 걸 자주 깜빡했다. 시계는 자주 외딴 숫자를 가리키고 있다. 하지만 괜찮다. 어차피 나는 시간을 보려고 이 시계를 산 게 아니다. 다시 태엽을 감는다. 초침에 귀 기울일수록 어쩐지 아득해진다. 오래된 이 손목시계의 시간은 시간 밖으로 떠나라고 재촉하며 소리를 낸다. 시간은 하루의 액세서리로 전락한다. 시간이라는 환상을 쪼개고 갈라 열심히 운반하는 초침 소리가 들리지 않는 순간이 온다. 나는 귀가 먹은 채로 시간의 울타리 너머로 건너간다. 다른 이의 발자국 없는 시간 밖의 시간으로.

우정 도둑

춤 없는 작가들

당신 소개말에 이런 말이 있더군요. 미국 서점에서 그의 책들은 가장 많이 도난당하고 있다. 그도 그럴 것이, 런던의 한 서점에 들렀을 때 일인데요. 당신 책은 한 권 남아 있었어요. 서너 권은 꽂혀 있어야 할 자리였는데. 직원한테 물어보니 당신은 가장 인기 있는 작가라서 항상 책이 모자란다고 했죠. 지난주에 재고를 가득 채워 놨는데 벌써 다 나갔대요. 누가 또 훔쳐 간 걸까요? 미국뿐 아니라 전 세계의 책 도둑들이 당신 책을 노리는 거겠죠.

당신의 책을 처음 읽은 것은 순전히 우연이었어요. 아마 표지가 예뻐서 샀던 것 같아요. 오래된 사람들은 그게 부러워요. 무표정한 얼굴을 가까이에서 찍어 흑백 처리만 하면 작품이 되어버리니까요. 당신의 책들은 대부분 당신의 찌든 얼굴이 표지로 되어 있더군요. 그게 당신인지는 나중에 알았지만요. 그리고 표정이 왜 그래야만 했는지, 왜 시꺼먼 색이어야만 했는지도요.

그 책은 당신의 불우했던 유년기를 바탕으로 쓴 소설이었어요. 아버지에게 구타당하고 학교에서는 문제아인 소년. 책을 읽다 다시 앞 장을 보니 그 소년이 그대로 늙어 있더군요. 다 읽고 나니, 그림자 드리운 얼굴 때문이 아니라 내용 때문에 그 삶이 영화 같더군요. 누가 보면 소설이라 속겠어요. 글은 당신 얼굴처럼 강하고 노골적이었어요. 또 있는 그대로를 썼기에 불편하리만큼 순수했고요.

마지막 페이지를 덮고, 당신이 쓴 다른 책을 샀어요. 제목만 봐도 당신 책이라는 걸 알 수 있더군요. 『망할 놈의 예술을 한답시고』, 산문집 『와인으로 얼룩진 단상들』, 또 다른 시집 『사랑은 지옥에서 온 개』, 런던 서점에서 본 시집은 『Pleasured of the damned(저주받은 자의 기쁨)』이었죠. 알겠어요. 당신이 취했고, 불행했다는 것. 다자이 오사무는 지고 멸망하면서 나오는 중얼거림이 우리의 문학이라고 했는데 당신한테는 투덜거림이 문학이었어요. 가난한 이들은 당신 책을 읽다가 먹고 있던 맥주 캔을 찌그러뜨리며 환호하겠죠. 자기 이야기가 실렸다면서. 당신은 그들을 대신해 실컷 하소연하니까요. 똑같은 이야기가 시와 산문으로도 변해 있었네요. 거기서도 당신은 가난에 절여져 있었어요. 나는 당신이 그걸 극복한 과거로 치부하지 않아서 좋았어요. 불행은 당신한테 언제나 현재였죠. 말년에는 인기 작가로서 어딜 가나 대접받았겠지만. 가난한 이야기를 써서 성공한 사람치고는 가난한테 꽤나 질척댔네요……. 하지만 작가는 한 주제에 죽을 때까지 질척거리는 사람이니까요.

이제 내가 질척이는 이야기를 조금 해봐도 될까요. 당신이라면 잘 들어줄 것 같아서요. 어느 날 친구랑 이야기를 하는데 친구는 자기 아버지가 거래처에 굽실대는 것을 본 적이 있대요. 슬펐대요. 너는 그랬던 적이 없냐고 해서 나는 말했어요. "아니? 우리 아빠 안 그래. 우리 아빠는 누가 자길 부당하게 대하면 시발, 시발거려." 친구가 막 웃데요. 식탁에서 들은 아빠의 말이 떠올라요. "경비실에 새파랗게 젊은 애가 내 말을 들은 척도 안 하고 완전히 투명 인간 취급을 하더라고. 얼마나 모욕적이던지." 화를 냈대요. 아파트 단지가 떠내려가게요. 엄마는 울어요. 이 나이 먹고 택배 일 하는데 동네 창피하다고요. 나는 그냥 참고 넘어가라고 그게 편하다고 말하는데, 우리 아빠는 몇 달 뒤 또 싸운 이야기를 하죠. 이제 엄마와 나는 웃으면서 그래요. "아, 그 사람들은 무슨 죄야. 진짜 싫겠다. 아빠 같은 사람이 내 담당 기사라면 끔찍할 것 같아." 그러면서도 여전히 마음은 괴로웠어요.

아빠에겐 퇴근 후 매일 전화가 오죠. 어떤 사람은 대뜸 욕을 하고 어떤 사람은 택배를 오늘 안 받으면 죽을 것처럼 말하죠. 아저씨가 책임질 거냐고요. 그러면 아빠는 차분하게 말해요. "고객님, 오늘은 일이 너무 많아 해당 물품이 배송되지 않았습니다. 택배는 사람이 하는 일이기 때문에 늦어질 수 있습니다. 하루 만에 배송된다는 보장은 법에도 나와 있지 않아요." 어찌나 당당한지. 나 같으면 그렇게 못 할 거예요. 나는 나의 저녁을 지키지 못할 거예요. 직업이 택배 기사니까, 열네 시간을 일하고도 나를 하대하는 사람들에게 친절히 대응하는 게 맞는다고 생각했을 거예요. 그래서 그를 존경하게 됐어요. 그가 이룬 것이 아닌 쫄지 않는 태도에 대한 존경. 예전엔 아빠가 무식하다고 생각했어요. 이젠 생각이 달라요. 무시당하면서도 참는 게 고귀한 건가요? 우리 아빠는 모욕을 참아내지 않고 자기를 지키기를 선택해서 우아한 사람이었어요. 함부로 고개 숙이지 않는 사람은 직업과 상관 없이 우아할 수 있어요.

그 통화들을 엿들으며 나는 세상의 모든 사람은 두 부류로 나뉜다는 것을 알았어요. 새벽 4시에 일을 시작한 택배 기사의 퇴근 후 저녁을 상상할 수 있는 사람과 그렇지 않은 사람. 적어도 우리 아빠한테는 세상이 그 둘로 나뉘어요. 거실에서 들려오는 그 통화에 숨죽이는 매일 저녁 8시의 나한테도요. 물론 매일 그러는 건 아니에요. 하지만 몇 달에 한 번 크게 싸우는 소리를 듣게 되면

난 잠을 잘 수 없죠. 10년 전이나 지금이나 똑같이요.

슬프지 않은 척했어요. 왜냐고요? 더 이상 가난하기 싫기 때문이에요. 30평대 아파트를 살면서도 여전히 직업 때문에 일어나는 자잘한 대우의 문제들이 지긋지긋하기 때문이에요.

어릴 적부터 웃어넘기는 버릇이 있었어요. 친구에게 했던 말이 아직도 기억나요. 우리 집 차는 항상 봉고차였는데, 어릴 때 탔던 빨간 프라이드는 너무 오래 타서 폐차했었다고요. 이 동네의 모든 10평대 아파트에서 다 살아봤다고요. 다른 이야기도 많이 했는데 기억이 잘 안 나요. 내가 선생님들 눈을 피해 자지러지게 웃었던 것만은 기억해요. 속으로는 하나도 안 웃겼거든요? 근데 웃었어요. 나는 워낙 밝은 애니까 슬픔도 밝게 포장하는 데 익숙했어요. 친구들에게 항상 인기 있었고 그런 내가 웃는 얼굴로 늘어놓는 나의 고생담은 고등학생의 나이에 벌써 무용담이 되어 있었죠. 나는 그걸 무용담으로 웃어넘길 준비가 아직 되지 않았는데도. 웃어넘기는 게 지겨워요. 그건 스스로에게 상처를 내는 거예요. 나는 아직 치유되지 않았어요.

참 웃긴 건, 슬픈 마음인 채 누군가를 미워해요. 가난한 사람을 가장 증오하는 건 가난해 본 사람이니까요. 나는 이제 벗어났으니 꼴도 보기 싫으니까요. 저 돈으로는 한 달 동안 생활 못 해, 저런 집에서는 못 살아. 난 예전의 내 한 달 생활비와 내가 살던 단칸방을 까맣게 잊은 채 이렇게 말하죠. 이제 사정이 다르다고 선을 긋고 동정과 회상을 겸한 위로만 아주 멀리서 건네고 싶죠.

고백할게요. 형편이 조금 나아지고 나서는 우리 집보다 좁은 집은 놀러 가기 싫었어요. 답답했어요. 자고 갈 마음을 먹고 방문한 눅눅한 친구 자취방에서 급한 일이 있다며 서둘러 택시를 불렀어요. 그 순간 20년 전 사촌 언니의 말이 내 속 어딘가에 살아 있음을 분명히 느끼죠. 지혜네 집은 너무 좁아서 답답해, 가기 싫어. 영원히 끝나지 않을 유년기를 칼처럼 품고 나는 미움으로 복수하죠. 이미 겪었으니 그렇게 생각할 자격이 있다고 자위하죠. 왜 그럴까요. 갖고 싶은 것은 비슷하게 다 가질 수 있게 되었는데도 왜 조금은 가난하다고 느낄까요. 여전히 내 방에 소파가 있다는 게 믿기지 않거든요. 누군가에게 당연했던 삶이 나에게는 너무 크고, 아직도 어색하고, 자랑스러우면서도 조금은 허탈하고……. 책 판매고로 축하 문자를 받아도, 더 좋은 집으로 이사를 가도……. 우리 아빠는 의사나 판사가 아니기 때문일까요. 버는 돈을 전부 빚 갚는 데 써서 그럴까요.

동경. 자기가 버는 돈이 없이도 부유했던, 어릴 적 넉넉하게 자란 사람들에 대한 끝을 모를 동경 때문일 거예요. 나는 아직도 언니가 부러워요. 넓은 아파트에서 살며 방학이면 어학연수와 여행을 다녀오던 언니의 유년기가 끝도 없이 부러워요. 방과 후에 빙수와 피자를 먹으며 최신식 텔레비전을 볼 수 있는 삶, 용돈으로 이것저것을 사고 저축도 할 수 있는 삶. 나는 지금이 아니라 그때로 돌아가 그때부터 행복하고 싶었는지도 몰라요. 언니는 이제 내가 살던 그 아파트에 살아요. 세월이 지나고 그렇게 됐어요. 그는 이제 자기 능력으로 평수를 넓혀야 해요. 그런데 30대에 시작된 언니의 위기를 내가 이해할 수 있을까요? 유년기에 풍족하게 자라다가 성인이 되어 집안이 기운 사람과, 항상 가난했던 시절을 거쳐 지금은 살 만해지는 것. 어떤 게 더 나을까요? 아니, 그 전에, 언니는 정말 그때 내 상상처럼 행복하게 자란 걸까요? 왜 나는 언니가 불쌍하지 않을까요. 우리는 그때도, 지금도, 영원히 서로를 이해할 수 있을까요?

당신에게도 이런 고민이 있었나요. 모르겠어요. 당신 책에서는 그런 치졸한 질투는 찾아볼 수 없어요. 그래서 당신의 글이 좋아요. 자기 연민은 하나도 없을뿐더러 우리 아빠처럼 험하게 말해서요. 고귀한 척 안 해요. 그게 나라고 대놓고 말해서요. 나는 그러지 못했거든요. 나는 내 과거를 부정하고 싶어 하지만 당신은 여전히 여인숙의 세탁한 지 오래된 이불 안에서 발견될 것 같은 시를 썼죠. 지저분한 내면을 있는 그대로 직시했죠. 바퀴벌레, 엉덩이, 모텔, 성기, 술집, 년, 놈, 낙심, 집세, 반감, 난간, 목청, 섹스. 누군가에게는 메타포metaphor일, 누군가에게는 현실일 단어들을 그대로 뱉어내죠. 자기가 싸구려인 것을 인정할 때 싸구려는 싸구려를 벗어나요. 아닌 척하는 이들은 영원히 그곳에서 살고요. 그래서 나는 당신의 다짐이 들어간 이 구절을 제일 좋아했어요.

언젠가 내 춤도 시작할 거야.
그날이 오면, 난 재들이 가지지 못한 걸 가지겠지.
언젠가 너희 중 그 누구보다 행복해질 거야.
두고 보라고.*

춤을 출 수 없었던 사람만이 춤을 목숨처럼 원할 수 있잖아요. 춤이 없었던 사람의 머릿속에서 무엇보다 완벽한 춤이 탄생하잖아요. 그러니까, 결핍한 사람이 그 존재를 더 갈망할 수 있다고요. 내게 춤이 없어서 다행이라고 생각해요. 적어도 글을 쓰고 나서부터는요. 춤이 없었던 사람만 쓸 수 있는 글도 있을 테니까요. 나도 그럴 수 있을까요. 꼭 가난이 아니더라도, 내게 일어난 모든 일들에 대해서요. 아직 난 아무것도 끝까지 쓴 적이 없어요. 비겁하게 순수했어요. 순수함이 꼭 예쁘지만은 않다는 것을 이제 나도 알아요.

이제 그 불행을 자랑하는 게 아니라 불평해 보려고요. 적어도 내 불행을 웃어넘기는 척은 관둘래요. 차라리 우는 글을 쓸래요. 아직도 춤이 없는 사람들을 위해, 책 살 돈 없는 사람들을 위해, 그

* 『호밀빵 햄 샌드위치』, 찰스 부코스키, 박현주, 열린책들.

럴 능력이 없다면 적어도 과거의 나를 위해. 그러다 보면 누군가 내 책을 훔쳐 가는 일도 생기겠죠.

당신이 천국에 갔는지 지옥에 갔는지 너무 궁금해요. 어떤 곳을 갔더라도 당신은 욕을 달고 살겠죠. 천국은 가식적이라고 증오하고, 지옥에서는 나는 죽어서도 지옥이라며 불평하겠죠. 이제는 당신의 새로운 욕설을 들을 수 없다는 것이 슬프네요. "위험한 일을 품위 있게 하는 것, 나는 그것을 예술이라 부른다." 당신이 말했었죠. 그 말 어기지 말고 어디에 있든 위험하게 지내세요. 술병도 정리하지 마요. 담배도 계속 피워요. 멀쩡하지 않은 상태에서 멀쩡하지 않은 글들을 다시 써줘요. 종이 위에 한껏 주정을 부리면 새로운 시가 되겠죠. 그게 당신다워요. 세상은 여전히 멀쩡하지 않네요. 가난한 사람은 영원히 가난하고 아무도 그들을 신경 쓰지 않네요. 당신이 없으니 이제 누가 그들을 위로하죠? 그들이 시를 훔쳐 가고 남은 곳에 누가 새 시들을 채워두죠? 그런 당신을 대신하기에는 내 삶은 이제 너무 예쁘기만 하네요.

연필이 슬픈 사람들

"연필들이 다 뭉툭해요. 은교가 예쁘게 깎아드릴까요?"

"그냥 둬라. 뾰족한 연필은 슬픈 거다."

"치, 연필이 뭐가 슬퍼요? 그럼 뾰족한 연필들은 다 슬픈 거예요? 그런 게…… 시예요?"

-영화 「은교」

시는 삶을 사는 데 방해가 될 수 있다. 온갖 모호한 단어들 사이에서 헤매는 건 사치스러운 사투일지도 모른다. 시는 문학의 마지막의 마지막의 마지막 취향으로 밀린다. 소설과 수필이 먹기 좋은 이탈리아 요리라면 시는(어떤 이들의 입장에서는) 생전 먹을 일 없는 그리스 음식, 체코 음식 같은 거다. 시도해 보면 좋지만 굳이 먹어야 할 필요도 없고 주변에 좋아하는 사람도 희귀한……. 일례로 최근에 책을 열심히 읽으며 시집까지 도전하게 된 친구가 시는 도저히 못 읽겠다는 문자를 보내오자 당신은 이렇게 회신했다. "시집까지는 굳이 안 읽어도 돼……." 특히나 그 친구는 한 권의 책을 끝까지 읽어야 하는 강박이 있었다. 시집은 읽었는데 읽은 티가 안 나는, 분명 다 읽었지만 포만감이 느껴지지 않는 책이라는 점에서도 그와 어울리지 않았다.

당신에게는 다 읽은 책의 제목을 적어두는 종이가 있다. 그 종이에는 시집 제목이 적힌 적이 없다. 왜냐하면 시집은 '다 읽는다'는 개념이 없기 때문이다. 물론 처음부터 끝까지 정독할 수는 있겠지만 다 읽었다고 확신하기는 어렵다. 당신은 어딘가 적어두었던 것 같다. 시는 몇 백 번 읽어야 하는 한 줄이며 시어들은 수수께끼 눈 뭉치라고. 시는 가독음을 보장하지도 않으면서 성실함까지 요구하는 짜증나는 책이다. 그래서 시집을 사는 건 정복할 수 없다는 찝찝함까지 함께 구매하는 것이다.

당신은 시가 뭔지 알고 싶지 않았다. 오만하고 까탈스럽고 억지스럽고 불편한 문학이 바로 시라고 생각했었다. 오해를 푼 것은 그리 오래된 일이 아니다. 그러나 오만하고 까탈스럽고 억지스럽고 불편한 것이 시가 확실하다는 깨달음이지, 사실은 시가 온순하고 명랑하고 쉽고 재밌는 거였다는 식의 깨달음은 아니었다. 당신이 시를 좋아하게 된 건 당신과 다른 사람들을 볼 수 있어서였다. 맞다. 당신은 시 자체를 감상하기보다 시인들을 궁금해했던 것이다. 비범한 미치광이를 볼 때 얻는 쾌감은 자극적이었다. 마치 징그러운 걸 한 번 더 보고 싶은 그런 마음이랄까. 자기 멋대로 징그러운 시들을 보면 당신은 미술가 양혜규의 인터뷰 속 한마디를 떠올렸다. "휴식 잊고 기절할 때까지 작업해요." 시인들은 끝까지 치달았다. 작업에 자신의 모든 것을 내어주고 형체도 없이 타버렸을 것 같았다. 시인을 떠올리면 자욱한 담배 연기와 보기만 해도 숙취가 일 것만 같은 얼굴, 약간의 구역질, 새파랗게 질린 마음, 구겨진 자세, 꺾을 수 없는 고집, 먼저 말 걸지 않는 은둔자식 도도함과 같은 기진맥진한 이미지들이 떠올랐다. 어떤 방식으로든 극단으로 치닫지 않으면 시 같은 건 쓸 수 없을 것 같았다. 시인들은 자신의 생각을 눈처럼 꽁꽁 뭉쳐 던져대는 사람이었다. 세상에 없는 그 무언가를 포기하지 못해 절절매는 사람들. 페소아, 디킨슨, 최승자, 이상, 랭보. 전부 그렇게 보였다.

당신은 광기 가득한 시인들이 좋았다. 적당히 성실해도 된다는 말들 사이에서 미치지 않는 것이 가능하냐고 당신을 은밀히 종용하는 시인들이 좋았다. 자기만의 세계를 구축하고 그 안에서 살라는 아름다운 협박들이 좋았다. 아프도록 시리도록 끈질기도록 적당히를 모르도록 끝까지 가는 시가 좋았다. 당신은 시인들을 경외하고 당신과는 종족이 다른 사람으로 치부했다. 정말 좋은 시는 시 쓰는 걸 포기하게 만드는 시였다. 당신은 시 같은 문장은 흉내 낼 수 있을지 몰라도 평생 시집은 낼 수 없을 것이라고 생각했다. 당신은 당신을 포기하게 만드는 시가 좋았다. 시를 쓰기에는 자신이 너무 평범한 사람이라는 자각이 좋았다.

시는 세상과 거꾸로 간다. 세상에 영영 적응하지 못하고 꿈을 현실처럼, 현실을 꿈처럼 살아도 된다고 말하는 것 같다. 그래서 당신은 시가 부적응자들의 글이라고 생각했다. 어딘가 한발 뒤로 빼고 어정쩡하게 세상에 걸쳐져 있는 사람들(상상이든 실제든)만이 시를 공감하는 특권을 누릴 수 있을 것 같았다. 그러니까, 연필이 슬픈 사람들, 빨간색을 빨간색이 아니라고 우길 줄 아는 사람들, 겹겹이 쌓인 시인의 사유를 풀어헤치는 끈질긴 감수성이 있는 사람만이 시를 느낄 수 있지 않을까. 사회에 적응하지 못하는 건 무언가 세상과 다른 것을 원하고 있다는 증거다. 마치 시인들처럼. 세상과 다른 꿍꿍이를 가진 사람들이 쓴 글을 똑같은 꿍꿍이를 가진 사람들이 읽는다. 시야말로 공감하지 않으면 읽을 수 없는 문학이었다. 세상으로부터 구출한 그 비전형적인 발 한쪽, 혹은 그 시 한 구절이 사실 그들의 전부일지도 모른다.

오래전, 당신은 시를 공감하는 누군가를 믿지 않았다. 모든 게 억지처럼 보였다. 속옷과 올리브나무와 의자와 아침과 고래와 흥분과 합창과 재난을 왜 한 문장에 구겨 넣지? 상관없는 것들을 한데 몰아넣고 있어 보이는 척하는 게 시인가? 당신은 그때 세상을 칼로 재고 있었다. 수억 개의 다른 요소들을 배제하고서 보기 편하게. 배운 대로라면 어울리는 것끼리 함께 있는 게 보기 좋았다. 적어도 시처럼 불편하지는 않았다. 좋은 것과 나쁜 것, 이미 난 길과 아직 없는 길, 친한 사람과 모르는 사람, 모든 것을 양극화해서 구별하느라 당신은 시를 느끼지 못했었다. 시는 제일 멀리 있는 그 둘의 간격을 촘촘히 메꾸는 역할을 한다는 것을 알기 이전이었다. 그 간격 안에 세상의 모든 것이 살아 있었고, 그 모든 것 속에 속옷과 올리브나무와 의자와 아침과 고래와 흥분과 합창과 재난이 또렷이 존재한다는 것도. 시인들은 일부러 배배 꼬아 말하는 것이 아니라 그렇게 보여서 그렇게 쓴 것이었다.

언젠가부터 당신은 이게 더 말이 된다고 생각했다. 이게 더 제정신이라고. 그걸 그렇게 느끼는 건 철없이 벅찬 감정 때문이 아니라고. 그 사물이, 그 사람이 내게는 정말 그렇게 보인다고. 비유나 과장이 아니라고. 이것은 시일 뿐, 세상은 시와 다르다는 설득은 시의 요점을 완전히 빗나갈 수밖에 없었다. 세상을 잘 살기 위해서가 아니라 세상을 못 살기 위해 읽는 것이 시이기 때문이다. 시는 세상을 똑바로 보기 위해서 읽는 게 아니라 세상을 당신만의 느낌으로 뒤덮어 버리려는 시도니까. 도움을 뿌리치는 것, 혼자가 되겠다고 선언하는 것, 지는 것, 느끼기 위해서만 읽는 것,

배우지도 않는 것, 여기에는 없는 세상을 찬미하게 하는 것, 무용하게 남는 것, 그게 시였다.

시를 읽는다는 건 신앙을 갖는 일이었다. 배운 것이 아니라 느낀 그대로를 믿는 것이었다. 시의 세계에서는 나무가 나무가 아니었고, 구름이 구름이 아니었고, 엄마가 엄마가 아니었다. 정답도 교훈도 결론도 없는 그것 앞에서 당신은 불안함을 느끼기도 했다. 내가 느낀 게 맞나? 이 부분이 하이라이트인 게 맞나? 해설을 먼저 읽어야 하나? 이 단어에 내포된 의미는 이게 맞나? (이 과정에서 많은 사람들이 시를 포기한다.)

세상은 생각하라고 만들어진 게 아니라
(생각한다는 건 눈이 병든 것)
우리가 보라고 있고, 동의하라고 있는 것.

내겐 철학이 없다, 감각만 있을 뿐…….
-페르난두 페소아, 「양 떼를 지키는 사람」*

다른 말로 하면 시에겐 철학이 없다, 감각만 있을 뿐…….
이성복 시인은 똑같은 말을 다르게 했다. 시는 머리를 뚫고

* 『시는 내가 홀로 있는 방식』, 페르난두 페소아, 김한민, 민음사.

나오는 손가락 같은 거라고. 시는 몸에서 바로 꺼내야 한다고, 머리가 개입하지 못하도록 빨리 쓰라고. 춤처럼 의식 이전에 튀어나오는 방식으로 쓰인 시는 읽을 때도 마찬가지로 생각 없이 읽는 것이 맞았다. 이유를 되묻지 않고 그저 받아들이면 그 감정을 믿게 되었다. 울 상황이 아닌데 우는 것, 웃을 상황이 아닌데 웃는 것, 그러니까 다른 사람들 혹은 상황, 맥락에 상관없이 당신의 감정에만 치중하여 세상을 이기적으로 이해하는 것, 그것이 시였다.

그렇게 시를 대하다 보면 어느 순간 눈 뭉치가 날아왔다. 일방적인 눈싸움이었다. 장난인지 구타인지 분간이 어려운. 시를 느끼면 그 순간 당신은 두들겨 맞는 기분이 들었다. 정신이 번쩍 든 당신은 시집을 덮었다. 더 이상 맞을 수, 아니 읽을 수 없었기 때문이었다. 한 문장을 읽을 때마다 펀치가 날아왔다. 이를테면 이런 문장.

인생은 그렇게 지나간다, 이상한 환상처럼.
―세사르 바예호, 「거울 목소리」*

모든 것을 붙잡으려 애쓰던 나를 향해.

* 『오늘처럼 인생이 싫었던 날은』, 세사르 바예호, 고혜선, 다산책방.

우정 도둑

이게 세상이야.

난 이 안에 없어.

세상은 아름다워.

-메리 올리버, 「시월」[*]

'나'가 가장 소중하다 말했던 나를 향해.

일생에 적어도 한 번은 합리적인 조언으로부터 달아나지 않

는 사람은

서서히 죽어가는 사람이다.

-마샤 메데이로스 「서서히 죽어가는 사람」[**]

도망치던 스스로의 모습이 떠올라 수치심을 느낀다.

아……

당신은 그렇게 두들겨 맞고 입원한다. 시 하나에 전치 3주씩.

사실 마음이 찔렸던 것이었다. 그게 당신의 이야기로 읽혔으

니까. 당신은 읽는 동안 몹시 아팠다. 그런 순간이 몇 번 반복되다

---

[*]　『기러기』, 메리 올리버, 민승남, 마음산책.

[**]　『시로 납치하다』, 류시화, 더숲.

보니 알게 되었다. 춤과 주먹처럼 날아온 시가 정교하게 쌓인 모래성이라는 것을. 당신 안에서 당신과 함께 무너지도록 설계된. 당황하게 하는, 후회하게 하는, 체하게 하는, 그 모든 착잡한 느낌은 그들이 미리 준비해 둔 느낌이었다. 삶의 태도를 교정해 주는 시만의 고요한 주먹질이었다. 의도된 어리숙함이었다. 그들은 일부러 마녀를 미녀라고 잘못 쓰고 전사를 천사라고 잘못 발음했다. 시인들은 사실 가장 부지런하게 머리의 언어를 몸의 언어와 동시에 구사했다.

시는 몸인 척, 머리인 척, 세상에 물든 당신을 겨냥한다. 기괴한 척하면서. 병든 척, 미친 척하면서. 어려운 비유를 덕지덕지 붙여가며. 그러나 사실 시의 입장에서는 넘쳐나는 상징, 버거운 비유, 역설이 전부 생生말이다. 덧대어 입은 것처럼 보여도 실제로는 벗겨놓은 말이다. 너무 벗겨져 있어 민망할 정도로. 쌩몸, 쌩세계, 쌩인생, 쌩마음. 시는 죽은 척하는 가장 살아 있는 언어로 우리의 벗은 세계를 고발하면서 동시에 그 잔해를 주워다가 비현실의 세계를 복원한다. 비스듬한 질서 속에서 얼렁뚱땅. 하지만 무엇보다 정확히.

시는 오늘도 세상이 하는 말을 전부 거꾸로 말한다. 있는 그대로 느껴도 돼(배운 대로 느껴), 날것으로 먹어도 돼(익혀서 먹어), 조금 위험해도 돼(안전한 길로만 가), 이해하지 않아도 돼(사랑하지 말고 이해만 해). 그런 말을 듣기 위해 당신은 시를 읽는다. 그러나 이런 말을 당신에게 매일 해줄 수 있는 사람을 만나면 시 따위는 잊게 될 것이다. 그때쯤이면 이미 당신 안에는 기괴하고 사랑스럽고 벌거벗은 세계가 완성되어 있을 거다. 당신들의 결혼식은 시들의 결혼식이 될 테다. 사랑하다 보면 시를 닮은 하루들이 계속될 테고, 그러다 보면 당신은 언젠가 미친 척 시집 한 권을 쓰게 될지도 모른다.

Pink is serious

파트리크 쥐스킨트의 소설 『깊이에의 강요』에는 전도유망한 화가가 나온다. 어느 날 그는 사람들이 그의 그림에 대해 말하는 것을 엿듣게 된다. 그에게는 깊이가 없어요. 나쁘지는 않은데, 애석하게도 깊이가 없어요. 얼마 지나지 않아 그는 스스로 목숨을 끊는다. 깊이가 없다는 말이 그의 재능은 물론 인생 전체를 잡아먹은 것이다.

여기 비슷한 시련을 겪은 소녀 한 명이 있다. 그가 스스로 결코 훌륭한 사람이 될 수 없겠다고 생각한 것은 헤픈 웃음 때문이었다. 헤픈 웃음은 타고난 말괄량이였던 그의 어린 시절부터 시작되었다. 시끄러운 애들이 한 반 가득한 학창 시절에도 그는 선두를 차지했다. 명랑함은 그를 돋보이게 했고 기죽지 않는 당당한 태도 만들었으나 그를 진지하다고 평가하는 이는 드물었다. 웃음은 깊이가 없다는 오해를 사기 쉬웠다.

사람들은 그에게 어떻게 매번 밝을 수 있냐고 했다. 그것은 감탄보다는 비꼼에 가까웠다. 그를 부잣집 딸내미로 오해하는 사람이 몹시 많았다. 구김살 없이 자랐으니 그렇게 웃을 수 있지. 철없이 명랑할 수 있지. 이미 답을 내리고 미움을 시작한 그들에게 말할 수는 없었다. 태어나 스무 번 이사했다는 것을. 그들에게 쾌활함에는 납득할 만한 명분이 필요했고 잘 웃는 성격과 깊은 사연은 함께 갈 수 없는 듯했다. 힘들게 자란 애가 저렇게 해맑은 건 용납이 안 되는 모양이었다.

그는 그런 오해들을 받으면서도 여전히 밝았다. 스물셋, 유럽으로 떠나면서 행복은 극에 달했다. 그러다 기회가 왔다. 아니다. 그가 기회를 만들었다. 떠도는 동안 글들이 많이 쌓였기 때문이다. 글 속에서 그는 아무에게도 말하지 않았던(혹은 스스로도 믿지 않았던) 고민도 슬쩍 고백해 볼 수 있었다. 그는 그런 글들을 모아 책을 내고 싶었다.

책이 나왔다. 2014년 여름이었다. 부끄러운 글들이었다. 하지만 그는 있는 그대로를 기록하고자 했다. 꾸며낸 깊이는 싫었다. 작가를 꿈꾼 적 없는 스물셋 그가 취미로 쓴 글에 무슨 깊이가 있겠나. 우연한 열정으로 엮인 글들은 일기에 불과했다. 게다가 출판사에서 내세운 디자인은 당시 막 인기를 얻던 소셜미디어의 생김새를 본뜬 것이었다. 그는 그 표지가 끔찍하리만큼 싫었지만 의견은 묵살당했다. 그에게는 아직 깊이가 없으니까. 그는 너무 어리니까. 그는 그들의 의견에 동의했고, 공감할 수 있다는 사실에 슬펐다. 그는 제목만 덩그러니 적힌 표지를 원했으나 그러기에는 깊이가 부족했던 것이다. 순수함은 신이 그에게 내린 선물이자 벌이었다.

그의 책은 꽤 사랑을 받았다. 그는 좋은 말을 많이 들었지만 하나도 기쁘지 않았다. 쓰는 사람이 되고 나서는 웃는 모습이 더 큰 해禍로 돌아왔다. 사람들이 흔히 작가에게 기대하는 차분하고 내성적인 무표정이 그에게는 없었다. 친구가 없는 탓에 책이 가장 친한 친구여야 하는데, 그는 친구도 인기도 너무 많았다. 그는 누가 봐도 작가처럼 보이지는 않았다. 어떤 사람들한테 그 글은 쓰레기였다. 나무가 아까운 그런 책. 그의 머릿속은 낯선 한마디로 가득 찼다. 익명 댓글 뒤에 숨은 사람의 심보를 탓하는 대신 자기혐오를 마음속 깊숙이 심었다.

그때 그가 겪은 것은 수치심이었다. 미래를 지워버리는 죄의식과 자기연민이 그의 생활 한가운데 썩은 나무처럼 자랐다. 내 인생도 나도 너무 가벼워. 나한테는 깊이가 없어. 쥐스킨트의 소설 속 주인공처럼 되뇌었다. 인생의 무게를 다른 이로부터 평가받는 비참함. 그는 처음으로 사라지고 싶다는 생각을 했다.

이후 그는 우울증을 앓았다. 책은 성취가 아닌 후회였다. 혼자 일기장에 남겨둘걸. 끝없이 후회했다. 그랬다면 친구들의 부러움을 사는 것으로 쉽게 행복했을 텐데. 혹평을 신경 쓰지 않고 자신을 지나치게 사랑하는 사람들이 부러웠다. 나도 저럴 수 있으면 참 좋겠다. 적어도 나를 아껴주고, 행복할 수 있다면 좋겠다.

그러나 다행히도, 불만족은 그를 키웠다. 성장은 실망할 때 피어나니까. 알량한 자기만족보다는 차라리 자조가 나았다. 다른 이가 그를 비웃는 빈도는 그가 스스로를 비웃는 빈도를 절대 넘을 수 없었다. 그를 가장 싫어하고 가장 못마땅해하는 것은 그 자신이었다. 꿈은 끔찍한 자기검열과 함께 피어났다. 칼날 같은 말 한마디가 피워낸 씨앗. 언젠가 부끄럽지 않은 글을 쓸 수 있길. 그는 작가가 되고 싶다는 상상을 하기 시작했다. 지독한 의심을 계속하면서. 나 같은 게 진짜 작가가 될 수 있을까?

우울은 어쩌면 행운이었다. 지속하기 위해서는 패기보다는 오기가 필요하기 때문이다. 잠시 웃음을 멈추고 치열할 오기, 훌륭한 작가가 될 수 있다고 착각할 오기, 다른 모든 작가들을 숭배하고 그들의 사유를 질투할 오기. 밀린 책을 전부 다 읽을 오기. 그것은 한 번도 작가를 꿈꾼 적 없는 그가 치러야 했던 신고식이었다. 혼자만 참석한. 실은 관객이 한 명도 없는.

광기 어린 태도를 내려놓은 건 그가 세 번째 책을 쓰면서다.

우울과 오기로 다져진 4년간의 여행을 모으기 시작했다. 우연히 댓글 창에서 종종 보이던 아이디가 1인 출판사 계정이었다는 걸 알게 됐다. 그는 바로 메시지를 보냈다. 같이 책을 내자고. 그는 어느 봄날, 광화문의 한 카페에서 출판사 대표를 만났다. 잊을 수 없는 조용한 신뢰의 눈빛이 그의 마음에 깊이 박혔다. 순간 그는 태생의 자신감을 되찾고 웃음을 터뜨렸다. 울음과 함께. 6년 만의 첫 웃음. 발가벗은 기쁨이었다. 웃음은 다시 그에게 자연스러워졌다.

그는 다시 용기를 되찾았다. 그 믿음의 최전선에 그를 돕는 책들이 있었다. 의지하듯 닥치는 대로 읽은 책에서 그는 가장 위대한 책들이 가지고 있는 공통점을 발견했다. 지식이 공감의 차원으로 전환되지 못하는 책들은 사람을 변화시킬 수는 없다. 냉소하는 책은 개인을 판단하는 데 초점을 두기 때문에 일종의 패배감을 준다. 마주친 눈에 웃어 보이지 않는 글, 먼저 손 내밀지 않을뿐더러 내민 손을 뿌리치고 홀로 있는 글. 그것은 삶의 자세를 교정하는 책의 본질을 해친다. 반면 가장 위대한 책들은 언제나 사람들을 향해 문을 열어놓는다. 책은 환영한다. 누구든 들어올 수 있게. 더 많이 배워 오히려 침묵하는, 냉소가 없는 오래된 글들의 위엄. 자물쇠 없이 열어놓는 넓은 품 같은 거. 맞잡은 손 같은 거. 네 다정이 나의 미래가 되는 기적 같은 거. 그는 오해했던 책의 세계를 다시 이해했다. 책만큼 활짝, 먼저 웃고 있는 것은 없었다. 그는 책의 세계에 대한 오해를 풀었다. 책만큼 따뜻한 건 없었다. 이제 그

우정 도둑

는 다시 그의 밝은 기질과 닮은 글을 써야 했다.

그는 썼다. 폭력적인 말들을 잊고 그대로를 썼다. 그사이 괴롭힘만큼 자라난 자신을 믿고 썼다. 그는 글 안에 쓰인 경험 속에서 자신이 되었다. 더 깊고 진중한 누군가가 아닌. 실패한 자아, 그나마 잘하던 웃는 법도 잊은 자아라 할지라도 도망치지 않는 법을 배웠다.

겨울쯤 책이 나왔다. 그다음 해에 또 한 권의 책. 어떤 이들은 그 책을 사랑했다. 몇몇은 믿기 힘들 만큼 깊이 사랑해 주었다. 산통을 겪고 태어난 책들을 그는 그제야 사랑했다. 스물넷부터 서른까지, 네 권의 책은 스스로와 사람들의 편견을 깨는 과정으로서 존재했다. 그가 유난히 많이 마주쳤던 글들은 지난 편견을 인정하고 응원을 약속하던 후기였다. 유난히 심한 잣대를 대서 평가했었다는 것을 인정한다고, 항상 웃고 있어서 가벼운 사람인 줄 알았다고 누군가 썼다. 오해를 벗은 사람들은 쉽게 사랑에 빠졌다. 그는 작가로 불리는 것이 이제 부끄럽지 않았다. 거절당해도 다시 손을 내미는 마음만은 자신 있었기 때문이다.

그 과정에서 얻은 전리품은, 설명하기를 포기하고 그저 자신으로 존재하는 법에 대한 배움이다. 그는 이력을 적어두는 것을 포기했다. 그 목록이 길어질수록 첫인상에 즉각적인 깊이가 더해지겠지만 그는 자신이 모델로 보이든, 옷 잘 입는 학생으로 보이든, 가치 없는 글을 쓰는 사람으로 보이든 더 이상 신경 쓰지 않았다. 사람들에게 보여주고 싶은 정체성만을 권유할 여력이 더는 없었다.

그는 그 조바심을 아껴 글을 썼다. 가장 공들인 글들은 책을 통해서만 공개되었다. 그것은 독자들의 몫이지 스쳐 지나가는 사람들에게는 줄 수 없는 선물이었다. 사진 한 장에 그를 알아챈 사람들은 그를 궁금해하고 찾아보다 책도 읽게 될 것이었다. 굽이굽이 돌아가도 도착할 사람은 반드시 도착할 길의 끝에 그의 책이 있었다. 그에게로 가는 길은 어쩐지 다른 작가들에게 가는 길에 비해 더 길고 험한 듯했다. 몇몇 사람에게는 애틋한 투쟁이었을지도 모른다. 그것이 그가 독자들에게 독자 이상의 마음을 느끼는 이유다. 나는 이런 사람이에요, 라는 말을 굳이 하지 않았는데도, 표지판도 가로등도 안내문도 없는 그 길을 걸어준 사람들.

그는 알았다. 설령 누군가 영원히 오해하는 일이 있다 해도 그것을 바로잡을 수 있는 유일한 방법은 그인 채로 남아 있는 힘, 오직 그의 삶으로 쓰는 진지함을 유지하는 것뿐이라는 것을. 스스로에 대한 변명을 늘어놓는 일은 유난히도 길었던, 혹은 영영 그치지 않을 편견에 대한 굴복이다.

이런 다짐에 힘을 실어준 여자가 하나 있다. 영화는 퀸카 대학생이 하버드 로스쿨에 입학해 모든 편견을 뚫고 유능한 변호사가 되는 과정을 드라마틱하게 그린다. 로스쿨에 입학하겠다는 말에 여자의 아버지는 말한다. 허니, 거긴 지루하고 못생긴 사람들이나 가는 곳이야. 그는 아버지의 고리타분한 편견을 선례 없는 방법으로 타파한다. 그는 분홍색 정장을 빼입고 당당히 법정에 진입한다. 자신을 바꾸지 않은 채, 분홍색인 그대로, 먼저 웃어 보이는 얼굴 그대로. 이 영화는 분홍색을 검은색으로 바꿔서 성공하는 내용이 아니다. 분홍색이 성장해서 결국 검은색이 되는 내용도 아니다. 그는 사랑스러운 분홍빛 진지함으로 점잔 빼는 검은색을 압도하며 승리한다. 잇몸이 다 보이게 웃는 그를 보며 확인한다. 밝은 사람에게 깊이 한 스푼을 더하면 그 힘이 얼마나 센지. 어떻게 모두를 녹여버리는지. 그는 분홍색 승리의 첫 사례가 된다. 그 모습을 다시 경험한 작가는 환희하며 노트에 이렇게 적는다.

Pink is serious. 분홍은 진지하다.

그는 또 다른 한 여자를 떠올린다. 저 사람은 '그런 분홍색'이다, 라고 생각했던 사람. 10년도 더 된 어느 날, TV 토크쇼를 함께 보던 중 작가는 한 토크쇼에 나온 스타일리시한 코미디언을 보며 친구가 했던 말을 기억해 냈다. 저 사람은 좀 가벼워 보여. 목소리 톤이 높잖아. 작가는 맞장구를 치며 TV 채널을 돌렸었다. 코미디언이었던 그는 한동안 그런 이미지였다. 그러다 그가 자신이 정말 사랑하는 것을 찾고, 엄마가 되고, 위기를 겪고, 더 강해지면서부터는 모두가 그를 사랑하기 시작했다. 그는 그간의 고생으로 깊이를 얻은 것일까? 아닐 것이다. 그는 원래부터 깊은 사람이었다. 그 헤프고 귀여운 웃음에 시청자들은 속았던 것이다. 저렇게 잘 웃는 사람은 안 진지할 거야. 생각도 얕을 거야. 똑똑하지 않을 거야. 사람들은 뒤에 숨은 사연은 궁금해한 적도 없다.

그 여자를 떠올리면 웃는 것 말고는 딱히 다른 표정이 연상되지 않는다. 그는 다른 표정을 모르는 사람처럼 웃는다. 그는 사연을 구구절절 자랑하는 타입이 아니다. 훌훌 털어 버리고 뭐든 웃어넘겨 버린다. 우리는 그 꽉 찬 미소를 보는 행운을 누린다. 편협한 오해였음을 뒤늦게 깨닫는 벌로 주어지는 것은 오히려 그의 꾸준한 성품이다. 그는 늘 그랬다. 이미지 변신을 한 적이 없다. 웃음소리도, 감정이 넘치는 표정도 모두 10년 전 그대로다. 다만 사람들은 이제야 알게 된 것이다. 우스워 보이는 것을 무릅쓰고서라도 먼저 웃어 보였던 이의 품위를. 그 착하고 똑똑한 마음을. 우리는 그의 아이들에게서도 본다. 잘 웃는 어른은 잘 웃는 아이를 태어나게 한다. 그의 모든 것은 선망받기 시작한다. 패션은 부수적인 것이다. 사람들은 깊은 웃음이 깃든 그의 삶 전체를 사랑하는 것이지 그가 걸치는 옷가지만을 사랑하는 게 아니다. 이제 어느 누구도 그가 덜 진지하다고 말하지 못한다. 그는 지혜의 가장 명백한 증거는 명랑함*이라는 몽테뉴의 말을 삶으로 보여주었다.

---

* 『수상록』, 미셸 드 몽테뉴.

우정 도둑

6년 전, 누군가 그 작가에게 깊이가 부족하다 했을 때 그는 소설 속 화가처럼 죽음을 생각했다. 그 말의 무게가 그를 죽일 뻔했다. 지금 누가 그에게 똑같은 말을 한다면 아마 그는 웃을 것이다. 그의 웃음 혹은 삶 위에 '설명하지 않고 증명하지 않을' 무게가 얹어졌다. 종이 뭉치 위의 작은 돌처럼. 그 미소는 스물셋의 그처럼 날아가지 않을 것이다.

더 이상 그는 웃음을, 깊이를 검열하지 않는다. 외려 미소 짓지 않음, 사랑스럽지 않음을 검열하는 쪽에 가깝다. 그는 혹여나 누군가 자신과 같은 시행착오를 겪을까 두려워한다. 그래서 햇볕처럼 웃음을 터뜨리는 어린 여자를 보면 말을 걸고 싶어진다. 그는 상대에게 걸어가는 동안 이러한 말들을 연습한다.

당신 정말 진지해 보여요, 그 진지한 웃음을 잃지 마세요. 멋대로 재단하는 냉소에 맞서 더 활짝 웃어요. 특히나 이것만큼은 절대 잊지 말아줘요.

너는 원래 깊었고, 이미 아름다웠어요.

책과 거미줄

관계에 대한 발견에는 두 가지 종류가 있다. 이어져 있는 줄 알았으나 아주 오래전부터 끊긴 관계, 혹은 전혀 연관이 없는 줄 알았으나 실은 단단히 엮여 있는 관계. 독서와 당신의 관계는 후자에 가깝다. 당신과 책은 헤어짐과 만남을 반복한다. 어릴 적, 당신은 최초로 책과 만났다. 어릴 때는 그것보다 재밌는 일이 없었다. 당신은 책을 머리맡에 쌓아두고 읽다가 동화 속 삽화 한쪽을 베개 삼아 잠에 들던 아이였다. 그러나 그 무용한 즐거움은 시간이 지나 흩어졌다. 연약한 즐거움은 곧 세상의 자극에 자리를 내어주었다.

우정 도둑

그러다 당신이 성인이 되고, 성인이 되는 것과 어른이 되는 것이 같지 않다는 것을 알았을 때쯤 책은 다시 당신에게 왔다. 10여 년간 끊겨 있던, 간간이 안부만 전하던 둘 사이가 다시 수면 위로 드러난다. 재회의 시작은 헤르만 헤세의 『데미안』이었다. 당신이 그 책을 다시 읽은 것은 스물다섯 무렵. 당신은 처음으로 그 책을 이해하는 것이 아니라 공감한다. 이해는 공감보다 한 발짝 먼 마음. 상냥한 말이지만 그 속에 절절함이 부족하다. 그에 비해 공감은 그 속으로 들어가 회한과 절망과 눈물을 온몸에 묻히는 일. 당신은 알을 깨고 나오는 주인공을 공감하며 자신을 절절히 더럽혔다. 지루하기 짝이 없다고 여겼던 그 책에는 당신의 이야기가 적혀 있었다. 누가 나를 미행했나? 의심할 정도로. 그것은 당신에게 더 이상 고전이 아니었다. 그저 당신의 이야기였을 뿐. 독일 대문호가 썼다는 오해를 받는.

당신은 더 이상 서두를 필요가 없다. 책에 쓰여 있는 당신 아닌 것들로 스스로를 설명할 수 있기 때문이다. 책들이 대신 말해주니까, 당신은 휴식할 수 있다. 고민들은 이미 책에 적혀 있고, 그들이 미리 겪어주었으니까, 당신은 구원받는다.

당신은 본격적으로 책과의 밀회를 시작한다. 처음에 당신은 오직 당신과 그것 사이의 관계에만 집중한다. 내 이야기가 적혀 있네, 신기하군, 조용한 감탄을 내뱉으면서. 100여 년 전 영국에서 적힌 소설에는 최근 당신이 겪은 고통이 고스란히 기록되어 있고, 38년 전 종로에서 적힌 한 시집에는 당신이 그려왔던 꿈에 대해 소름 끼치도록 정확히 표현되어 있다. 당신은 당신을 발견하기 위해, 다른 이의 언어로 설명받기 위해 책을 읽는다. 그렇게 나 아닌 사람이 쓴 나에 대한 분명한 언어를 읽으며 깊이 빠져든다.

그렇게 권수만큼 몰입이 쌓이면, 당신은 이차적으로 발견하게 된다. 책과 책 사이의 연결을. 이 책의 작가와 저 책의 작가와의 연결을. 더 나아가서는 책과 다른 종류의 예술 사이의 관계를. 이 시대와 저 시대의 연결을. 그건 걷다가 몸 전체가 거미줄에 걸려 넘어지는 경험이다. 넘어지면서 자신이 속해 있지 않은 곳에 소속감을 느끼는 것이다. 그 발견은 자아를 해방하는, 훨씬 광범위한 희열의 빛을 띠고 있다.

당신의 넘어짐, 그 첫 시작은 에밀리 디킨슨이었다. 그는 1800년대 미국 문학을 대표하는 시인이지만 본토에서의 엄청난 명성에 비해 한국에서는 잘 알려지지 않은 존재다. 문학을 전공하지 않은 한국 사람이 디킨슨을 알게 되는 경우는 대부분 우연에 빚진 경우고, 뒤늦게 그를 발견한 사람들은 아찔해한다. 이런 시인을 모를 뻔했다니. 공동의 아찔함이 그들을 디킨슨의 열혈 팬으로 묶는 동시에 우연한 발견에 대한 충성을 다짐하게 한다.

에밀리 디킨슨의 책을 펼쳐 읽기 시작하자 말로 풀어낼 길

없는 감정을 세밀하게 짚어낸 단어들을 마주치게 되고, 당신은 황당하리만큼 행복해진다. 그러다 당신은 책을 잠시 내려두고 예전에 보았던 「패터슨」이라는 영화 한 편을 우연히 다시 시청한다. 영화는 시를 쓰는 버스 기사의 삶을 그렸다. 당신은 이미 세 번이나 보았던 그 영화 속 에밀리 디킨슨의 존재를 이제야 알아본다. 극중에서 패터슨이 좋아하는 시인은 디킨슨이다. 길을 가던 소녀는 그에게 이렇게 말한다.

"멋져요! 에밀리 디킨슨 좋아하는 버스 기사 아저씨."

당신은 무척 놀란다. 디킨슨을 몰랐을 때에는 한국어로 쓰인 그 작가의 이름이, 단지 글자로만 보였기 때문이다.

이런 일은 계속해서 일어난다. 어느 날 우연히 미국 드라마를 보다가도. 드라마는 미국 어느 대학교의 영문학과 학부에서 일어나는 일을 그린다. 주인공인 동양인 학과장은 이렇게 말한다.

"사람들은 웬 동양인 여자가 에밀리 디킨슨을 가르치냐고 하겠지."

디킨슨은 계속 등장한다.

당신은 우연히 어떤 책에서 호르헤 루이스 보르헤스가 그를 가장 위대한 여성 작가이자 시인으로 평했다는 것을 읽게 된다.

또 몇 달 뒤에는 단지 디자인이 아름다워 구매한 사이먼 앤드 가펑클 앨범의 첫 번째 트랙에서 디킨슨의 이름을 듣는다.

Can here the ocean roar

우리는 이곳에서 바다의 포효를 들을 수 있지

in the dangling conversation

갈피 없는 대화를 계속하면서

and the superficial sighs

그리고 얄팍한 한숨들

the borders of our lives.

우리 인생의 경계들

and you read your emily dickinson

너는 너의 에밀리 디킨슨을 읽고

and I my robert frost

나는 나의 로버트 프로스트를 읽지

　　　　－사이먼 앤드 가펑클, 「The Dangling Conversation」

　　연인의 실패한 대화를 노래하는 이 곡에서 서로 다른 책을 읽는 연인의 모습을 통해 그들의 다름이 암시된다. 당신은 으스러져 가는 두 남녀의 간극을 예상한다. 그리고 왜 그 둘이 완벽한 연인이 될 수 없는지 이보다 더 잘 나타낼 수는 없다고 생각한다. 자기도 모르게 이런 생각이 들었기 때문이다. 디킨슨을 읽지 않는 사람과 과연 사랑에 빠질 수 있을까…….

　　책을 읽다 보면 얽히고설킨 작가들의 관계 또한 발견하게 된다. 당신은 처음엔 그 유명한 알베르 카뮈를 남들처럼 사랑하지는 않았다. 어릴 적 읽었던 『이방인』은 그저 와닿지 않는 명작으로 스쳐 지나갔다. 그러다 당신이 다시 카뮈를 읽기 시작한 건 장 그르니에의 작품 때문이었다. 장 그르니에의 제자였던 카뮈가 그를 얼마나 존경했는지에 대해, 카뮈가 스물둘에 썼던 첫 책 『안과 겉』을 '보잘것없는 에세이집'이라고 칭하며 그르니에에게 헌정했다는 사실, 그르니에의 대표작 『섬』에 부치는 기가 막힌 서문을 카뮈가 썼다는 사실을 그르니에의 책을 통해 알게 된다. 폐결핵을 오래 앓았던 카뮈가 학교에 나오지 않자 그의 집을 찾아갔던 선생 그르니에와 특출난 학생을 알아보고 시를 쓰기를 권했던 그 오랜 선생의 오랜 안목과, 원고료를 받지 못했다는 한탄, 『페스트』의 출간을 기다리고 있다는 말과 그 모든 사사로우면서 중요한 대화들이 그들의 서간문에 여지없이 남아 있다는 사실을 당신은 발견한다.

작가를 둘러싼 관계들은 그 작가와 그의 책을 더 사랑하게 만든다. 자칫 냉소적으로 보일 수 있는 카뮈가 어떠한 확신도 교만도 없이 선생에게 자신의 모든 것(문학적 고민, 개인적인 사정, 인간적인 불평)을 내어 보이는 태도와 그 속에서 더욱 입체화되는 카뮈를 당신은 골고루 궁금해하게 된다.

당신은 한 작가를 둘러싼 360도의 거미줄에 집착한다. 카뮈와 연결된 다른 인물들이 등장하기 시작한다. 카뮈가 가장 많이 인용하는 본인 이전 시대의 작가가 니체, 라는 것을 당신은 눈치 챈다. 니체는 당신에게 단순히 저명한 철학가가 아니라, 당신이 가장 좋아하는 작가가 가장 좋아하는 작가다. 카뮈의 책은 니체 철학의 문학화였기 때문이다. 당신은 카뮈를 연구하는 한 방식으로서 니체를 공부한다. 니체의 책『차라투스트라는 이렇게 말했다』에 감명받은 당신은 무엇이 그를 그토록 치열하게 만들었는지 궁금해 공부하다, 평생 니체가 홀딱 반해 있었던 한 여성을 찾게 된다.

이제 당신은 니체 주변의 거미줄로 넘어간다. 그 지도에서 첫 번째로 눈에 띄는 이름은 루 살로메. 당신이 감명 깊게 읽은 바로 그 책이 니체가 살로메에게 실연을 당하고 나서 고통 속에 쓴 걸 작이라는 사실을 알게 된다. 당신은 그 여인에 대해 찾아본다. 당신은 놀라움으로 경악한다. 작가이자 정신분석학자였던 살로메에게 첫눈에 반한 니체는 이 여인에게 아주 오랫동안 매달렸으며, 두 번의 청혼 모두 거절당하고 우울증에 빠졌었다.

그 후 루 살로메는 열다섯 살 연하인 시인을 만나게 되는데 살로메는 그 어린 시인의 필명과 작품 스타일까지 바꿔주었고, 그 시인은 다름 아닌 라이너 마리아 릴케였다. 당신은 그 사실들을 알게 되었을 당시 마침 릴케의 감미로운 시에 빠져 있었는데, 그 시 중 여럿이 릴케가 살로메를 생각하며 쓴 실제적인 시였다는 것을 알게 된다. 다른 남자와 떠나버린 살로메가 묵던 호텔에 릴케가 편지 뭉치를 보냈다는 사실도. 당신이 존경하던 시인 릴케는 그렇게 미련 가득한 찌질이 연하남이 된다. 문학은 가십처럼, 재밌게 가벼워진다.

그러니에, 니체, 니체의 여자친구였던 루 살로메까지 건너갔던 당신은 다시 카뮈로 돌아온다. 이번에는 카뮈와 사이가 좋지 않았던 이를 만난다. 장 폴 사르트르다. 당시 프랑스 최고의 지성인이자 작가로서 중요한 역할을 했던 그는, 카뮈와 함께 당시 문학의 쌍두마차였다. 당신은 또 다른 책에서 읽었던 일화, 사람들이 모인 노천카페에서 어느 두 작가가 나란히 앉아 식사 자리가 끝날 때까지 서로 단 한 마디도 주고받지 않았다는 일화를 떠올리며, 혹시 그것이 카뮈와 사르트르가 아니었을까 상상한다.

반면 사르트르는 작가 프랑수아즈 사강의 글 속에서 온순한 장님 노인으로 등장한다. 사르트르가 늙어서 눈이 멀었을 때 그보다 서른 살 어린 사강이 그의 집에 들러 그를 데리고 열흘에 한 번씩 '파리 14구의 후미진 곳에 있는 이런저런 식당들에서' 저녁 식사를 하는 장면을 읽는다. 당신은 사강의 기억 속에서 추억되는 사르트르의 모습, 평범한 할아버지에 가까운, 해 질 녘 파리의 한 식당에서 눈을 감은 채 오리고기에 곁들일 레드 와인을 주문하는 늙은 그의 모습을 본다.

그러다 당신은 사강의 글 귀퉁이에서 시몬 드 보부아르라는 이름을 발견한다. 당신은 보부아르가 사르트르와의 끈질긴 계약

연애로 유명했다는 사실, 그들이 평생의 연인이었다는 사실을 읽고 그의 책을 산다. 보부아르의 대표작『제2의 성』이다.

당신은 그 두꺼운 책을 다 읽기도 전에 아주 우연한 계기로『소녀, 여자, 다른 사람들』이라는 1959년생 흑인 여성의 소설을 읽기 시작했다가 이 책의 정신이 보부아르의 그 책으로부터 왔다는 것을 어떤 설명도 없이 안다. 곧 또 우연한 계기로, 2019년『소녀, 여자, 다른 사람들』이 문학계에서 최고로 권위 있는 부커상을 1939년생인 또 다른 작가의『증언들』과 공동 수상했다는 것과, 그 작가가 마거릿 애트우드라는 것을 알게 된다.

당신은 어딘가 익숙한 그 이름을 곱씹으면서 과거로 간다. 당신이 처음 유럽으로 떠났을 때 서점에는 온통 어떤 작가의 책이 의아하리만큼 가득 깔려 있었고, 그 작가의 이름이 애트우드였다는 것을 깨닫는다. 당신은 곧 그의 전설적인 대표작『시녀 이야기』가 보부아르의 정신을 이어받은 페미니즘 문학이며, 이번에 수상한『증언들』은 34년 만에 나온『시녀 이야기』의 후속작이라는 것을 런던의 한 서점에서 듣는다.

당신은 여자에 대해 썼던 여자들에 대해 처음 배운다. 당신은 스스로의 무지를 깨우치기 위해 그들의 책을 사들인다. 그러면서 글로 탁월하게 싸웠던 여자들의 거미줄에 걸려 넘어진다. 곧 1년 전 해외에서 주문해 둔 도리스 레싱의『Golden Notebooks(금색 공책)』이 애트우드가 20대 초반에 읽고 영감을 받았던, 세계문학 최초의 탐폰이라고 불리는 작품이라는 것을 배운다.

당신은 이 걷잡을 수 없는 접점들을 다 헤아리기도 전에 다른 위대한 여성 작가들을 알게 된다. 영화 「프란시스 하」의 주인공을 맡은 배우이자 「작은 아씨들」의 감독인 그레타 거윅의 추천사를 보고 조앤 디디온을 읽는다. 또, 마거릿 애트우드의 추천사를 보고 앤 섹스턴을 읽는다. 결국 모든 점들이 촘촘히 이어진다. 에밀리 디킨슨, 샬럿 브론테, 버지니아 울프의 존재로 시작되었던 점들이.

그 모든 여자들을 알게 된 뒤에는 누군가의 무지 혹은 편견을 비웃는 일도 생긴다. 어떤 남자의 말, "카뮈'는 참 섹시한데 여자 작가 중에는 섹슈얼한 작가가 없다, 사강도 디킨슨도 섹시하지는 않다"는 한 교수의 말을 듣고 당신은 속으로 코웃음을 친다. '앤 섹스턴 어떻게 생겼는지 본 적 없구나……'

당신은 이렇듯 책과 책 사이에 이미 연결되어 있는 고리들을 탐험하며 현실을 성실히 지나친다. 당신은 깨닫는다. 역사는 그들의 글로 조각되어 왔다는 사실을. 그리고 그 끈질긴 기록의 다른 이름이 바로 '책'이었던 것이다. 책들은 전부 어떤 방식으로든 손을 맞잡고 있다. 책을 읽음으로써 책을 쓴 사람들은 책 밖의 사람들과 결속한다.

읽는 행위는 이러한 고리들을 추적해 나가는 과정이다. 당신이 갖고 있던 책이라는 점들이 선으로 연결되는 것을 한번 보기 시작하면 결코 독서를 포기할 수 없다. 어떤 것을 사랑한다는 것은, 그것을 발견했던 우연의 순간까지 포함하고 있으며, 다시는 그것을 알기 이전으로 돌아갈 수 없다는 것을 명시한다. 우연한 발견에서 시작된 앎은 점차 사랑으로 진화한다. 책을 둘러싼 거미줄은 곧 사랑의 거미줄이다.

당신은 그 거미줄의 방대함에 놀라 조용하게 겸손해진다. 겸손해지지 않는다면 책을 제대로 읽은 것이 아닐 것이다. 당신은 읽으면 읽을수록 커지는 게 아니라 작아진다. 사랑이 그렇듯. 독서의 끝은 겸손과 침묵이지 오만함이 아니다. 조용하고 작은 당신을 대신해 책들은 점점 커진다. 점점 더 큰 거미줄을 친다.

당신의 세계를 뒤덮는 거대한 거미줄은 단 한 권의 책으로 시작된다. 그렇게 책은 놀랍도록 무시무시한 것이다. 결국 당신은 말한다. 아는 만큼 보이는 것이 아니라 사랑하는 만큼 보인다고. 연결되는 만큼 완성된다고. 당신은 당신의 배경이 되어버린 이 거대한 책의 생태계에 몸을 기댄다. 그리고 뒤늦게 후회한다. 연결되지 않았던 날들을. 외로웠던 스물여섯 그해 파리의 겨울을. 몽파르나스 묘지, 샤를 보들레르와 사뮈엘 베케트, 보부아르가 묻힌 그곳에서 당신이 대화를 나누었던 것은 경비 아저씨밖에 없었다는 것을. 그때 당신은 아직 외로웠었다. 몸에 묻은 얼룩도, 머리카락에 붙은 거미줄 자국도 없이.

욕망

똑같은 거 열 개쯤 있지 않아? 엄마는 택배 박스에서 꺼내진 이자벨 마랑 구두를 보고 말한다. 나는 순간적인 반항심에 휩싸여 대꾸한다. 10년 만에 처음 산 건데. 나는 내 옷장을 열어본다. 그러나 그의 착각에 웬일인지 기분이 좋다. 왜 나는 내 옷장 속 그 브랜드의 오랜 부재를 오히려 자랑스러워하고 있을까? 그 브랜드 옷이 '많아 보이는' 분위기를 획득하려면, 적어도 옷장 가득 그 브랜드 아이템으로 채우고 있어야 하지 않나? 분위기만 취득하는 건 얌체 같은 짓 아닐까? 그걸 나의 미의식, 혹은 스타일이라 확언할 수 있을까?

우정 도둑

거울 앞에 선다. 순간 기억들이 발밑에 쏟아진다. 아홉 살 생일에 선물받았던 로엠 걸즈 청재킷, 화장이 아닌 사복이 필요했던 학창시절, 여드름 같던 질투, 열등감, 도취, 오소소 피어나던 스스로와의 결속, 때때로의 공허한 성취감, 겉모습 때문에 겪은 얼마간의 사춘기, 옷 무더기, 그 속에서 나의 욕망이 수정되던 10년. 그 오랜 이야기가 옷장 앞에 선 내 신체와 정신을 압도한다.

새 옷을 구매한 건 오랜만의 일이다. 읽고 쓰는 일에만 몰두하는 시기에는 옷에는 전혀 신경을 안 쓰게 된다. 나의 패션은 정확히 비수기와 성수기로 나뉜다. 본격적인 작업에 들어갈 때 치장에 대한 욕구는 내게서 완전히 소멸한다. 어쩌면 노력 없이 자신감을 가질 수 있는 분야를 포기하는 것이다. 매일 책상에 앉아야 할 작가의 운명을 받아들이고 그 속으로 걸어 들어가기로 작정한다면, 멋은 그 욕망에 적대적이자 낭비적인 것으로 여겨졌다. 글을 쓰고 있을 때만큼은 평생 예쁜 옷은 필요 없을 것 같았다.

그러나 한겨울이었던 어느 날, 나는 문득 스타일을 완전히 분실한 이 시기가 창작에 나쁜 영향을 미친다는 것을 깨달았다. 특히 거의 5개월 동안 잠옷이나 단벌로 된 외출복만 입고 생활하다 보니 세상과 나를 오직 책에서만 발견해야 했다. 한마디로 따분했다. 의문이 들었다. 패션은 절대적인 낭비여야만 하는가. 오래전부터 이 고민을 될 수 있는 한 묻어두고 외면한 것은, '옷만'

잘 입는 작가가 될까 하는 두려움 때문이었는지도 모른다. 어릴 적 우리 집 책장에 꽂혀 있던 책의 제목이 내 마음에 오래 남아 있던 이유를 이제 알 것만 같았다. 『옷을 팔아 책을 사라』. 비난의 목소리가 새어 나왔다. 너는 옷보다 책을 훨씬 사랑해야 해. 욕망은 딱 한 분야의 자리만 남아 있으니.

이것은 두 가지 욕망에 대한 이야기다. 어릴 적 나는 책만큼이나 옷을 사랑했다. 이 두 가지 욕망에 서로 다른 점이 있다면 후자는 반드시 타인의 시선과 관련이 있다는 점이다. 스무 살의 내가 옷을 사랑한 것인지, 그 안에서 빛나는 나를 초조히 기대했는지는 확실하지 않다. 확실한 것은 고등학교를 졸업하고 사복을 입기 시작하면서 사춘기의 열등감을 회복했다는 것이다. 이와 관련해 한 가지 잊히지 않는 사건이 있다. 대학에서 100명이 넘는 수강생이 함께 듣는 패션 마케팅 수업을 들을 때 항상 맨 첫 줄을 사수했다. 교수님은 우아한 카리스마를 가진 중년 여성이었는데, 어느 날 나를 강단에 불러 세우더니 이렇게 말씀하셨다. 딱 봐봐요, 이 학생 보면 의류학과라는 게 티가 나지 않나요? 이 학생을 본받아 옷을 잘 입고 다니세요. 누가 봐도 옷을 공부하는 학생이라는 걸 알게끔. 나는 부끄러워 얼굴이 벌게졌지만 인정받았다는 자부심이 들끓었던 느낌이 생생하다. 미숙한 욕망에는 언제나 비교 대상이 있다. 그 사건은 어린 내가 어렴풋이 가지고 있던 스타일에 대한 갈망, 더 나아가서는 누군가 나를 알아봐 주길 원하던 마음에 불을 질렀다. 당시 친구들은 내게 말했다. 뒷모습을 봤는데 목도리 때문에 너인 줄 알 수 있었어. 패션은 말 한마디 없이 나를 드러내는 표정이 될 수 있었다. 그렇다면 내가 당장 할 수 있는 일은 무엇이지?

최대한 많은 옷을 입어보는 일. 20대 초반 일주일에 한 번씩은 옷가게에 들러 맹렬히 구경하던 기억이 있다. 자라ZARA 피팅룸은 추억의 장소다. 2011년부터 내 또래는 동대문 밀리오레가 아닌 인터넷과 SPA브랜드에서 쇼핑하기 시작했다. 패션이 더 빠르고 다양해지는 시기와 갓 스무 살이 된 우리의 욕망이 맞물려 있었다. 우리가 환경 파괴에 책임감을 느끼거나 소재의 퀄리티를 따질 줄 아는 소비자가 되기 이전에 만 9천원짜리 티셔츠와 5만 9천원이면 살 수 있는 비건 레더 재킷은 구원이었다. 20~30대 여성 중 SPA브랜드에게 빚을 지지 않았던 사람이 과연 있을까 싶다. 나는 여느 또래들과 다를 바 없이 모든 옷을 많이 입어보고 많이 사보고 또 많이 버렸다.

최근 오랜만에 방문한 자라에서 원피스 뒷목에 붙은 지퍼를 낑낑대며 내릴 때, 나는 스스로에 대한 작은 힌트라도 얻으려 애쓰던 어린 나를 떠올렸다. 나는 그 방 안에서 모든 옷을 입어보고 수많은 포즈를 취해보았으며 혼자 기뻐하고 실망했다. 몸에서 옷가지를 빼내는 작업을 반복하면서, 머릿속으로 이번 달 정산된 알

바비와 저번 달 받은 세뱃돈을 끊임없이 계산하면서, 어울리지 않은 옷을 입었을 때 밀려오는 실망감과 신체적인 수치심을 비밀스레 느끼면서. 20대의 피팅룸 안에는 실패가 있었다.

시간이 쌓이면 혼자 쇼핑을 하게 된다. 어떤 옷이 내게 맞는 옷인지, "완전 네 거야"라는 친구의 호들갑이나 최신 잡지의 도움 없이도 안다. 옷을 알아서가 아니라 나를 알아서 가능한 일이다. 이것은 마치 어느 영미소설을 두고, 번역이 괜찮다 혹은 별로다 평할 수 있는 일과 같다. 영어를 모르는 사람도 한국어를 잘 알기 때문에 판단할 자격이 주어지는 것처럼. 잘 고른 옷은 내밀한 욕망을 성공적으로 번역한다. 자신을 정확히 알고 발견하는 일은 도서관에서도 일어났지만 피팅룸에서도 벌어졌다.

옷 무더기 속에서 건져 올린 시행착오들로 패션은 최종적으로 일종의 생활 철학이자 선택 가능한 기분이 된다. 그래서 좋은 스타일은 보기에 눈과 마음이 편하다. 옷에 잡아먹힌 사람은 옷을 지배하고 있는 사람보다는 덜 매력적이기 때문이다. 모든 시도를 종합해 이룰 궁극적인 목표는, 입는 이가 옷 위에 서는 일이다. 옷에 항복하는 게 패션이라면 스타일은 내가 그것을 활용하는 능동적인 감각이다. 스타일을 획득한 사람은 열등감을 감추려는 자기기만과는 거리가 멀기에 침묵하며 당당하다. 내 것을 아는 사람은 다른 사람의 것을 보며 질투하지도 폄하하지도 않는다. 스스로 일군 명백한 아름다움을 믿어보려 할 때, 다른 사람의 어떤 인증은 필요 없다는 진실, 그로 인해 우리는 타인의 시선에서 해방된다.

그때의 내게 해방은 아직 멀기만 했다. 나는 끊임없이 누군가의 옷차림을 부러워했다. 사고 싶던 브랜드를 사기엔 호주머니 사정도 좋지 않았다. 당시 유행했던 수많은 것을 결국 나는 놓쳤다. 유행을 외면하는 일은 소속감의 한 조각을 체념해야 하는 도전적인 일이었다. 내가 사고 싶은 브랜드는 어차피 살 수 없었다. 옷을 입는 데에 명분이 필요한 것은 아니지만 적어도 그때의 나에게 내가 좋아하던 옷들은 아직 어울리지 않았다. 20대 특유의 명랑한 포기들과 함께 시간이 흐르는 와중에 정확한 이상향을 발견했다. 내가 좋아하는 배우들은 그 여자가 만든 옷들을 입었다. 그 브랜드를 동경하기 시작했다.

학생 시절 잡지에서 접한 이자벨 마랑은 막연했던 이상향이 실재함을 확인하는 경이의 순간이었다. 그 스타일은 너무나 독보적인 나머지 한번 알게 되면 뇌리에서 쉽게 떨쳐내기가 어렵다. 본능적인 찬사와 함께 나는 그곳에 영원히 고여버린다. 허리에는 주름이 잡혔고 주머니가 뾰족 튀어나온 반바지가 이자벨 마랑이라는 것을 알면, 그 후부터 다른 옷이 보인다. 얼마나 많은 브랜드들이 이 브랜드에 빚지고 있는지를. 그러니까 패션을 배워가면서 거기서 파생되는 영향을 감지하는 은밀한 즐거움이 생긴다. 그렇게 연결된 하나의 세계가 수면 위로 드러난다. 프렌치 시크를 표방하는 많은 브랜드들이 있지만 이자벨 마랑은 그 무드의 최초 창시자이다. 비비안 웨스트우드가 펑크와 록의 여왕이라면, 이자벨 마랑은 독립적이고 무심한 프렌치 시크를 대표한다.

이자벨 마랑을 떠올리면 미니스커트와 청키한 부츠, 부시시한 머리를 한 모델들이 은빛 후광을 내며 걸어오는 장면이 보인다. 편안한 핏의 길이가 긴 바지들과 보헤미안적인 은색 귀걸이와 팔찌들도. 이자벨 마랑이 대표하는 여성상은 전사처럼 강인하지만 동시에 로맨틱하다. 내가 생각하는 프랑스 여자들의 정체성을 의복화한 것이 바로 그의 옷이다.

인터뷰 사진 속 그는 언제나 웃고 있다. 창작자와 옷의 분위기가 일치할 때, '진정성'이라는 오염된 표현 없이도 인격적인 가치가 의복의 분위기와 자연스레 결합된다. 패션이 내면이나 태도와는 전혀 상관없는 허영에 불과하다는 오랜 비웃음을 완전히 상쇄시켜 버리는 실력과 미소 그리고 영향력. 아무렇게나 묶은 머리, 화장기 없는 얼굴, 아랫니까지 훤히 드러내 보이는 호탕함을 가득 머금은 웃음, 늘어진 티셔츠, 청바지, 부츠, 자신이 만든 옷을 자유롭게 입은 그의 모습을 마주할 때 느낀다. 자기가 어떻게 보일지 그다지 신경 쓰지 않는 여자에게서만 나올 수 있는 털털한 아우라를. 그의 얼굴을 마주할 때마다 나는 그가 말을 아낀다는 인상을 지울 수가 없다. 그는 패션 세계를 이끌어나가는—2013년 진행된 H&M과의 콜라보는 전 세계를 통틀어 45분 만에 매진되는 기록을 세웠다—그런 성취와는 무관하게도 시종일관 겸손한 태도를 보인다. 그의 말 한마디 한마디가 자연스럽다. 패션은 언어와 마찬가지로, 태도로 완성되기 때문이다.

그가 만든 옷가지들은 여성에 대한 구태의연한 시선들, 곧 '다소곳하고 참한' 여성의 신체를 성적 선입견으로 묶어두는 의복들과 그 의복들을 여전히 향유하게 되는 현대의 불편한 시각에 대해 소극적으로 저항한다. 이자벨 마랑의 의복이 해방적인 이유는 그것이 여성에게 요구되는 완벽한 외모를 대담히 거부한다는 점에 있다. 맨얼굴. 주근깨. 각질. 정전기. 그 모든 결점이 드러난다. 그 결점들은 전략적으로 '에포트리스 시크effortless chic'라고 이름 지어지는, 흔히 '파리지앵 무슨 느낌인지 알죠?'라며 쇼 호스트가 잡은 그날의 과시적인 콘셉트가 아닌, 평생을 맨얼굴로 살아가도 좋을 한 파리지앵의 선언이다. 그는 자신의 브랜드가 지나치게 노출되지 않기를 바라고, 공격적인 마케팅을 하지도 않는다. 그것이 말과 광고로 만든 패션과는 다른 점이다. 훌륭한 모든 것은 스스로 주장하는 것이 아닌 다른 이의 인정을 바탕으로 최고의 자리를 점한다.

배우 배두나는 한 인터뷰에서 절제하는 연기를 추구하는 이유에 대해 이렇게 말한다. "삐져나오는 건 괜찮아요. 그런데 감정을 관객에게 강요하는 것은 싫어요." 그는 영화를 보는 관객들이 장면에 집중하면서 능동적으로 참여하기를 원한다고 말했다. 연기하며 자신이 염두했던 부분을 관객은 알아차려 주리라는 확신이 든다고 했다. 이자벨 마랑을 선택하는 여자들의 깊은 마음속에는 타인에게 자신의 멋짐이 발견되기를 기대하는 욕망이 깃들어 있다. 그들은 자신이 입는 옷과 닮아간다. 맨얼굴, 주근깨, 각질, 정전기로 부푼 부스스한 머리는 새로운 미의 증거가 된다. 그의 태도는 예술의 경지에 다다른 패션에서도 적용된다. 나는 웃는 얼굴 뒤에 신념을 숨긴 배두나의 얼굴와 이자벨 마랑의 그것이 겹쳐 보이는 듯했다. 그는 내가 좋아했던 프랑스 여자를 닮았다.

학생 시절 내가 처음 발견한 프랑스 여자는 「비포 선라이즈」의 셀린이었다. 나는 그 영화에서 표현된 – 남자에게 절대 의지하지 않고 독립적이며, 또한 낭만을 믿고 동시에 지적인 – 셀린이 실제로 전형적인 프랑스 여자들과 별반 다르지 않다는 것을 눈치챘다. 다른 여자들도 비슷한 느낌을 지니고 있었다. 오드리 토투를 알게 된 건 「아멜리에」였지만 「시작은 키스」라는 영화로 그에게 본격 입문했다. 오드리 토투가 연기한 여자는 내가 기대하는 프랑스 여자의 태도를 지닌, 원하는 바를 직설적으로 말해낼 수 있는 여자다. 그리고 그 여자가 입고 나오는 옷들은 지극히 프랑스적이다. 생활이 묻어나 진실된 우아함이 서려 있다는 점에서.

실제로 프랑스 대표 배우인 오드리 토투는 프랑스 여성에 대한 환상을 완벽히 충족한다(패션에는 어느 정도의 환상이 필요하다).

그는 미국 상업 영화 출연을 전면 중지하겠다고 선언했다. 그 인터뷰에 묘사된 그는 '더할 나위 없이 프랑스인다우며, 어깨를 으쓱하고 입을 삐쭉 내밀고 눈을 굴리며 섹시한 프랑스 억양의 영어로 "울랄라"라고 외친다.' 자신은 더 유명해지고 싶은 마음도 없으며, 1년에 다섯 편의 영화를 찍으면서는 개인적인 삶을 지킬 수 없고, 자신의 친구들과 가족들은 모두 파리에 있으므로 그곳이 자기가 속한 곳이라고 말하며 이렇게 덧붙인다. "내가 미국을 거부한 건 아니에요. 난 그냥 되게 프랑스적으로 느껴요."

그 여자들을 사모하고 닮는다는 것은 이자벨 마랑으로 옷장을 꽉 채운다는 의미가 아니었다. 그것은 화장을 지우고 하나의 옷을 오래 입는, 그 물건을 나의 부분적인 정체성으로 만들고 애초의 의도를 까먹는 자유로움을 의미한다. 도도한 수줍음이 남아 있는 패션. 지나친 주목을 거부하는, 사적인 삶을 살도록 유혹하는 스타일. 내가 생각하는 미의 기준은 프랑스 여자들이 빨간 입술로 단호하게 이야기하는 독립성과 맞닿아 있다.

개인에게 충분히 물들어 있는 옷은 옷과 몸 사이의 지나친 경계를 지우고 옷이 아닌 척 침잠한다. 나는 그 여자들이 입고 있던 보풀 난 스웨터에 내 관심이 쏠리는 것을 고백할 수밖에 없다. 그 패션은 소란스럽지도, 누군가의 관심을 원하지도 않는다. 언제나 옷장 속에 간직되어 왔을 법한 옷. 오리지널리티를 조용히 확보하고 있는 옷. 책의 세계가 쉽사리 무시할 수 없는 고유한 세계를 가지고 떳떳이 사랑해도 좋을 욕망의 세계. 개인의 아름다움을 이야기할 때, 책과 옷은 서로 경쟁한다. 한 사람의 말투, 분위기, 옷차림, 읽는 책, 도시는 결국 유기적으로 서로를 돕는다. 우리는 최대한 많은 것들로 스스로를 표현하며 '자기다움'을 발굴할 수 있다.

최근 신발 두 켤레를 구매했다. 고등학생 때부터 사고 싶던 신발들은 10년이 지난 지금까지 비슷한 디자인으로 여전히 판매되고 있다. 멋스러운 부츠와 하이탑 운동화의 가격은 그때나 지금이나 무척 비싸서 망설였지만 후회하지 않을 거라는 건 알고 있다. 이 신발을 구매하기까지 10년이 걸렸기 때문이다. 그 옷들이 나를 방해하지도, 과장하지도 않을 때까지, 내가 그것에 파묻히지 않을 만큼 스스로의 가치를 키울 때까지 나는 수많은 옷을 입고 그보다 더 많은 책을 읽었다. 스타일이 지적인 매력을 추월하지 않게 절제하면서. 어느 순간 돌이켜보았을 때 써내는 글과 옷차림이 닮아 있는 꿈을 꾸며. 옷과 책은 정직하게 인정해야 하는, 내 안에 팽팽히 맞서고 있는 두 가지 욕망이다. 그렇다. 이러한 모순적인 화합의 순간을, 사실 나는 아주 오래도록 기다려왔던 것이다.

초대

노래 앞에서 당신은 응접실에 앉은 손님이다. 떨리는 마음으로 가방을 무릎에 얹어두고 두리번거리는, 어색한 웃음을 띠면서도 곧잘 자신의 이야기를 들려주고 주인이 준비한 티 코스에 끝까지 참여하는 이. 그런 만남이 반복되다 보면 당신은 노래와 친해진다. 어느새 당신은 응접실을 벗어나 더 깊은 곳으로 들어가게 된다. 서재, 거실, 혹은 침실에서 밤을 지새우게 될지도 모른다. 혹은 아직 발표되지 않은 가사 몇 줄을 보게 될지도 모른다. 완벽하게 꾸며진 응접실이 아닌 실제 삶이 묻어난 그 공간에서 당신은 자연스러운 희열을 느끼게 된다. 당신은 책상 앞에 가득 붙은 포스트잇과 한 줄의 가사를 쓰기 위해 읽힌 수십 권의 책들, 과거의 커피 잔과 널브러진 술병들을 보게 된다. 창작의 백스테이지를 본 순간 당신은 안다. 음악의 속내를 보기 전으로 다시는 돌아갈 수 없다는 것을. 비밀을 공유하면 유대는 깊어진다.

노래는 손님과 집주인의 관계처럼 언제나 상호적이다. 일방적이지 않다. 멋진 노래를 들을 때는 감상자의 도도함을 버리고 당신도 노래한테 잘 보이려고 노력해야 한다. 당신은 한 번에 한 곡씩 딴짓 없이 듣는 식으로 노래에게 감사를 표한다. 음악은 듣고 흘려버리는 사람에게 딱 그만큼의 공간만 내어주는 반면 당신 같은 사람에게는 필요한 모든 것을 준다. 어쩌면 당신의 인생을 뒤흔들 모든 것. 깜짝 놀랄지도 모를 마음 저 깊은 구석과 모든 모서리까지 내어준다. 한번 거실까지 진입한 사람은 다시 응접실로 돌아가기를 거부한다. 거긴 노래 몇 구절에 발만 담그는 풋내기들만 모여 있는 곳이며, 당신은 스스로가 그들과 다르다고 느낀다. 거실에 초대받는 방법을 이미 알고 있기 때문이다.

그 과정에서 음악은 전혀 다른 빛을 띠기도 한다. 왜냐하면 진정한 음악가는 청자를 위해 여분의 세계를 만들어두기 때문이다. 그 안을 산책하는 것은 당신의 몫이다. 이번에는 거실을 떠나 상처, 승리, 정신, 아기 시절, 안개, 추억, 비참함이 늘어진 음악의 정원, 음악의 성, 음악의 교외, 음악의 공항으로 가게 될지도 모른다. 하나의 음악을 듣는다는 것은 몇 만 개의 숨겨진 장소를 듣는다는 것이다.

그 장소를 거닐어본 사람에게 음악은 자기 것이 된다. 들음으로써 노래가 만들어진다. 당신은 이내 그것들이 자기가 만든 음악이라고 확신하게 된다. 너무 자주 걸어본 나머지 헷갈리게 되는 것이다. 내가 지은 노래가 아니었던가? 아니야, 확실해. 이건 내 인생이고, 내 노래야. 그 증거로 당신의 호주머니에서 음악의 정원에서 꺾어온 꽃 한 송이, 음악의 방에서 훔쳐 온 종이 한 장이 발견된다. 당신은 확신한다. 착각 속에서 당신의 세계는 점점 넓어진다. 실제 노래를 만든 사람들은 자신만만해 보이는 당신을 훔쳐보며 말한다. 계획대로 되었군. 그러고는 그들은 또 다른 노래를 만들러 사라진다. 그들은 노래 밖에서 말하는 일이 없다. 대체로 작업실에 틀어박혀 있을 뿐이다. 그들 대신 세상을 돌아다니는 건 바로 당신이다. 그렇게 오랜 계략이 성사된다.

이어폰을 끼고 걷는 당신 안에 수억 개의 세계가 존재한다는 것을, 사람들은 모른다. 사람들은 당신을 그저 듣는 이로 오해하곤 한다.

두 번째 산책

뉴욕 맨해튼 57번가 호텔 로비. 미국인 친구 D가 나를 데리러 왔다. 그와 잠깐 걷기로 했다. D가 로비에 도착해 나를 가볍게 안자 나는 로비 직원들의 시선을 느낀다. 장기 투숙객은 프런트 직원들과 아침마다 농담을 주고받는 귀여운 혜택을 누린다. 그간 내 자잘한 요구 사항을 들어준 여자 직원이 눈짓으로 말을 걸어온다. 남자친구 멋있네! 나는 입술을 오므리며 복화술로 말한다. 남자친구 아니야, 그냥 친구. 그녀의 야릇하고 짓궂은 표정은 내가 이곳에 2주 이상 묵는 손님이라는 사실에 비추어봤을 때 선을 넘는 표현은 아니다. 그들은 선을 지키면서 다정하게 구는 데 능숙하다. 나는 가방에서 립스틱을 꺼내는 동시에 D에게 팔짱을 끼며 직원에게 한마디를 던진다. "Your curly hair is so lovely(곱슬머리가 참 사랑스럽네요)." 천연덕스러운 미국인들을 흉내 내는 방법이다. 감동적인 어투로 낯선 사람 칭찬하기.

호텔 밖으로 빠져나오면서 하루가 시작된다. 나는 엄청나게 많은 말을 한다. 할 말이 많아서 말투가 차분할 수 없고 눈에 아른 대는 다양한 감정들이 동시에 표출되려 안달한다. "나 너무 산만 하지?" 내가 민망해하며 말하면 그는 단호하게 웃으며 "그래서 좋 다"고 한다. 시간과 사건과 기분을 마음대로 가로지르며 들뜬 마 음을 표현하고 나면 어느덧 세 블록이 지나 있다. 뉴욕에서는 블 록block으로 대화 분량을 계산한다. 드라마 「섹스 앤 더 시티」에서 도 두 친구가 거리에서 이런 이야기를 나누지 않았던가.

"몇 블록짜리 얘기야?"

그를 일터에 데려다주고, 나는 그를 다시 만나기로 한 저녁까 지 하루 종일 걸을 예정이다. 스타벅스 플라스틱 컵이 아슬아슬하 게 쌓여 있는 쓰레기통 꼭대기에 먹다 남은 사과 반쪽을 얹어둔 다음 57번가 모퉁이의 횡단보도를 건널 때, 나는 페르난두 페소아 의 시 구절 하나를 떠올린다.

사랑한다는 것은 산만한 것.

사랑에 빠져 있는 이와 산책자는 산만하다는 공통점을 가지고 있다. 차이점은 하나다. 사랑에 빠진 이와는 달리 산책자는 세상 모든 것을 사랑의 대상으로 삼는다는 것. 산책자는 불시로 마음을 빼앗기기 위해 끝없이 걷는 자다. 길 위의 모든 물질은 잠재된 감탄이며 태연한 태도로 질서 없이 늘어져 있다. 꽃과 바람, 지나가는 유모차의 색상, 아이의 금빛 머리카락이 산책자의 눈에 가 닿는다. 산책자는 그것을 보고, 또 느낀다. 그러고는 마음에 들어오는 장면을 만나는 순간 이전에 보았던 아름다움과 즉시 이별한다. 갑작스러운 전환은 단절이 아닌 유영이다. 모든 생각은 둥실둥실 연결되거나 결합되어 흘러간다. 구름처럼. 산책의 윤곽은 처음과 끝을 가늠할 수 없게 둥글다. 의식의 흐름에 몸을 내맡기면 자유로운 망각이 걸음이 되어 쌓인다. 그 안의 모든 우연은 산책자의 계획보다 아름답다. 산책은 당신을 결코 배신하지 않는다. 단, 산책이 보장하는 경험을 위해 산책자에게 필요한 자세는 다음과 같다. 흘러가는 대로 그저 걷기, 휩쓸리기, 성실한 이탈과 지긋한 혼란스러움 속에 조용한 호기심으로 머물기.

산책자의 변덕스러운 머릿속은 비밀에 부쳐진다. 그래서 산책자는 반드시 혼자여야 한다(D에게는 미안하지만, 그와 헤어지고 나서 나는 신이 났다). 걷기의 세계에서 입체적인 흥분을 말로 뱉는 것은 금지되어 있다. 혼잣말은 "와", "헐", "쉿!" 정도만 허용된다. 말을 많이 하면 마음속에서 팽창하던 공기가 푹 꺼져서 헐렁해진다.

우정 도둑

너무 예쁘지 않아? 너무 좋지 않아? 같은 호들갑은 삼가기로 한다. 상대에게 맞장구치기 위해 표현을 가두지 말기. 말의 남발은 설명할 수 없는 느낌 그 자체의 복잡함을 부정해 버린다. 산책자는 결코 하나만을 말하고 있지 않기 때문이다. 나는 A를 말하면서 동시에 F도 생각하고 있으며, 언제나 귀퉁이에는 J의 생각이 웅크리고 있고, 조각조각 I의 파편도 묻어 있다. 그런데 어떻게 '너무 좋다'는 말로 표현할 수 있겠나. '너무'는 '마냥'으로 전락하며 그 감정의 전체성을 모욕한다. 산책자의 행복은 오로지 침묵 속에서만 가능하다. 산책은 타인에게, 혹은 자기 자신에게조차 전달되지 않고 사라지는 중얼거림이다.

나는 홀로 여름 맨해튼을 걷고 있다. 피에르 호텔에서 애플스토어 방향으로 건너가는 동안 스트랜드(길거리 노상 서점)에서 사람들의 손가락 아래서 훑어지는 종이책 냄새와 사브렛 노점 핫도그의 칠리소스 냄새가 한데 섞여 콧속으로 들어온다. 5번가를 죽 타고 걸어 내려가다가 개점하기 직전인 반스 앤드 노블스(한국의 교보문고 같은 대형 체인 서점) 앞에 늘어진 반소매 티를 입은 청소년들과 함께 줄을 선다. 1층부터 구경하고서 이 서점마다 꼭 있는 실내 에스컬레이터를 타고 2층으로 향한다. 벽에 걸려 있는 그림들이 눈에 들어온다. 작가 캐리커처 작품은 단 세 점이었는데, 하나는 애드거 앨런 포, 하나는 셰익스피어, 다른 하나는 내가 제일 좋아하는 시인 중 하나인 에밀리 디킨슨이었다. 미국 본토에서의 디킨슨의 입지를 확인할 수 있었다. 어제 들렀던 소호의 동네 서점에서도 디킨슨의 책을 매대의 가장 좋은 자리에 배치해 두었다는 게 기억이 났다. 나는 생각한다. 이곳저곳에서 수없이 언급되는 이름이 디킨슨이 아니라 디킨스Charles Dickins였다는 것을 확인했을 때 얼마나 실망했었는지. 어쩌면 그 유명한 「크리스마스의 악몽」보다 디킨슨의 시 한 편이 더 위대할지 모른다는 안타까움을 누가 공감하려나? 나는 위트 있게 그려진 그의 초상화에 눈도장을 찍은 다음 실비아 플라스와 조앤 디디온, 이민진의 책이 눈에 잘 띄는 매대에 제대로 진열되어 있는지 출판사 직원처럼 체크한다. 그러면서 생각한다. 여성 작가들의 선전善戰에 "그가 해냈어"가 아닌, "우리가 해냈어"라는 기분이 드는 것은 왜일까?

다시 5번가 거리의 인파 속으로 쏟아져 나온다. 조금 걸으니 샤넬 매장과 티파니 보석점이 보인다. 그때부터 나는 프랑수아즈 사강과 함께 그 거리를 걷는다. 샤넬 매장을 보는 순간 떠오른 건 모델이나 배우가 아니라 사강이다. 고귀한 반항기가 가득했던 사강은 사치스럽고 세련된 스타일 때문에 문학계의 샤넬로 불렸다. 옷을 지나치게 잘 입었고 우리가 흔히 생각하는 작가다운 이미지와 상반되게 사치에 집중했다. 그는 내가 존경하는 다른 작가들, 마르그리트 뒤라스나 아니 에르노와는 결이 많이 다르다. 사강이 치열하게 글을 썼다는 회고록을 읽고도 나는 왠지 잘 믿기지 않는다. 패션을 사랑하는 작가가 이렇게까지 성공적인 작품들을, 오랫동안 써낼 수 있었다는 것과, 그녀의 덜 절제적인 삶이 내게 큰 귀감을 준다.

사강은 배수아 작가를 연상시키기도 한다. 한 인터뷰에서 배수아는 집에 혼자 있어도 예쁘게 입고 글을 쓴다고 말했다. 그는 전형적인 작가의 이미지를 보란 듯 배신했다. 문득 박완서 선생님의 수필도 떠오른다. 여대생들아, 멋쟁이가 되시오! 하는 기분 좋은 지침 같은 것. 그래서 나는 지금 높은 굽의 부츠에 아끼는 가죽 재킷을 입고 걷는 내 모습을 긍정한다. 머릿속에서는 글감이 굴러다니지만, 패션은 지금, 거의 가장 중요하다. 뉴욕에서는 모든 이가 잠정적으로 아는 사람이니까. 혼자여도 언제나 누군가와 친구가 될 순간을 대비하고 있어야 한다. 나의 이름을 말하고 내면을 뽐내는 것은 그다음 문제다.

그래서 나는 새 옷을 한 벌 사기로 했다. 기분을 환기하는 데 쇼핑만큼 좋은 건 없지만 더 좋은 것은 방금 사고 갈아입은 옷차림으로 거리로 나오는 것이다. 그럴 때 하루는 다시 시작된다. 샤넬은 너무 비싸고, 「티파니에서의 아침을」에서 오드리 헵번이 입고 나온 지방시 드레스도 살 수 있는 가격은 아니니, 근처 SPA 브랜드 매장에 들어가 98달러짜리 검정색 여름 원피스 하나를 샀다. 나는 여느 때와 같이 머리끝부터 발끝까지 새 옷으로 갈아입은 다음 뉴욕 멋쟁이들 사이에 합류한다. 어깨가 죽 펴진다. 패션이 즉흥적인 구원이 될 수 있다는 데는 산책자도 예외가 아닌 듯하다.

미드타운에 도착하자마자 브라이언트 파크 앞의 뉴욕공립도서관에 진입한다. 그곳에는 모든 시대의 모든 사람이 모여 있다. 헤드폰을 쓰고 아이패드를 두드리는 대학생 옆에 1947년에 발행된 신문을 찾아 열람하고 있는 할아버지가 보인다. 모든 세대와 그 세대로부터 탄생한 모든 책을 조용히 품고 있는 공간의 이례적인 감동. 열람실은 사진 촬영이 금지되어 있기 때문에 시간이 멈춘 듯이 느껴진다. 뉴욕에서 로컬을 흉내 내려면 파머스 마켓에서 먹지도 않을 유기농 당근을 사는 게 아니라 공립도서관 열람실에서 시간을 보내는 게 좋을 것이다. 관광객들의 셔터 소리가 입구에서 멎어버리는 이곳에서는 다른 계획을 포기하고 앉아서 책을 읽거나 공부하겠다고 마음먹은 사람만이 NYU(뉴욕대학교) 재학생을 연기할 수 있는 기회가 주어진다. 그때 나는 도서관에 대해 릴케가 쓴 글이 머릿속에 연기처럼 떠오른다.

열람실에는 많은 사람들이 있지만 그것을 느낄 수 없다. 그들은 책에 몰두해 있다. 그러면서 마치 잠을 자다가 두 개의 꿈 사이에서 몸을 이리 뒤척 저리 뒤척 하듯 책의 쪽수 사이에서 몸을 뒤척인다. 아, 책 읽는 사람들 속에 있는 게 너무나 좋다.

왜 사람들은 늘 책 읽을 때와 같지 않을까?*

책을 읽는 이들은 아름답다. 그들은 이 시대의 번잡함에 독서라는 희귀한 '태도'를 통해 저항하고 있다. 아무 말 없이 그토록 저항적일 수 있다는 점이 책을 읽는 모든 이에게 시대착오적인 빛을 드리운다. 무표정한 그들이 숨기고 있는 흥분이 각자의 머리 위에서 보이지 않는 김으로 서려 피어나는 듯하다.

나는 책 한 권을 꺼내서 읽기 시작한다. 책을 읽어내려 가다가 문득 내가 아는 이에 대해 적혀 있음을 깨닫는다. "너무 많아요. 너무 많아서 시끄러워지고"까지 읽었을 때 힌트를 얻었다가, "그러다 결국 음악만이 남을 거예요"에서 피아니스트의 이름을 확신하고, 다음 문단에서 그 천재의 이름을 확인한다.

소나타 도입부처럼 생기 있고 건조한 이름, 글렌.**

그때부터 이 챕터는 오직 내가 알았던 글렌 굴드를 읽는 경험이다. 글렌 굴드는 고독을 연모했던 사내다.

글을 읽으며 나는 한 일본 드라마의 주인공 피아니스트가 자신이 가르치던 학생에게 선물했던 CD가 글렌 굴드의 것이었다

---

*　『말테의 수기』, 라이너 마리아 릴케, 문현미, 민음사.
**　『환희의 인간』, 크리스티앙 보뱅, 이주현, 1984Books.

는 것도 이제야 실감한다. 모든 기억이 산만하게 합쳐진다. 더 이상 책을 읽을 수가 없다. 글렌이 연주한 바흐의「골든베르크 변주곡」을 귀에 꽂고 나는 거리 밖으로 나온다.

다시 슬슬 걸어 5번가로 돌아오는 길. 번쩍이는 피아노 매장이 보인다. 공항처럼 넓고 쾌적한 극치의 공간에 피아노 몇 대가 웅장하게 서 있다. 아! 글렌 굴드가 전용기로 태워 다닐 정도로 집착했던 피아노 스타인웨이Steinway다. 유튜브에서나 볼 수 있었던 최고급 피아노. 나는 그 피아노 매장 앞을 걸어가며 느낀다. 뉴욕이 어떤 도시인지를. 억대 스타인웨이 피아노가 줄줄이 늘어서 있는 까만 풍경은 어마어마한 규모의 센트럴파크나 끝이 보이지 않는 마천루만큼이나 뉴욕의 힘과 분위기를 마법적으로 암시하고 있다.

매디슨 에비뉴를 죽 타고 내려오는 길, 매디슨 스퀘어 파크 근처 액자집 바깥에 놓인 엄청 큰 거울 앞에서 사진 한 장을 찍고, 보라색 수국이 잔뜩 핀 공원에 잠시 앉아 있다가, 이태리 식료품점에서 아이스크림 하나를 사서 입에 물고, 커피와 물, 차와 핫초콜릿을 각 1달러에 파는 체스 연습실을 잠깐 구경하다가, 주인이 읽고 있던 두꺼운 제목의 책 제목을 물어보았다가, "사실 아직 많이 못 읽었어"라며 뒷목을 긁적이는 그에게 미안하게도 거리로 나옴과 동시에 책 제목을 까먹고, 코로나가 끝나고 드디어 학기가 시작된 NYU 앞을 지나다 스물한 살쯤 되어 보이는 청년에게 "넌 정말 눈이 아름답다"라는 뻔한 유혹의 말을 들으며······ 나는 천천히 웨스트 빌리지로 향한다.

맨해튼의 심장부에 위치한 이 동네에서는 개성 있는 아티스트들을 많이 볼 수 있다. 커다란 캔버스를 들고 그만큼 큰 개를 끌고 길을 건너는 여자와 헤밍웨이를 닮은 수염 난 할아버지가 파이프를 물고 지나가는 곳. 골목골목은 흔히 기대하는 날것 그대로의 뉴욕 동네다. 반 층짜리 돌계단을 오르면 현관이 있는. 누군가 그 계단을 분주하게 뛰어내려 오고 있는 모습을 마주치는 곳. 모퉁이를 돌아 퍼포먼스 극장과 레스토랑이 하나 있는 커머스 스트리트로 들어가는 순간 파리 외곽에서처럼 스산하면서도 자유로운 공기가 몰려든다. 소음이 멎는다. 외부 환경이 힘을 잃는다.

어느 도시에든 꼭 있다. 갑자기 소리가 부재한 골목. 이를테면 파리 브런치 카페 시즌의 뒷골목, 광화문에 있는 미국 대사관 뒤쪽 D타워에서 서촌으로 이어지는 길이 꼭 그렇다. 사람이 없고 가로등이 우거져 있어 촬영 세트장 같은 느낌도 든다. 누구라도 마주치면 좋을 텐데, 혼자인 게 아까운 이 거리에서 나는 산책자의 본분을 잊고 잠시 아쉬워한다.

그때 내 앞으로 한 여자가 지나갔다. 아, 할리우드 스타. 이름이 뭐였지. 엄청난 연기파 배우인데······. 아! 그의 이름은 프랜시스 맥도먼드. 말을 걸지 못했다. 아니, 고민하다가 끝내 말을 걸지 않기로 결정했다. 한국에서 온 팬이라고 하면 좋아하려나? 하지만 유명인에게 아는 체를 하는 것은 뉴욕과는 어울리지 않는다. 도시는 자신만을 찬양하고 자신에게만 열광해야 하며 압도당해야 한다고 누구이 강요하는 듯하다. 게다가 나의 산책에 등장한 그의 산책을 방해하기 싫었다. 숨어 있고 말하지 않고 드러나지 않는 것. 여행자 혹은 산책자의 정체성을 유지하면서도 나는 그 자리를 떠나지는 못했다. 내가 실외 계단에 앉아 있는 사이에 그는 내 앞을 세 번 지나갔다. 혼자 그 골목에 있는 유일한 식당을 향해 걸어갔고, 다시 갔던 길을 돌아와 나를 스쳐 지나가더니, 친구를 만나 또 한 번 내 앞을 지나갔다. 나는 계속 몰래 훔쳐보았다. 베이지색 긴소매 셔츠를 입고 머리는 아무렇게나 묶은, 셔츠와 비슷한 색의 가죽 빅백을 든 그 배우를……. 일행과 함께 식당으로 사라지는 뒷모습을 바라보며 나는 최근 보았던, 그가 출연한 영화를 떠올린다.

「프렌치 디스패치」는 「그랜드 부다페스트 호텔」의 감독 웨스 앤더슨의 최신작으로, 영화 속에서 한 신문사를 배경으로 저널리즘의 다양한 논점을 다룬다. 프랜시스 맥도먼드는 프랑스 소도시에서 일어난 혁명을 취재하는 기자로 등장한다. 혁명을 주도하는 젊은 남자의 선언문을 고쳐주다 결국 그와 사랑을 나누는 등, 중립을 유지하겠다는 애초의 다짐과는 정반대로 사건에 완전히 개입하게 되는 저널리스트를 연기했다.

이 영화는 웨스 앤더슨이 전설적인 잡지 《뉴요커》에 존경과

우정 도둑

영감을 느껴 만들어졌다. 그래서인지 영화는 영상화된 잡지 그 자체다. 무리하게 쏟아지는 문자 내러티브. 빽빽하게 화면을 채운 글들이 긴급하게 범람한다. 산책은 잡지와 같다. 모든 것이 동시다발적으로 담긴다. 무엇을 먼저 읽을지, 무엇을 건너뛸지, 무엇을 오려내서 수첩에 붙여 오래 간직할지 수많은 선택지 앞에 놓이게 된다. 쏟아진다. 흩어진다. 사라진다. 산책은 글 쓰는 일과도 흡사하다. 극 중에서 냉소적인 태도로 사건과 거리를 유지하다 결국 그 사건의 중심에 들어서는 프랜시스 맥도먼드의 연기는 글 쓰는 이들의 숙명을 은유적으로 드러낸 것일지 모른다. 글쓰기. 종이 위에 자신의 숨을 남기는 정치적인 일. 자신만의 문법으로 세상의 일부를 차지하는 일. 글쓰기는 세상에 연루되는 일이다. 방관하지 않는 자들에 의해 새로운 길 하나가 형성된다. 작가는 그 길 위에 독자를 초대한다. 거리의 먼지를 코끝에 묻힌 채 주머니에서 수첩을 꺼내는 작가들에 의해 독자들의 산책이 도래한다.

나는 다시 걷기 시작한다. 우연히 테라스 너머로 무언가 쓰고 있는 여자를 본다. 기자일까? 아니면 대학생? 시인 지망생? 쓰고 있는 것은 혹시 영화에 나온 것과 비슷한 선언문? 나의 꿈처럼 뉴욕에 살며 글을 쓰는 그 여자를 부러워하며 나는 이내 그가 두들기는 것이 타자기가 아닌 노트북이라는 사실에 실망한다. 지금 내 머릿속에 떠오르는 비교 대상은 1987년작 영화 「84번가의 연인」이다.

이 영화의 두 주인공 중 한 명은 뉴욕에, 한 명은 런던에 산다. 뉴욕에 사는 이는 무명작가 헬레인 한프. 그의 취미는 희귀 서적을 구해 읽는 것으로, 어느 날 우연히 그런 고서적을 취급하는 영국 런던의 헌책방을 알게 되어 오래도록 서점 주인 프랭크와 서신을 주고받는다. 그 영화를 보고 나서부터는 '뉴욕에 사는 작가'라고 하면 무조건 헬레인 한프가 떠올랐다. 담배를 물고 타자기를 두들기는 예스러운 장면 때문이다.

이 이야기는 실화를 바탕으로 소설로 먼저 쓰였다. 1940년대 말부터 1960년대 말까지 95번가 이스트 14번지에서 쓰인 편지들은 책을 통해 연결된 그들이 생애 단 한 번 만난 적 없이 깊은 우정을 쌓았다는 동화 같은 사실을 증명한다. 헬레인 한프가 프랭크가 죽을 때까지 런던에 가지 못했다는 것이 이 동화의 유일하게 현실적인 부분이다. 헬레인 대신 친한 친구가 채링크로스 로드 84번가에 있는 서점에 들러서 쓴 편지도 책에 함께 수록되어 있다. 친구는 끝도 없이 이어지는 참나무 진열장과 판화 구역, 먼지와 곰팡이, 나무 냄새가 얽힌 그 서점을 묘사하며 "디킨스 책에서 막 튀어나온 듯한 고색창연한 멋쟁이 서점이더구나. 직접 와서 보면 너도 완전히 넋을 잃을 거야"라고 썼다. 순간 나는 뉴욕을 잊고 런던을 그리워한다. 런던은 뉴욕에 비해서는 고지식하고 시시하지만 클래식은 또 클래식이지. 딴생각에 젖어든다. 뉴욕 체류를 조금 줄이고 런던으로 떠나버릴까? 가던 길을 멈춰 서서 핸드폰을 켜고 비행기 표를 알아본다. 아, 그 전에 우선 채링크로스 로드에 있는 실제 서점을 먼저 찾아봐야겠지.

구글 검색 결과.

사람들이 많이 물어본 질문: 「84번가의 연인」에 나온 실제 서점이 아직도 있나요? 답변: 영화가 나온 시점에도 이미 서점은 문을 닫은 상태였습니다(1970년에 문을 닫았습니다). 지금 그 자리에는 유명 패스트푸드 음식점이 생겼으며 서점의 흔적은 찾아볼 수 없습니다.

사진을 확대해 보니 맥도날드의 사진이 뜬다.

이대로 포기할 수는 없다. 런던에 갈 수 없다면 뉴욕에서라도 마음에 드는 서점을 찾아가야 한다. 나는 다시 걷는다. 맨해튼을 수평으로 가로질러 서둘러 소호에 도착한다. 맥널리 잭슨 소호점으로 들어선다. 이 독립 서점은 언제나 사람들로 붐빈다. 각종 지역 공연과 출간 이벤트를 알리는 포스터가 덕지덕지 붙은 유리문을 열고 들어갈 때 나는 다시 헬레인 한프가 쓴 편지의 한 구절을 되뇐다.

봄날도 다가오고 해서 연애시집 한 권을 주문합니다. 키츠나 셸리는 사양이고요, 넋두리 없이 사랑할 줄 아는 시인으로 부탁드려요. 와이엇이나 존슨 같은 시인으로 당신이 직접 판단해 주었으면 해요. 그냥 아담한 책이면 되겠는데, 이왕이면 바지 주머니에 꽂고 센트럴파크로 산책 나갈 만큼 작은 책이면 더 좋겠고요.*

지금은 5월이다. 나에게도 사랑 시집이 하나 필요할지도 모른다. 그러나 시집을 영어로 읽는 것은 매번 실패하는 일 중에 하나다. 다 읽지도 않을 영어 책을 쟁여두는 일들을 반복하면서 깨달은 점이 있다. 편지로 된 영어 책은 쉽게 읽힌다는 점이다. 그리고 편지는 시와 거의 비슷하다. 한 유명 언어학자가 말한 것과 같이, "너무 재밌어서 외국어임을 까먹는 책"이 필요하다.

그래서 나는 편지 섹션으로 간다. 한때는 비밀이었을 편지는 반드시 흥미롭고 애틋하니까 훔쳐보는 기분으로 읽을 수 있겠지. 빨간색으로 된 500페이지짜리 장서는 호주머니에 들어가는 작은 책과는 거리가 멀지만, 연애 서적도 맞고 시집도 확실히 맞는 것 같다. 이 책은 평생의 연인이었던 장 폴 사르트르와 시몬 드 보부아르의 러브레터 모음집이다. 나는 사람들 틈바구니에 끼어 5월에 쓰인 편지를 찾아서 읽기 시작한다. 454페이지. 1947년 5월 8일 목요일에 쓰인 편지.

---

* 『채링크로스 84번지』, 헬레인 한프, 이민아, 궁리출판.

우정 도둑

"저녁엔 버니 월피가 호모섹슈얼과 레즈비언 무리와 함께 근사한 흑인 댄서의 아파트에서 마리화나를 피우게 했어.""캄캄하고 비 내리는 토요일 밤이었어. 당신 편지를 받았을 때랑 내가 끔찍한 신경 쇠약을 느끼고 하루 종일 울던 때.""나 생제르맹에 있을 때만큼이나 여길 집처럼 느껴. 거리에서 사람들을 만나고 지역 전화비를 내고, 걷거나 독서하기 위해서 오전 6시쯤 워싱턴스퀘어를 산책하고, 이런 일들은 놀랄 만큼 즐거워.""라이츠와 근사한 점심을 함께 먹고, 일을 한 다음에는 600명에게 영문학 강의를 했어.""아침 5시까지 그리니치 바에서 멕시코에서 트로츠키의 비서로 일했던 3년간의 그의 삶과 유대인 아이로 자란 청소년기 전부에 대해 들었어. 내가 정말 미국에 닿는 느낌이었어.""B. W의 딸 발레 리허설을 보고, 쇼핑을 좀 하고 돌아와서 마지막 기사 하나를 끝냈어."*

공교롭게도 뉴욕에 체류하고 있는 보부아르가 파리에 있는 사르트르에게 쓴 편지였다.

그는 온갖 이야기를 늘어놓는다. 거의 개인적인 일기에 가까울 만큼 시시콜콜하고 상세하다. 감정과 분리되어 있지 않기에 편지는 솔직하다. 편지는 아무리 짧아도 총체적인 이야기다. 특히

* 『Letter to Sartre(사르트르에게 보내는 편지)』, 시몬 드 보부아르.

보부아르가 뉴욕에서 쓴, 뉴욕에서 모든 사람을 만나고 모든 거리를 걷고 뉴욕에 빠지고 느끼고 동참하게 되었다는 고백은 정확하게 뉴욕을 드러낸다. 뉴욕에서의 외출은 모든 것을 흡수한다는 점에서 항상 산책으로 변모하며, 뉴욕에 산다는 것은 아는 모든 것과 모르는 모든 것을 동시에 소진해 버려 결국 새로운 정체성을 얻게 되는, 영원한 산책자로 살아가는 일임이 그의 편지에 너무도 절절히 나타나 있다. 뉴욕의 길을 걷고 뉴욕 사람들을 만날 때에만 일어나는 마법적인 일상을 그는 1950년대의 연인을 향해 써내려 가고 있었다. 보부아르는 샘처럼 터져 나오는 문장들을 이렇게 마무리한다.

내가 이 모든 걸 당신한테 너무 엉망진창으로 말했네. 종합하자면, 당연히 당신도 느꼈겠지만, 나는 몹시 행복해.

그렇지. 사랑은 역시 뒤죽박죽이지. 나는 생각한다. 사랑의 언어에 있어서는 아무리 명석한 학자라도 예외는 없다. 사랑은 본질적으로 비논리적이고 산만한 거니까. 하고 싶은 말을 늘어놓고 나서 "어디까지 말했지?"라며 자신이 어디에 있는지조차 의식하지 못하는 거니까.

Excuse me.

우정 도둑

몽상에 잠겨 레오파드 문양의 가방을 든 한 여자와 살짝 부딪쳤다. 나는 사과한다. 이제는 D에게 돌아갈 시간이다. 다시 스물네 블록을 걸어 그에게로 간다. 그 사이에 있는 보석 상점의 진열대, 샌드위치 가게, 벤치에 앉은 중년의 단짝, 고급 식료품점, 미용 학원, 농구 스코어 전광판, 노숙자가 들고 있는 팻말 앞에 멈춰 섰다가, 그 모든 것을 내가 원래 알고 있던 것과 구별 없이 섞는다. 한 시간이 걸릴 거리를 세 시간에 걸쳐 걷는다. 산책은 10분이면 갈 수 있는 거리를 한 시간에 걸쳐 천천히 헤매는 것이다. 시간을 낭비할수록 좋은 하루다. 특히 이곳, 뉴욕에서는 그것이 논리적이다. 모든 사건, 모든 사람을 모든 걸음과 모든 시야로 감당하는 일, 그것이 뉴욕의 규칙이다.

나는 브라이언트 파크 앞 돌계단에 도착한다. D의 오토바이가 나를 기다리고 있다. 헬멧을 하나씩 나눠 쓰고 우리는 이스트강가로 간다. 나는 그에게 하루 동안의 이야기를 쏟아낸다. 우리는 얼굴을 보고 있기에 당분간은 편지를 쓸 일이 없을 테니까. 그 신간 읽어봤어? 내가 45번가를 걸을 때 말이야, 그런데 그 여자가 내 어깨를 툭 치는 거 있지? 우리 브루클린 갔을 때 갔던 칵테일바 이름이 뭐였더라? 나 아까 노숙자가 갑자기 다가와서 소름 돋았잖아……. 그 공원은 센트럴파크랑은 다른 매력이 있더라. 오늘 이 드레스 샀는데 어때?

온갖 말을 정신없이 뱉고 나서 나는 말한다. 내가 너무 엉망 진창으로 말했네, 미안. 그는 말한다. 텔 미 모어Tell me more. 텔 미 모어! 나는 깨닫는다. 오늘 일어난 모든 것을 이 포옹 속에 묻어버리며 나는 세상을 배신한다고. 산책은 10분 안에 끝낼 수 있는 길을 일부러 한 시간을 들여 걷는 일인 데 반해, 사랑은 평생이 걸리는 일을 단 몇 분 만에 완수한다. 산만하고 허무하게. 다음 말을 기다리는 그의 눈빛에 나는 모든 말을 생략하고 그의 어깨에 손을 올린다. "밤 산책이 최고지." 나는 그와 함께 처음부터 다시 걷는다. 전방을 주시하는 우리의 눈은 사실 서로를 향해 있다.

이전과 전혀 다른 두 번째 산책이 시작된다.

이 도시는 우리에게 전부를 약속한다.

2.
대화와 새벽

우리가 오래전 나눈 말들은 버려지지 않고
지금도 그 숲 깊은 곳으로
허정허정 들어가고 있을 것입니다.
오늘쯤에는 그 해 여름의 말들이 막 도착했을 것이고요.
　-박준, 「숲」*

*『우리가 함께 장마를 볼 수도 있겠습니다』, 박준, 문학과지성사.

모마

바버라와 다이앤. 내가 그들을 만난 것은 MoMA(뉴욕현대미
술관) 안뜰에서였다. 당신이 생각하는 그곳이 맞다. 둥실거리는 알
렉산더 콜더의 모빌 작품이 설치된, 인공 연못과 검은색 디자인
벤치 사이 수채화 빛 나무가 보이는, 미술관 건물 어디에서든 내
려다볼 수 있는 정원. 사진을 좀 찍어줄 수 있겠냐는 부탁을 하다
가 대화가 시작되었다. 나는 그들이 몇 십 년째 뉴욕에 살고 있으
며, 주말마다 미술관으로 자원봉사를 나온다는 걸 알게 되었다.
그들은 내 예상보다 무척 친절했다. 그러나 대부분의 뉴요커들이
지닌 어느 정도의 낙천성과 넉살은 보통 서둘러 증발한다. "만나

서 반가웠어요It was nice to meet you"와 "좋은 하루 보내요Have a nice day"가 오가는 동시에 만남은 미련 없이 종료된다. 물론 우리는 전화번호도 교환하지 않는다. 다시 만나자는 입에 발린 약속이 없는 것은 내가 뉴욕에 있다는 가장 확실한 증거다. 카메라에 한마디만 해달라는 내 말에 다이앤은 사랑스럽게 멋쩍어하며 이렇게 말했다. "웰컴 투 모마."

나는 다시 미술관 건물로 들어선다. 커다란 시집 안으로 걸어 들어가는 기분을 느낀다. 미술 작품은 시집 속 난해한 단어들의 역할을 한다. 난해한 동시에 우아한 분위기 속에 구두 소리가 울려 퍼진다. 일상적인 것들이 삭제된 이 장소가 내게 이전의 세계를 잊게 만들어주겠다고 장담한다. 미술관에 입장하는 순간 거리는 잊힌다. 현실과 환상이 자리를 바꿔 앉는다. 나는 뭔가 다르게 행동해야 할 것 같은 충동을 느낀다. 시간은 확실히 다른 방식으로 흐르고 있다. 미술관은 비현실과 현실 사이 어딘가에 붕 떠 있는 안개 낀 장소이기 때문이다. 헤매다 쉬어 갈 의자들이 놓여 있고, 혼자 있음이 칭찬받으며, 두리번거림이 잠시 나의 기질이 되는 곳.

그 안개는 개개인의 쉬쉬하는 흥분으로 이루어진다. 미술관에는 끙끙 앓는 고독한 흥분이 이미 가득 차 있다. 미술을 바라보는 객체가 되어 감탄만 해야 하기 때문이다. 미술관에서는 누구도 주인공이 될 수 없다. 극장이나 콘서트에 가는 것과 같다. 관람은 넷플릭스처럼 다음에도 볼 수 있는 편리한 시스템 밖으로 벗어난다. 이를테면 잠시 멈추어두었다가 화장실을 다녀오거나, 보면서 매니큐어를 바르거나 통화를 할 수도 없다. 소비자가 아닌 감상자가 되려면 예술이 나에게 맞추는 것이 아니라 나를 예술에 맞춰야 한다. 나의 시간을 들여 지금 제대로 보아야만 한다. 미술관 관람은 실시간의 예술이다. 하지만 언젠가부터 나는 시간을 구매하는 데 길들여졌다. 딴짓을 하려고 시간을 사서 미룬다. '다음 기회'를 약속하는 세상에서 묻은 때다. 다음번이라는 가능성에 중독된 우리 대부분은 진정한 관람 태도를 잊은 지 오래다. 미술관에는 카메라 셔터 소리가 가득하다.

그런 이유로 기념품 숍 구경은 내게 제일 편하고 안전하다. 사서 가지고 나갈 수 있는, 그래서 '다음'을 보장하는, 미술관에서 유일한 것들이 그곳에서 판매되고 있다. 고백하자면, 나는 소비를 감상의 증거라고 착각할 만큼 어리석다. 예술품들을 복제한 상품들은 소비에 의미를 제공하는 듯한 착각을 불러일으킨다. 10개 가격에 11개를 준다는 안내 문구 때문에 꾸역꾸역 엽서를 고르는 건 그림을 보는 일보다 더 중요한(혹은 더 친숙한) 의식에 가깝다. 계산 줄에 서 있는 동안 조지아 오키프 그림이 삽입된 벽걸이 달력과 모마 한정 출시 야구 모자, 피카소 그림으로 된 자석, 고급스런 삼색 티 포트 세트를 미련한 투로 한참 쳐다본다. 나는 알고 있다. 오늘 산 엽서들은 2014년부터 모아온 엽서 컬렉션에 들어가

낡아버릴 것임을. 보내지지 않을 엽서가 외롭다는 것을 알면서도 나는 그것을 산다. 이처럼 소유하는 일은 물건의 본래 기능을 상실하게 하기도 한다. 다른 사람에게 날아가야 한다는 엽서 본연의 쓸모 말이다. 감상이 목적인 장소에 와서까지 소비자의 정체성에 익숙하다는 건 어쩐지 공포스럽다. 기념품 숍을 구경하는 일은 왠지 늘 시간이 모자라다.

다시 전시관에 입성한다. 사람들과 작품들 사이를 걷는다. 천장에 매달려 있는 거대한 철심 조각품에 뒤통수를 살짝 부딪힌 친구에게 나는 농담조로 말한다. "야, 조심해. 그거 아마 200억쯤 할 거 같으니까. 건들면 큰일 난다고." 기념품 숍과는 달리 이곳에서 나는 어떤 것도 챙겨 나갈 수 없다. 미술관에는 가격표가 없다. 경매로 팔리는 미술품도 있겠지만 적어도 미술관에 걸려 있는 작품들은 대중에 공개되었다는 점에서 당분간 모두의 것이다. 동시에 그 작품들은 각 장르의 탄생 과정을 상징하기에, 정확한 가격을 정하는 게 부질없는 일일지도 모르겠다. 그래서 나는 내가 뉴욕에서 매일 하는 그 한마디를 전시관에서만 하지 않는다……. "이거 얼마예요?"

살 수 없는 그것을 눈으로 어루만지는 법을 배운다. 건강한 조급함과 함께, 기억하고 느껴서 나의 언어로 저장하려 애써본다. 얼마 만인지 잘 기억나지 않는다. 무언가를 소유하지 않고 감상만 하는 것이. 돈을 지불하며 감탄을 미루던 습관에서 벗어난 것이.

감탄도 배설도 직관적으로 이루어진다. 다음, 이라는 말은 허탈하고 무책임해진다. 내 손에 들어와서 다음과 그 다음이 보장되는 순간, 그 소중함을 잊곤 했다. 가지지 않아야만 진정 소유할 수 있는 역설을 자꾸 까먹는다. 살 수 없는 그 치마를 보러 쇼윈도 앞에 매일 갔을 때, 서점에 매일 가서 천 페이지가 넘는 소설을 다 읽었을 때, 나는 무엇을 얻었나. 막상 그걸 결국 소유했을 때, 글쎄, 나는 진정 행복을 느꼈나?

소비시대에 사는 우리는 '사다buy'와 '살다live'를 자주 헷갈린다. 소비가 늘어날수록 잘 살고 있고, 심지어는 잘 존재하고 있다고 느낀다. 마르크스가 말했듯, 존재가 작으면 작을수록 나는 더 많이 소유하게 되고, 더 소외된 삶을 살게 된다. 타인의 칭찬과 정보를 묻는 질문을 즐기며 우리는 존재를 확인한다. 그 작품이 내 가방 속에 머물러 있어야 살아 있는 것이라고 착각한다. 소유권이 생명력을, 진정한 감상을 보장한다고 믿고 싶어 한다. 하지만 가지려고 하는 순간 예술은 꺾인 꽃처럼 생명을 잃는다. 가방에 넣는 순간 오히려 마음에서는 사라질지도 모른다. 일회성은 사라져 버리는 것이라는 오해를 받지만 실은 가장 영원하다. 한 번뿐인 그 시간을 '사는live' 법은 오직 다음을 기약하지 않는 것이다.

미술관의 낯선 시간은 우리에게 강요한다. 이곳에 가지고 나갈 수 있는 것은 아무것도 없으니 지금 똑바로 보라고. 모든 것이

너의 것이 아니라고. 비워지는 마음은 시원하고 가볍다. 울창한 정신은 무게가 나가지 않는다. 나는 그렇게 매일 실천했던 소비자로의 조급함을 벗어던진다. 미술관을 빠져나온다. 출구로 향하는 관람객들의 어깨에는 무거운 카메라와 모마 로고가 박힌 쇼핑백만 들려 있을 뿐, 오리지널 작품을 들고 있는 사람은 단연 아무도 없다. 미술관은 이토록 공평한 곳이다. 그러나 각자의 가방 안에는 무형의 비명, 광기, 기쁨이 꽤나 무겁게 들어 있을 것이다. 내호주머니에는 아까 구매한 엽서들이 들어 있다.

　나는 다음 날 엽서를 써서 보내버린다. 편지는 바버라와 다이앤이 내게 했던 말처럼, 언제나 이렇게 마무리 지어진다.

　"좋은 하루 보내."

　다시 만나자는 약속 없이, 지금의 건강한 절박함으로. 미술관의 시간은 그렇게 완성된다. 말이 끝나기도 무섭게 사라지는 뉴요커들처럼 그림과 나는 매번 마지막으로 만난다. 그러나 끝과 시작이 맞닿아 있다는 사실을 이제 나는 알고 있다. 그때 제대로 만났던 사람, 그때 제대로 만났던 미술들은 내 마음속에서 영원히 재회한다.

경험 없는 세대

당신은 향수 가게에서 향수를 고르고 있다. 여러 향수를 시향해 보던 중 향수병 뒤에 붙인 라벨이 마음에 들어와 박힌다. Experience. 흔히 붙어 있는 'tester'라는 말 대신이었다. 경험은 시도하고 배우고 성장하는 과정을 빠짐없이 보존한다. 여기에 일회성의 테스트와 경험의 차이점이 있다. 경험은 우리의 과정과 결과를 삶의 한 부분으로 치환하지만 테스트는 일시적인 정보만 제공하고 스쳐 지나간다. 삶을 증명하는 경험은 어딘가에 달라붙어 우리의 본성이 된다. 한마디로, 경험은 끝까지 남아 있다.

화면 속의 세상은 당신과 가장 가깝고 친숙하다. 그 안에서 당신이 보는 모든 게 경험이 될 수 있을까? 아직은 확신할 수 없다. 하지만 분명한 것은, 당신이 인생의 거의 대부분을 투자해 납작한 화면 속을 들여다보고 있다는 점이다. 스마트폰과 엄지손가락만 있으면 모든 세상이 손바닥 안에 쥐어진다. 그 속에서 당신은 '인터넷'이라는 지구상에 존재한 적 없던 도시에 소속되며 입국과 동시에 최면에 걸린다. 챙겨야 할 소지품은 눈과 시간뿐이다. 당신은 다음 달 출격하는 새 걸그룹의 직캠과 K-장녀 특징 모음, 전성기 시절 케이트 모스의 캘빈클라인 광고, 당신 상사의 행동을 정확히 분석해 놓은 성격 유형과 디올의 아이새도 리미티드 에디션과 40조 자산가의 성공 비법과 '피곤할 때 이것만 기억하세요'라며 긴급 지압법을 알려주는 물리치료사를 본다. 당신은 화장실을 가고 싶은 것을 참고 다음 영상으로 손가락을 튕긴다. 혹시 중독일까? 아니면 이 시대에 잘 적응했다는 증거일까? 당신은 저려오는 손을 5분에 한 번씩 툭툭 털어내는 걸로 만족한다. 눈은 화면에 고정한 채 충전기를 찾으려고 가방 속을 휘저으면서. 당신이 잠시 한눈을 판 사이 춤추는 영상에서 노래가 나온다. 요즘 제일 유행하는 노래 제목은 꼭 세상이 당신에게 쏘아대는 말과 같다. 어텐션ATTENTION! 다들 나를 주목하세요!

당신이 사는 세계에서 눈뜨자마자 자기 직전까지 핸드폰과 동행하는 건 오래된 유행이다. 모든 소식을 알고 있는 일. 빠짐없이 소비하는 일. 당신은 정상 범주에 안전하게 속하는 데 성공한다. 그렇게 살지 않는 사람들은 대단한 사연이 있거나 시대착오적인 내숭을 떠는 것처럼 보인다. 운동이나 독서는 마음을 먹어야만 가능하지만, 스크롤을 내리며 다른 사람들의 삶을 지켜보는 일은 쉽고 달콤해서 하루도 거르지 않는다.

무한한 스크롤 사이에서 너무 많은 것이 화려하게 범람했다가 급하게 사라진다. 이 때문에 당신의 감정은 단 10분 사이에 널을 뛴다. 비즈니스석에서 다리를 쭉 뻗은 누군가의 기내용 슬리퍼 사진을 보고 질투를 느낄 새도 없이 다음 사진으로 넘어간다. 다음은 동창의 대학 합격 소식. 질투는 자기혐오로 뒤덮이고 그 여운을 음미하기도 전에 바로 다음 사진. 새로 올라온 걸그룹 르세라핌의 과거 안무 연습 영상. 다음은 감자 수프 레시피. 다음은 누군가의 자살 소식. 다음은 립스틱 광고. 그다음은……

순서도 맥락도 생략된 게시물들 사이에서 당신은 느끼는 법을 잊는다. 충분한 시간이 주어지지 않는다. 게시물들은 당신의 시간을 두고 경쟁하고 있다. 콘텐츠는 소비를 위해 생산되고, 버려진다. 시간을 들여 만들어지지 않은 것 대부분은 영혼이 없다.

당신은 이미 어떤 위기를 느끼고 있다. 그 위기는 통제할 수 있는 영역을 초월한 전 인류의 새로운 생활방식이다. 마치 뜨겁고 매운 음식을 매일 먹는 일과 같다. 짜릿하고 재밌지만 어딘가 허전해. 계속 유혹하는 삶은 속도로부터 자유롭지 못하다. 화면 속은 우아하지 않다. 고속열차는 거칠고 매력적이지만 산책에 비해 우아할 수 없는 것처럼. 확 끓어올랐다가 배신하듯 사그라든다. 그건 당신이 타인을 대하는 태도에도 영향을 미친다. 당신은 누군가를 아주 좋아했다가, 너무 싫어했다가를 반복한다. 뜨거웠던 시절은 후회로 남는다. 과정은 예고 없이 흩어진다. 팔 하나씩, 다리 하나씩. 고통 없이 무디게. 사람과 게시물, 감정은 다르지 않게 취급된다. 작별 인사가 없으니 아마 재회나 그리움도 없을 것이다. 상투적인 생은 쾌락을 찾아 방황하며 지속된다.

당신이 제일 사랑하는 것은 인터넷인 반면, 인터넷은 당신을 기억하지 않는다. 당신은 600만 명 중 한 명분을 차지하는 부분적인 연인이다. 인터넷은 당신을 데이터로 기억한다. 당신은 이름이나 성품으로 구별되는 인격체가 아닌 하나의 정보다. 당신의 시선을 오래 잡아두는 데 성공하기 위해 수집되는, 도표화된 충동. 데이터는 당신이 유독 취약한 광고를 띄우는 데 활용되고, 소비로 연결되는 지독하게 매끄러운 트리거를 만드는 데 효과적으로 쓰인다. 당신의 피부 고민, 체형 콤플렉스, 퍼스널 컬러, 위시리스트 등은 교묘한 방식으로 당신이 부족하다는 생각을 주입하고 그에 대한 획기적인 대안으로 온갖 상품을 제안한다. 당신은 수많은 위시리시트들을 하나씩 격파해 나갈 것이다. 그러다 보면 언젠가부터는 스웨터, 머플러, 청바지가 적힌 구매 목록을 죽기 전에 꼭 해봐야 할 일 목록, 그러니까 '사랑에 빠져보기', '시베리아 횡단열차 타보기', '소설 쓰기' 등이 적힌 목록과 헷갈리게 될 것이다. 꼭 사야 돼. 여름에 이런 티셔츠 하나쯤은……. 이건 지금 필요한 마지막 희망 한 조각……. 고민은 배송을 늦출 뿐!

그러나 인터넷은 당신을 '고객'으로만 부를 만큼 노골적이지는 않다. 삶이 여전히 다채롭다고 속여야 할 것이다. 나이브한 긍정을 타 먹고 당신은 '감동'이라는 나른한 잠에 빠진다. 사실 세상은 아직 전과 그리 다르지 않을지도 모른다는 기만적인 안심과 함께. 당신은 때마침 피드에 등장하는 "태어날 때부터 슈퍼스타인 당신을 믿으세요"라고 외치는 레이디 가가의 무대나 귀여운 고양이 영상이나 꽃다발을 선물하는 금실 좋은 노부부 영상을 보며 삶이 결국 아름다운 것이었음을 확인하고 눈물 한 방울을 흘린다. 다음은 「해리 포터」 시리즈의 배우들이 회상에 젖어 이야기를 나누는 영상, 그다음은 다이애나 비가 왕실의 규칙을 깨고 아들 해리를 위해 학교에서 달리는 신문기사 사진으로 이어진다. 그 사진들은 당신의 심금을 울린다. 당신은 대중적인 벅참에 익숙하다. 당신이 스크린을 보며 감격에 겨워하는 동안, 창문 사이로 계절은 지나가고 당신의 고양이는 이해하지 못하겠다는 얼굴로 당신을 기다리고 있다(당신의 고양이는 당신이 구독하는 영상 속 남의 고양이보다 덜 사랑받는다). 당신이 겪는 이런 위기는 돋보기 창에서 발견되지 않는다.

당신은 이 시대에 맞게 살고 있을 뿐이다. 당신은 자신을 도덕적이고 참여적인 인간이라고 생각하고 있다. 당신은 학대받은 고양이 영상을 보고 동물보호단체에 선뜻 기부를 결정했기 때문이다. 당신은 스스로가 자랑스럽다. 사실 2만 원과 만 원 중에서 잠시 고민하다가 결국 5천 원으로 결정했다는 것, 머릿속에서 '만 원으로 살 수 있는 것들'이 스쳤다는 사실은 누구에게도 알려지지 않을 것이다. 당신은 후딱 기부 소식을 인스타그램 스토리에 올린다. 소극적인 정치 활동이자 눈부신 자기 위안이다. 우는 이모티콘이나 손을 가지런히 모은 이모티콘 정도면 진정성 있는 마음이 잘 표현되겠지. 당신이 네이버페이를 결제하는 동안 유튜브 화면에는 태어나자마자 10년간 목이 묶인 채 비참하게 생활한 식용 개 구출 광고가 나온다. 당신은 뽀송한 죄책감을 느끼며 황급히 '광고 건너뛰기'를 클릭한다. 그러고는 새 창을 열어 오래 고민했던 300만 원짜리 가방을 12개월 할부로 결제한다. 친구 결혼식에 들고 가야 하기 때문이다. 부조리는 당신의 일상이다.

모든 순간을 이미지가 장악한다. 이미지는 곧 상품이다. 불행과 환희, 동경, 재난 등등은 연출된 이미지로 당신을 재촉한다. 맥락과 공감은 성가시고 지나친 몰입은 촌스럽다. 당신은 모든 것을 저장해야 한다는 강박을 자주 느낀다. 그렇게 조앤 디디온과 패티 스미스의 사진이 당신의 핀터레스트에 저장된다. 그들이 대체 누군지, 어떤 시대에서 어떤 삶을 살며 어떤 작품을 썼는지 알게 뭐야. 근사한 그들의 이미지를 소비하는 것이면 충분하다. 근데 이 스커트는 대체 어디 거지? 비슷하게 만들어서 나온 게 분명 있을 텐데……. Reading is sexy. 당신은 오늘, 멋진 문구가 적힌 티셔츠를 발견한다. 의미가 살짝 가미되어 진정성 '있어 보이는' 그 티셔츠가 불티나게 팔려나가고 있다. 이 티셔츠를 사면 그래도 책 읽는 데 도움이 되지 않을까? 당신은 주문한다. 그 티셔츠를 입고 책 읽는 설정샷을 찍는다. 실시간으로 달린 댓글 하나. 그 책 재밌어요? 당신은 아직 다 읽지 않은 책의 줄거리를 네이버에 검색한다. 당신의 전략적인 다짐은 인스타그램에 중계된다.

당신은 이참에 오랜 숙원 사업이었던 책 읽기를 시도한다. 희한하게도, 당신이 책을 읽기 위해 반드시 들러야 할 곳은 서점이 아니라 리뷰 창과 후기 전문 유튜브 채널이다. 영상에서 당신이 예전에 읽었던 책이 나온다. 유튜버가 그 책에 대한 혹평을 쏟아내는 데 당황한 당신은 댓글을 확인한다. 모두가 그 책을 싫어할 때, 사실 그 책을 재밌게 읽었던 당신의 경험은 방구석에서 부리나케 삭제된다. 당신은 즉시 생각을 수정하며 자신을 속인다. 나도 그 책 별로였어……. 어느새 당신은 책을 설명하는 영상에 빠져 있다. 그밖에도 운동 영상과 먹는 영상, 여행하는 영상을 보면 마치 자신이 그것을 하고 있는 것 같은 게으른 위안을 얻을 수 있다. 책을 '읽고 싶은' 욕망과 '책을 읽는 사람으로 보이고 싶은' 욕망 사이에서 당신은 갈등하고, 그 갈등은 좋은 글귀를 캡처하는 것으로 어느 정도 해소될지 모른다. 그렇게 당신은 책 한 권을 통째로 읽을 때만 허락되는 황홀한 경험을 지속적으로 미룬 채, 산발적이고 감명 깊은 글귀 무더기에 묻힌다. 그 글은 동기부여를 위해 배경화면으로 설정되는 영광을 얻지만 결국 너무 쉽게 다른 문구로 대체된다. 그리고 또 다음 문구, 또 다음 문장. 일시적인 감동, 그리고 또 다음 글. 그리고 또 다음. 한 문단이 넘어가는 글은 당신을 피곤하게 만든다. 토막 난 문장은 순간적인 감동을 줄 수 있으나 애당초 작가의 의도적인 많은 구멍들, 쉬어가는 부분들을 여지없이 숨긴다는 것을 당신은 모른다. 그렇게 파괴된 채로 책 전체의 모든 장점을 억울하게 짊어진 그 문장은 말한다. 이 책을 제발 읽어줘. 나만 좋다는 건 오해야. 훨씬 좋은 문장이 많다고! 내 문장 옆의 문장, 그리고 뒤꿈치의 문장, 이마에 붙은 문장까지 읽어달라고. 그래야 나는 나일 수 있다고.

유명한 책의 유명한 구절이 이렇게 외치는 까닭은, 하나의 문장은 다른 문장들이 부재할 때 불완전하기 때문이다. 모든 문장은 연결되어 있다. 작가는 문장 사이사이마다 필시 다른 무언가를 숨겨둔다. 그래서 두 개의 문장을 읽는 것은 세 개의 문장을 읽는 것과 같고, 한 문장만 읽는 것은 결국 앞뒤 문장까지 포함해 세 개의 문장을 놓치는 일과 같다. 책으로의 몰입은 관계를 맺는 일과 흡사할지 모른다. 어떤 이와 깊은 관계가 되려면 그 사람의 모든 것을 겪어야 하니까. 생김새, 옷차림과 같은 표면적인 정보뿐 아니라 상대의 냄새, 분위기, 나만 아는 장점과 치명적인 결함까지 감당해야 그 사람을 안다고 말할 수 있게 된다. 그렇게 될 때 당신은 그 사람의 단점까지도, 마치 장점으로 가는 깜찍한 간이역이라는 듯 소중하게 언급할 수 있다. 책은 절친한 사람 하나를 만드는 일일지 모른다. 사람을 만나고 배우는 경험에 절대적인 실패가 없듯, 책 한 권을 다 읽는 일에는 실패가 없다. 그 책이 내 마음에 들지 않았다고 하더라도 그 '실패' 또한 경험이 된다. 오히려 실패가 경험 그 자체다. 실패한 책에서 간신히 얻어낸 단 하나의 구절이, 출처가 기억나지 않는 명언 한 구절이 가질 수 없는 지극한 세계를 간직하고 있다. 반면 팔다리를 잘라서 소장한 문장 하나는 그 안의 세계가 부재하기에 지루하다.

그런 당신에게도 마침내 책 한 권을 진득이 읽어 내려가던 예외적인 날이 있었다. 당신은 후반부에 등장한 한 인물에 대해 읽고 있었다. 당신의 얼굴은 벌게졌다. 소설 속 주인공이 마치 당신의 모습을 보는 듯했기 때문이다. 당신이 외면하고 있던 위기가 정확히 명시되어 있었다.

수미는 어떤 의미로든 매스미디어의 각광을 받지 않거나 시각적인 쾌감을 주지 않는 것에 대해서는 둔감한 편이었다. 아니, 그런 것들에 대해서 친절했으나 냉담했다. 수미가 알거나 믿고 있는 것들은 엄밀하게 말하자면 각종 미디어에서 배운 것이라고 할 수 있다. 수미가 사랑하는 것은 비극적이고 이타적으로 보이는 종류의 화제 그 자체였다. 수미는 인간이 가장 비속하게 오감에 충실할 때 사랑하게 되는 것들을 스타일리시하게 사랑하고 있었을 뿐이었다.*

모든 것이 중요했고 모든 것이 남아 있었고 모든 것이 대체로 소중히 다뤄졌던 시절을 당신은 어렴풋이 추억한다. 당신이 지금 레퍼런스로 써먹는 모든 문화적 내러티브는 어린 시절에 빚지고 있다. 1992년에 태어난 당신은 아날로그의 막차를 탔다. 촌스럽고 비효율적인, 그 시절을 당신은 실제로 살았었다. 그때는 유튜브도 인스타그램도, 심지어 스마트폰도 없었다. 당신은 당신이 원하는 대로 영향을 받을 수 있었다. 대체로 당신이 좋아하는 친구로부터였다. 친구가 듣는 음악을 듣고, 친구가 가는 문구점에 가고, 친구가 좋아하는 가수와 영화를 함께 좋아하면서 우정이 자라났다. 그 우정 안에는 인플루언서가 소개하는, 면역력에 좋다는

---

*　『에세이스트의 책상』, 배수아, 문학동네.

고급 침구나 안 들르면 후회할 브런치 가게 목록은 없었다. 그래서 당신은 지루한 당신의 인생을 온전히 살아낼 수 있었다. 친구들은 전부 알음알음 세상을 알아갔다. 책으로 배움을 얻는 것은 당시에도 이미 구닥다리 방식이었으나 지금보다는 독서의 절대적인 위엄을 인정하는 편이었고, 그래서 오히려 아직 독서를 포기하지 않은 시대에서 편안했었다. 언제나 책으로 보는 세상에 대한 갈증이 있었다. 그 때문에 당신은 긴 배회 끝에 언제나 책으로 돌아오곤 했다.

방과 후 접속하는 온라인의 세계는 피드feed가 부재한 싸이월드뿐이었다. 싸이월드는 당신이 자발적으로 관계를 맺고 정기적으로 만남을 유지하는 친구들이 대부분이었다. 그 공간은 이미 알고 있는 소식을 한 번 더 확인하는 방식으로 쓰였다. 지나치게 감성적인 이야기들도 존중되었다. 중2병이라는 비난은 그 당시의 유행이 아니었다. 당신은 누군가의 기쁨과 슬픔을 곧이곧대로 믿었다. 사람들은 서로에게 해롭지 않았다.

그 시절 불명예스러웠던 것은 딱 하나였다. 불법 다운로드. 당신은 유년시절의 비디오 대여점을 거쳐, 청소년기에는 컴퓨터 사이트에 다운로드받은 영화들을 보았다. 당신이 지금까지도 손에 꼽게 좋아한다고 말하고 다니는 영화, 이를테면 「첨밀밀」, 「애니 홀」 등은 전부 그 시절에 본 영화들이다. 당신은 아직도 그 영화들을 정확히 기억한다. 몇 십 번 돌려보았기 때문이다. 컴퓨터 속 폴더에는 많아봤자 열 편 남짓한 영화가 있었다. 어떻게든 보고 싶은 영화를 찾아서 본다. 그것에 대해 오래 생각한다. 오래 좋아한다. 그동안 머릿속에 다른 광고가 들어올 일은 없다. 나보다 나를 더 잘 아는 알고리즘도 없다. 당신이 선택한다. 당신은 15년 뒤 몇 천 개의 영화를 단돈 만 원으로 전부 다 볼 수 있게 된다는 것을 아직 모르고, 영화를 고르는 시간이 영화를 감상하는 시간보다 월등히 길어진다는 것은 더더욱 모른다. 현실로 돌아온 당신은 90년대를 완전히 잊어버린 채, 결백한 얼굴로 이렇게 말한다. "넷플릭스에 없어서 못 봤어요!"

선택은 당신이 하는 것이 아니라 그들이 한다. 그들은 전 인류의 삶을 바꿨다고 확신하는 혁명적 테크 인사들이고, 당신은 소파에 누워 세 시간째 그들의 절도 있는 프리젠테이션을 시청하며, 요트 위에서 연봉 300억에 축배를 드는 미래의 당신을 상상한다. 그러다 배터리가 방전돼 스마트폰이 꺼진다. 기름진 지문이 묻은 스마트폰의 민낯 앞에 당신은 스스로의 얼굴을 맞이한다. 자신을 직면하는 께름칙한 기분은 재빨리 아이패드를 집어 드는 것으로 모면된다.

며칠 뒤 당신은 외출한다. 당신과 당신의 친구가 나누는 대화 내용의 거의 대부분은 인터넷상의 소식이 차지하고 있다. 인터넷은 당신의 오프라인을 지배하고, 식사 중에도 확인해야 할 최우선 순위에 놓인다. 친구는 당신에게 묻는다.

그 드라마 봤어?

아니, 보진 않았고, 근데 내용은 알아.

어떻게 알아?

인스타에서 돌아다니는 짤로 봤어.

그다음 이야기로 전환된다.

혹시 그 영화 알아?

응.

어떤 장면 좋아해?

아, 나 그거 사실 유튜브에서 봤어. 장면은 잘…….

젠장, 그렇게 당신은 그 영화의 모든 것을 놓친다. 알지만 느끼지 못한다. 느낌은 영화를 처음부터 끝까지 본 사람들에게만 주어지는 선물이기 때문이다. 예술은 기승전결이 있는 하나의 서사다. 감상은 감정이 무르익은 상태에서 결말을 맞이하는 하나의 과정이며, 그 과정을 전부 걸어낸 사람에게만 경험이 주어진다. 그러나 요약본은 당신이 실망할 기회를 제한한다. 여운도 시행착오도 없다. 당신은 많은 영화를 그런 식으로 섭렵한다. 당신은 이제 「굿 윌 헌팅」의 줄거리를 완벽하게 꿰차고 있다. 교훈이 될 만한 실마리를 얻고, 그것으로 충분히 만족한다. 당신은 『어린 왕자』를 처음부터 끝까지 읽은 적도, 세 시간짜리 영화에 스마트폰 없이 빠져든 적도, 혹은 스마트폰 없이 외출한 적도 없다. 스마트폰은 당신의 모든 것이다.

겨울이 오자, 당신은 화면 터치가 가능한 장갑을 구매한다. 춥지만 손을 주머니에 넣지 않는다. 당신은 한 거리 인터뷰에 참여한다. 좋아하는 것이 무엇인가요? 당신은 지금 가장 핫한 모든 것을 말한다. 유행은 고유한 개개인의 반대편에 선 상업적 안전장치다. 유행을 말하는 한, 당신은 외롭지 않을 것이다. 인터뷰를 마치고 당신은 걷는다. 정말 내가 좋아하는 게 뭐지? 당신은 곰곰이 생각한다.

대답하지 못한다. 당신은 호주머니에서 스마트폰을 꺼내 검색한다.

내가 좋아하는 음식 알려주실 수 있나요?

내가 좋아하는 스타일 알려주시면 내공 드릴게요.

내가 좋아하는 영화

내가 좋아하는……

당신의 세상에서 당신은 스스로 타인이 된다.

당신의 삶은 타인이 편집하여 공개한 경험의 체취뿐이다. 너무 많은 것을 너무 많이 보았기에 당신은 당신이 누구인지조차 헷갈리기 시작한다. 이 사진은 내가 찍은 거였나? 아님 저장했던 거였나? 이 가방은 걔가 들어서 예쁜 거였나? 내가 정말 이런 노래를 좋아하는 건가? 내게 이 분노는 실제일까? 30대가 되기 전에

'진정한' 나를 찾을 수 있을까? 막막함을 참지 못하고 당신은 또 검색한다.

진정한 자아 찾는 법

그때 누군가가 스마트폰에 코를 박고 있는 당신의 앞을 지나간다. 그 행인은 아까부터 당신을 주시하고 있었다. 그는 당신에게 말을 걸고 싶었지만 당신의 심각한 표정에 이내 포기했다. 당신은 평생을 함께할지도 모르는 그 누군가를, 연예인의 과거 사진과 쿠팡 특가 상품을 구경하다가 놓친다. 얼마간의 불꽃놀이도, 마음먹었던 마요르카 여행도, 당신이 좋아할 법한 숱한 풍경을 비롯해 당신에게 말을 걸고 싶었던 수많은 우연도.

하지만 그리 슬픈 이야기는 아니다. 당신은 그 사람이 누군지도 모르니까. 화면 속의 당신은 방금 올린 사진의 반응을 확인하느라 여념이 없다. 좋아요 354개. 당신은 기뻐한다. 그러나 화면 건너 거의 대부분의 사람들이 좋아요를 누를 때 무표정이었다는 사실은 아마 영원히 서로에게 비밀일 것이다.

슬슬 집에 가야지. 지하철역에 도착해 만원 전철에 몸을 실었을 때, 스마트폰의 전원이 꺼진다. 당신은 아주 오랜만에 누구에게도 연락하지 않고, 누구의 소식도 둘러보지 않고 전동차 안에 멍하게 서 있다. 졸고 있는 이를 제외하고는 모든 이가 스마트폰을 보고 있다. 당신은 기이한 무료함을 느낀다. 당신은 사람들을 구경한다.

심심한 당신 뒤에 최초의 후광이 비친다.

버튼과 창문

"만약 누군가가 자라면서 얼마나 가난했는지 알길 원한다면, 그들에게 몇 개의 창문이 있었는지 물어보세요. 냉장고나 옷장에 뭐가 들었는지 묻지 말고요. 창문의 개수가 모든 걸 말해줘요. 그게 모든 걸 말해줘요. (중략) 가난한 사람들은 아무도 좋은 뷰를 가지고 있지 않아요. 그들에게 창문은 그저 합판 선반 뒤에 가려진 흐릿한 유리창이에요."*

---

*　　『Breast and eggs(젖과 알)』, 가와카미 미에코.

작은 창문이 두 개뿐인 집. 그 낡은 임대 아파트에는 한 젊은 부부와 아이 한 명이 살고 있었다. 그들은 그 시절에 대해 서로 다른 기억을 가지고 있다. 새삼스럽지만 오래전인 그날을 생생히 기억하게 되는 날이 그들에게 가끔 찾아온다. 버튼 때문이다.

불행을 경험한 자들은 저마다의 버튼을 가지고 있다. 그것은 작은 자극에도 스치듯 눌리고, 눌리는 즉시 일상이 마비된다. 일종의 타임머신이 특정 시기로 시간을 돌린다. 그러면 그들은 그때로 돌아가 생의 밑바닥을 지금 여기서 다시 경험한다. 순식간에 날씨가 바뀐다. 마치 복도에 있는 비상 버튼을 누르면 실내에 비가 쏟아지듯이. 해가 쨍쨍하다고 해서 이제 버튼이 사라졌다고 장담할 수는 없다. 인생의 장난스러운 저주는 드라마와 달리 일상적으로 다가오니까.

오늘, 그녀의 버튼이 눌린다. 그녀의 마음은 순식간에 딱딱해진다. 터져 나온 갑작스런 짜증이 저녁 식탁을 강타한다. 가족들은 당황한다. 오늘의 이유는 엄마가 부탁한 된장을 아빠가 사 오지 않았기 때문이다. 특정 브랜드의 된장을 찾지 못한 일은 아빠가 엄마의 말을 평생 무시해 왔다는 의미로 확대된다. 하여튼 내 말은 무조건 건성건성 들어. 내가 일하느라 문자 못 보니까 전화하라고 몇 번 말했었잖아. 그건 단순한 요리 재료를 넘어서 아빠의 무심함에 대한 항목을 무한히 늘어놓게 만드는 시발점으로 진화한다. 엄마는 이내 온몸의 힘을 짜내서 비명과도 같은 짜증을 낸다. 몸에서 호두과자 냄새가 날 것만 같은 그녀가 어떻게 저렇게 돌변할 수 있는지 나는 이해할 수 없다.

엄마에게는 선명한 심리적 트라우마가 있다. 아주 사소한 것에 크게 폭발해 버리는 문제. 지나간 상처에 천착하여 그때의 현장에 머무르려는 고집. 그 고집은 수동적이다. 그는 감정에 끝내 지배당한다. 아빠가 견디다 못해 화를 내고 엄마에게 본격적으로 싸움을 붙이면 유년 시절의 불안감이 서른한 살의 나를 차갑게 감싼다. 나는 그릇이라도 깨서 이 사태를 무마하고 싶은 마음이 든다. 내가 제일 위험한 사람이 되고 싶어서다. 나는 이들을 중재해야 하는 사명을 영원히 맡고 있는 자식이니까.

상상 속에서, 나는 엄마의 손을 잡고 창문이 적은 그 아파트로 따라 들어간다. 30대 성인이었던 엄마와 초등학생이었던 내가 일정 부분 우리의 조각을 두고 온 그 집으로. 나는 무의식적으로 그때 그 창문을 보며 움찔한다. 걸쇠를 제대로 잠갔는지 확인하는 것이다. 엄마는 내 방에 있는 창문을 극도로 싫어했다. 복도에서 지나가는 사람들이 그 창문으로 널 볼까 봐, 난 그게 너무 싫어. 엄마는 내가 해코지를 당할까 늘 걱정했다. 복도에는 수시로 우리만큼 불행한 사람들이 지나다니니까. 그때 우리 아파트의 이웃들은 서로를 통해 자신의 불행을 수시로 확인해야 했으니까. 내 방 창문은 야경을 감상할 수 있는 창문과는 거리가 멀었다. 오히려 그건 바깥과의 분리를 상징했다. 밖을 볼 수 없어서 자기 자신만 보게 되는 방. 자기 자신의 결핍 안으로 침잠하는 게 유일한 선택지인 방. 그 시절 책은 나의 유일한 창문이었다.

창문 머리맡에 달라붙은 그 침대에 내가 앉아 있다. 아빠는 엄마를 한 번도 때린 적이 없고 엄마는 아빠를 너무 많이 사랑한다. 그럼에도 불구하고 나는 서로가 서로를 구타하는 장면을 상상으로 추억한다. 나는 다시 아이로 돌아가 일어나지도 않은 비극에 나를 내던진다. 이 집, 나의 경제적 능력, 내가 쟁취한 조금의 명예 같은 것이 급격히 납작해진다. 잠시 침묵. 침묵 속에서 내가 독립적으로 이룬 모든 것이 끝장나는 기분이다.

버튼이 내 옷자락을 잡아당긴다. 나 잊었어? 어떻게 변해 있어도 나는 너를 끝까지 찾아낼 거야. 불행이 사채업자처럼 우리에게 말한다. 바짝 말려 개어놓은 과거 속에 비가 내린다. 오래전에 극복했다고 여겼던 기억이 현실로 전이된다.

나의 버튼은 그날이었다. 아빠와 내가 단둘이 극장에 간 날. 우리가 한참 싸우는 가족이었을 때, 나의 부모는 법원에 다녀왔고 도장만 찍으면 모든 게 끝이었다. 아빠는 따로 살았다. 어디서 살았는지는 알 수가 없다. 그 시절 나는 영원히 아빠를 못 볼지도 모른다는 불안감에 사로잡혀 있었다. 그는 가난했고, 초라했고, 엄마를 울렸다. 엄마를 울리는 아빠를 나는 경멸했었다. 그가 집을 나갔을 때, 밖에서 둘이 만나 영화를 보러 갔던 기억이 있다. 영화는 정재영 배우가 나오는「김씨 표류기」였는데, 제목 말고는 이상하리만큼 아무것도 기억나지 않는다. 그 영화관이 어디였는지, 우리가 팝콘을 먹었는지, 날씨가 추웠는지 더웠는지 그 무엇도. 나는 1년에 몇 번씩 그날을 떠올린다. 물론 아빠에게 말해 본 적은 없다. 내가 꾸며낸 일일까 두려워서다. 기억의 결함이 오히려 성큼성큼, 나를 그때로 몰아넣는다. 어린아이였던 내가 느꼈던 것은 그가 남이 될지 모른다는 두려움과 세상 사람들의 시선에서 그를 아빠가 아닌 낙오자로 바라보는 나 자신에 대한 수치심이었다. 아이는 가족이 잘못되었을 때 쉽사리 타인을 원망하지 못한다. 그래서 나는 나를 원망했었다. 미래의 내 행복을 거의 포기한 채로. 아빠랑 살래, 엄마랑 살래? 극단적인 질문 앞에 나는 엄마 앞에서 아빠를 배신하는 법을 배웠다. 나는 아이답지 않은 아이였다. 숨겨야 할 못난 구석이 많은 아이. 상실과 불안의 감각을 자양분 삼아 큰 아이.

어른이 되고, 나는 버튼을 곧잘 잃어버렸다. 그건 가끔씩만 발견된다. 엄마가 다정하지 않은 아빠와 여전히 함께 사는 것은 현실이지만, 나의 현실은 다르다. 헤어지지 않은 부모에 대한 기쁨을 느끼는 것이 오직 나의 현실이다. 엄마는 요즘 아빠를 얄미워하며 말한다. 우리가 이 집에 이사 와서 제일 행복한 건 당신이야. 그러면 나는 말한다. 엄마랑 에릭(고양이)이 공동 2위고, 4위가 나야. 근데 나는 내가 4위인 게 행복해.

지난해 우리 가족은 아마 생애 마지막일 이사를 했다. 10대에 살던 집에 딱 네 배인, 벽지도 장판도 모두 새것인 꿈의 집. 어릴 적 내 꿈은 소파가 있는 집으로 이사 가는 것이었는데, 엄마와 아빠를 은퇴시키는 일로 얼마 전 변경되었다. 거기까지 완수해 내면 우리는 창문 없는 집을 기억하지 못할 만큼 완벽히 과거를 청산할 것이다.

그러나 나는 벌써 행복하다. 이제는 내가 가장 힘든 사람이라서. 이제는 결정권을 쥔 내가 그들의 구원이라서. 그리고 나는 엄마 몰래, 아빠의 삐져나온 행복을 매일 관전하고 있다. 그는 무책임하게도 요즘 너무 행복해 보인다. 추석이면 자정에 끝나던 택배일은 이제 3시면 끝나고, 아빠는 그때부터 다음 날 출근하는 새벽 5시까지 자유 시간을 갖는다. 그의 표정을 봐서도 이미 눈치를 채고 있었지만, 나는 엄마를 통해 아빠의 속마음을 듣는다. 부부동반 모임 때 네 아빠가 그러더라. 요즘 걱정이 없다고. 아무 걱정이 없다고.

그 말은 나에게 기쁨의 버튼이 된다. 그는 변했다. 불같이 화를 내던 아빠는 말투부터 바뀌었다. 아빠는 화를 가라앉히고 엄마를 달랜다. 아빠는 시종일관 농담을 하고 이해하려 하고 웃는다.

생소한 모습이다. 그는 이 집으로 이사를 오고 나서 거의 다른 사람이 되었다. 웬만한 일에는 화를 잘 안 내는 것 같다. 사는 집의 크기가, 조금의 여유가 이렇게나 큰 영향을 끼치는지 처음 실감했다. 그는 인간으로서, 가장으로서 자신감을 회복한 지 오래다. 그래서 모욕적인 전화나 문자를 받아도 좀처럼 화내지 않는다. 그는 과거 자신의 상처에 무정하리만큼 새로운 사람으로 태어났다.

나는 요즘 아빠와 처음으로 우정을 쌓을 기회를 얻는다. 숨어서만 우는 독하고 터프한 외동딸과 산전수전 공중전을 다 겪은 60대 남자가 똑같은 뒷모습을 하고 함께 산에 오른다. 말 한마디 없이 우리는 친해진다. 나는 그렇게 조용히 아빠를 용서한다. 자신의 실패를 견딜 수 없어 가족에게 비겁했던 가장을. 아내에게 항상 부족한 사랑을 주었던 남자를. 그리고 처음으로 마음에 드는 현실을 가진 오래된 청년을. 그에게는 이제 시도 때도 없이 눌리는 버튼 대신, 소나무가 내려다보이는 넓은 창문이 있다. 아빠는 그 앞에서 우리 중 제일 많은 시간을 보낸다. 나는 베란다에 서 있는 그의 평화로운 얼굴을 자주 목격한다.

"우리 아내가 스물다섯에 나한테 시집와서 내가 이렇게 고생을 시키고. 내가 더 잘할게." 마침내 대화가 종료된다. 나는 아빠에게 말한다. 엄마의 급발진은 고칠 수 없는 병이니까 그냥 아빠가 화를 내지 마. 무조건 져. 화를 내는 걸 까먹어 버려. 이쯤에서 멈춰서, 아니 정확히 말하면 아빠가 내가 너무 두려워하는 그 고함을 말끔히 포기해 버려서 다행이다. 저렇게 사람 좋게 웃고 있다니. 그는 그녀와 달리 그 기억들을 힘도 들이지 않고 떨쳐내 버린 듯하다. 아빠에게는 이기적인 건망증이 있고 그건 정신 건강에 도움이 된다.

우리는 소파로 온다. 아빠와 엄마 사이에 외동딸인 내가 끼어서. TV를 조금 보다가 홈쇼핑 채널에서 시선이 멈춘다. 엄마는 말한다. 겨울 부츠 하나 살까 봐. 한번 봐봐, 인터넷에서. 그러면 나는 안도감에 젖어 노트북을 켠다. 언제 그랬냐는 듯, 우리는 다만 거실에서 함께 저녁 시간을 보내는 행복한 3인 가구로 돌아온다. 가족만의 항상성이다. 약속이라도 한 듯 아무 말 없이 예전으로 돌아가는 것. 모든 문제를 해결하려고 하면 함께 살 수 없다. 그리고 추스르는 마음은 대체로 쑥스러우니까. 가족은 영원한 삐걱거림이고 그럼에도 불구하고 서로를 포기하지 않으려 애쓰는 최초의 사랑이다. 우스꽝스럽고 비합리적으로. 우리는 서로의 엉망을 못 본 척한다. "우리 가족만 이래"라는 투정을 나는 더 이상 하지 않는다. 완벽한 가족이란 없다는 것을 이제 알기 때문이다.

엄마는 자연스레 아빠 것을 고르기 시작한다. 여보, 이거 봐봐. 이거 어때? 아빠는 빼는 법이 없다. 화면을 확대하라고 내게 다정하게 명령한다. 마치 노트북 화면이 터치라도 되는 듯 마음에 드는 디자인을 손으로 집어낸다. 그러다 엄마는 또 갑자기 화를 낸다. 아빠를 향한 미움과 사랑 사이에서 혼란스러운 듯하다. "아니, 왜 내 거 고르다가 아빠 걸 골라? 아빠 신발이 얼마나 많은데?" 믿기 힘든 전환이지만 실제 상황이다. 갑자기 그녀는 신발장으로 가서 한 켤레만 있어도 한 칸이 꽉 차버리는 그의 290mm짜리 거대한 신발들을 공격적으로 꺼내 와서 말한다. "이거 봐. 이거 봐. 신발 너무 많아, 너 절대 아빠 신발 사주지 마. 사주기만 해." 아빠는 그런 엄마가 귀엽다는 듯 웃으면서 방으로 들어간다.

엄마가 모르는 사실이지만 나는 엄마가 신발을 가지러 다녀오는 동안 이미 아빠가 고른 신발 두 켤레를 주문 완료했다. 나는 결제 창을 지워버린다. 엄마는 신발장에서 돌아와서 다시 당신의 신발을 고르기 시작한다. 내가 화면에 비친 엄마의 환해진 옆얼굴을 슬쩍 엿보며, 화 풀렸나 보네? 라고 말하면, 엄마는 민망한 듯이 고개를 끄덕인다. 마치 아기 같은 얼굴. 저렇게 순한 사람이라 화를 낼 때도 깨끗한 걸까? 엄마는 결국 마음에 드는 신발의 좋지 않은 후기를 몇 개 발견하고 급기야 쇼핑을 포기해 버린다. 다음에 사지 뭐, 돈 아껴. 엄마는 끝내 이기적이지 못하다. 당당하게 자기 것을 고르는 아빠와는 달리 그녀는 화를 내다 말고 이제는 내 카드 값을 걱정하고 있다.

각자 보낸 오늘 하루 얘기가 나온다. 아니나 다를까, 엄마는 오늘 오후 바깥에서 마음이 안 좋은 일을 겪었다. "할아버지 막 우셔, 할머니 요양원 보낸다고 했더니……. 그래서 그냥 안 보내려고. 내가 모시고 살 거야, 그 집에 들어가서." 이 말을 듣자마자 내게 버튼이 아직 존재한다는 걸 깨달았다. 버튼은 언제나 그랬듯 제멋대로 눌린다. 특히 불행의 버튼은 서로 끈질기게 연결되어 있다. 나는 참지 못하고 엄마에게 쏘아붙인다. "그럼 그냥 그 일 때문에 힘들었다고 하면 됐잖아, 왜 별것도 아닌 된장 못 찾아서 못 사온 걸 가지고 그렇게까지 화를 내? 왜 아빠가 바람피운 거 들킨 것마냥 화를 내냐 이거야. 왜 엄마 감정을 주체를 못 해서 우리한테 분출하냐고. 내 생각은 안 해? 그걸 30년 동안 듣는 내가 볼 피해는 왜 생각을 안 하냐고" 등등. 그러면 엄마는 미안해 죽겠다는 얼굴을 한다. 내가 싫어하는, 나를 무너지게 하는 얼굴.

내가 괴로운 이유는, 나 혼자 편하게 사는 게 잘 안 돼서. 가족과 나를 완전히 분리하기에는 내가 모질지 못해서. 그러니 돈을 더 벌어야 해서. 모두를 구원할 만큼의 돈. 아빠가 택배 일을 그만두게 해서 그의 마음에 더 큰 여유를 보장하고, 암에 걸린 이모부와 그를 뒷바라지하느라 힘든 우리 이모를 위해 요양보호사를 고용하고, 그에 따라 외할머니를 요양원에 보내지 않을 수 있게 되고, 그렇게 나 한 사람이 우리 가족 모두의 생계와 작은 사치들까지 책임지면 얼마나 좋을까 싶어서. 가족이라는 세계만의 독특한 자기 연민과 사랑과 죄책감을 동력 삼은 나의 마음에 절망과 희망이 반반씩 비친다. 살펴야 할 새로운 불행은 늘 삶을 비집고 들어오기 마련이다. 나만 일하고 싶다는 오랜 꿈을 이루면 우리는 완벽해질 수 있을까?

울음을 참고 방으로 들어온다. 소리 내지 않고 문을 잠그는 법, 정확히 13분 뒤쯤 엄마가 노크를 하면 전혀 울지 않은 것 같은 목소리를 내는 법도 안다. 그리고 나는 바로 책상에 앉아서 글을 쓴다. 팔아먹을 불행이 내게 조금 남아 있다.

깨끗이 닦은 창문 너머로 숲이 보인다. 낮은 산 밑 야구장에서 콩알만 해 보이는 사람들이 움직이는 모습이 보이고, 기분 좋은 고함도 들려온다. 겨울만 아니면 하루 종일 창을 활짝 열어두고 지내는 버릇이 생겼다. 내 방은 더 이상 슬픔이 어울리지 않는다. 영원히 꿈꾸었던 모든 것은 얼렁뚱땅 이루어졌다. 하지만 가난은 우리의 얼굴 어딘가에 표정이 되어 남아 있다. 나는 그 흉터에 대해 쓴다. 금세 젖어드는 불행의 습관을 뿌리 뽑기 위해. 그리고 장난스런 저주에 이렇게 요구하지. 우리 가족을 이제 놓아달라고. 우리 곳곳에 스며들어 있는 고생의 냄새를 그만 거둬 가라고.

엄마가 설거지하는 소리가 방문 너머로 들려온다. 그 물소리가 꼭 울음처럼 들린다. 나는 타자 소리로 슬픔에 맞선다. 웅크린 채 활활 타오르며, 나는 아직도 내 가장 중요한 창문이 책이라는 것을 확인한다. 그리고 깨닫는다. 엄마의 창문은 영영 나였다는 것을.

내가 엄마 창문이야. 그러니 이제 나를 통해 마음껏 바깥을 봐. 위험하고 두려운 건 아무것도 없어. 그날들은 끝났고, 우리는 행복해.

나는 방문을 열고 엄마에게 달려가 말하고 싶었다. 그러나 아무 말도 하지 않는다. 가족답게. 다만 엄마의 부츠를 몰래 주문한다. 다음 날이 온다. 우리는 함께 식탁에 앉아 밥을 먹는다. 가짜 무심함과 포기하고 싶은 마음 그 사이 어딘가에서, 우리는 서로를 사랑하고 있다.

메시지의 도시

"저 여기 있어요. 검은색 아디다스 트랙슈트를 입고 있으니 찾기 쉬울 거예요."

"Ok."

읽음 표시가 뜨고 곧 우버가 도착한다. 여행은 시작된다. 푸르고 어두운 하늘이 꼭 외국 것 같다는 애매한 느낌 말고는 타국에 왔다는 실감이 나지 않는 밤, 택시에 타자마자 나는 친구에게 문자를 보낸다.

"나 뉴욕 도착."

팬데믹 이전에는 문장이 더 길었다.

"나 공항 도착. 짐 찾는 중. 금방 나갈게. 콜라 하나만 사다 줘."

사실 시간이 지나면서(혹은 짐을 찾는 데 정신이 없었던 나머지) 이런 말을 하는 것도 잊었다. 친구들은 내가 부탁하지 않아도 공항에 콜라를 들고 나타났고 그것은 우리의 암호였다. 우리 사이에 끝없이 오갔던 어떤 말은 결국 말을 생략시킨다. 이해는 침묵이고, 결국 언어의 자리를 잃게 하는 동시에, 이전에 얼마나 많은 언어가 두 사람 사이에 쌓여 있었는지를 보여주는 증거이기도 하다. 가령 아내를 챙기는 노인의 노련한 다정함에 우리가 감동하는 것은 그가 말이 없기 때문일 것이다. 수다스럽지 않음은 그전에 얼마나 많은 수다가 있었는지를 보여주는 메시지다. 나는 23kg짜리 수화물과 책과 노트북이 담긴 배낭을 짊어지고 힘차게 공항 밖으로 쏟아져 나오곤 했다. 오랜만에 만난 친구와 침묵 속에서 포옹하면서.

뉴욕에서는 사정이 좀 달랐다. 나를 공항에 데리러 올 사람도, 콜라를 챙겨줄 사람도 없었다. 그러나 공항을 지나 맨해튼에 도착하는 순간 다른 누군가가 필요하지 않다고 직감했다. 뉴욕은 영원한 공항이기 때문이다. 모두의 목적지이자 모두가 반드시 떠나게 되는 곳이 바로 뉴욕이다. 많은 만남과 이별을 암시하는 뉴욕은 언제나 번잡스럽고 공항처럼 숨기 알맞다. 어딜 가든 인파가 바글바글하고 모두가 바삐 걷고 있어서 그 인파와 걸음의 리듬 속에 숨을 수 있는 것이다. 짐을 잃어버릴까 봐, 비행기를 놓칠까 봐,

수화물 무게가 초과될까 봐. 이처럼 적어도 세 가지 이상의 불안이 존재하는 것 또한 뉴욕이 공항을 빼닮은 점이다.

나는 호텔에 도착해서 첫마디를 하며 하루를 시작한다. 로비의 무거운 문을 잡아준 한 중년 남자에게 땡큐, 라고 말한다. 그는 나와 달리 이 도시를 떠나고 있다. 나는 그의 뒤통수에 대고 이렇게 말한다. "안전한 비행 되세요!" 뉴욕에서 호텔에 묵는다면 거의 매일 두 가지 표현을 쓴다. 배웅과 환영의 말. 세이프 플라이트 Safe flight 아니면 봉 보야주Bon Voyage. 안전한 비행 되세요, 아니면 좋은 여행 되세요. 나는 호텔 컨시어지에 짐을 맡기고 로비에 있는 카페에 들른다. 카푸치노를 마시며 책을 읽고 있는 여자 옆자리에 앉아 그에게 말을 건다.

"무슨 책 읽어?"

그가 프랑스인 특유의 영어 발음으로 부끄러워하며 말한다. "아무것도 아니야, 그냥 멍청한 책……. 썸머 리딩이야. 좀 바보 같은 로맨스 소설." 책을 읽고 있다는 것만으로 자신이 프랑스인임을 증명한 그는 통상적인 대화 끝에 뉴욕다운 마지막 한마디를 건넨다.

"나 오늘 떠나. 밤 8시 반 비행기."

우리의 대화는 거기서 끝이 난다. 그는 주섬주섬 짐을 챙기고 호텔 1층에 맡겨둔 캐리어를 찾아 유유히 사라진다.

○○호텔 1016호. 나는 호텔방에 짐을 풀고 목욕물을 받는다.

아무리 바깥이 뉴욕이라 해도 한 달 만에 반복된 비행과 시차 적응은 조금 버겁다. 오늘 같은 날은 호텔에서 책이나 읽으며 하루를 보내도 좋을 것이다. 한국에서 챙겨 온 책을 꺼내 들고 욕조로 들어간다. 무슨 내용인지 아직 전혀 모르는 책이거니와 첫 문장을 읽는 건 그 책의 메시지 90퍼센트를 읽어버리는 것이기 때문에 신중할 수밖에 없다. 따끈따끈한 새 책을 펼쳐 든다. 한 여인이 등장과 함께 그가 도착한 곳을 알려온다. 작은 호텔방. 그리고 다음 장면. 여인은 간단히 짐을 풀어두고 곧장 거리로 나간다.

나는 그길로 씨부렁거리며 욕조에서 나온다. 곧바로 옷을 챙겨 입고 거리를 나선다. 캐리어는 없지만 떠나고 도착하는 일은 계속된다. 이제부터는 내가 아닌, 사람들이 뱉는 말들의 본격적인 이동이다. 뉴욕은 공항이고 나는 여전히 승객이지만, 이제 그 비행기를 띄우는 연료는 남들의 언어다. 뉴욕에서는 말, 글, 문자 메시지, 인스타그램 포스팅 등 수억 개의 말과 글이 치열하게 날아다닌다. 그것들은 대체로 공격적일 정도로 긍정적이다. 광고 문구조차 감성적이라기보다는 차라리 슬로건에 가깝다. "나를 따르라!" 하는 소리가 들리는 듯하다. 영어는 한국어보다 감성은 덜하고 직설적이다. 언어로 먹고사는 나는 그들의 시원시원한 표현에 입맛이 돈다.

뉴욕을 산책하는 일은 언어를 산책하는 일과 다를 바가 없다.

아무리 무신경한 사람도 도시 전체를 뒤덮은 메시지들 중에 적어도 한 줄은 반드시 읽게 된다. 하다못해 단어 하나라도. 나는 그것을 수집하고 또 다른 언어를 덧붙여 친구들에게 문자를 보낸다. 그 문자는 메시지를 찍은 사진들이다.

리넨 가게 앞 세일 상품 붙은 말을 보내며:
"이거 너무 야하지 않아?"
Touch me, I'm soft(날 만져봐, 난 부드러워요).
More soft things inside(안에 들어오면 더 부드러운 게 많아요).

스텀프 커피 로스터스 머그컵 문구를 보내며:
"내가 꼭 그런 친구가 되어줄 수 있을 텐데."
Make you feel things(네가 나로 인해 무언가를 느끼게 해줄게).

아스팔트 바닥에 칠해진 그래피티를 보내며:
"미국은 지겹도록 긍정적이야. 때론 경이로워. 근데 이런 문구에 아직 설레는 나는 순진한 건지 희망찬 건지."
Dream until it's your reality(꿈이 현실이 될 때까지 꿈꿔라).

때로는 내 심경을 마주치기도 했다.
BROKE FOR NEW YORK(뉴욕 때문에 완전 파산).

어느 8월의 토요일, 나는 브루클린의 한 공연장으로 향한다. 파산을 막아주려는 듯 티켓 값은 고작 60달러 정도였다. 혼자서 공연에 가는 것은 혼자서 뉴욕에 오는 것만큼이나 어떤 '메시지'를 내포하고 있다. 혼자 무언가를 한다는 것은 그 행위의 순수함을 보장하기 때문이다. "맨날 혼자서도 가는 거 보면 정말 맛있는 식당인가 보다"라든지, "걘 영화 혼자 보더라. 영화 되게 좋아하나 봐"라고 하는 것을 보면. 혼밥, 혼술, 혼영이 아닌 혼콘은 또 다른 차원이다. 나는 밴드 파슬스Parcels의 열혈 팬은 아니었다. 좋아하는 곡이 두어 곡밖에 없었지만 내가 출국 전 찾아본, 뉴욕에서 공연하는 밴드 중 유일하게 아는 밴드였다. 나는 단지 '음악이 주는 모든 메시지'의 팬인 사람이었고 어디로든 나가야 하는 뉴욕 밤의 팬이기도 했다.

음악은 말과 글, 심지어는 음까지 조합해 메시지를 총체적으로 전달하는 대단히 놀라운 언어다. 노래 가사 하나하나가 슬로건이자 유행어가 될 수 있다. 종이 위에만 머물러야 하는 글과는 달리 음악은 행으로 열로, 위로 아래로, 옆으로 앞으로, 방향 없이 종횡무진 나아갈 수 있다. 우리가 군이 콘서트에 가서 라이브를 듣는 것은 똑같은 음악이 '지금'이라는 축복을 받아 매번 달라져서다. 변주와 즉흥이 아름답게 취급되는 것은 오직 음악의 언어에서만 가능하다. 그런 의미에서 콘서트는 감각으로만 진행되는 언어의 무대다.

우정 도둑

공연은 좋았다. 나는 춤을 췄고 사람들도 춤을 추고 있어서 전혀 외롭지 않았다. 그러나 한편으로는 딴생각을 하며 옆에서 춤을 추는 사람들을 배신했다. '파슬스 얘네 한국 오면 큰일 날 텐데…… 물론 미국 관객들도 대단하지만 이 정도 떼창은 떼창도 아닌데.' 나는 순간 영국 밴드 오아시스의 멤버였던 노엘 갤러거의 한국 공연 영상 밑에 달린 베스트 댓글이 떠올라 혼자 웃는다. "자기 노래에 무슨 메시지라도 있는 건가 놀라 자빠졌던 노엘ㅋㅋㅋㅋ." 웃으면서도 생각에 잠긴다. 애쓰지 않아도 전설이 되는 사람과 평생을 바쳤지만 불리지 않는 노래를 만드는 수많은 사람들에 대해. 전설적인 사람들이 늘 하는 말. 그냥 만들었어요. 가볍게 만들었어요. 역시 책에는 해당되지 않는 말이다. 즉각적인 언어로 결과를 얻을 수 있는 건 음악뿐이니까. 음악은 차라리 충동적인 여행에 가깝다. 다른 언어로 불린다 해도 음악은 결국 모두에게 똑같은 떨림을 느끼게 한다.

나는 생각을 계속하며 공연장을 빠져나온다. 그때 미국 사람 셋으로 된 무리가 말을 걸어온다.

"근처에 좋은 바 알아?"

"어, 나 여긴 잘 모르는데. 내가 아는 바는 여기서 좀 걸어가야 해."

음악의 언어는 끝나고 이제 다시 일상의 언어가 시작된다. 그들은 누가 먼저랄 것도 없이, 마치 내가 원래 아는 사람이라는 듯 정신없이 동시에 말을 걸어온다. 물론 말을 걸기에 음악보다 좋은 구실은 없다.

"혼자 공연 왔었나 봐?"

"어, 대단하지?"

"파슬스 존나 좋아해, 우리는."

"난 사실 잘 몰라. 그래도 좋았어."

"근데, 너 좀 만화에서 튀어나온 거 같다."

"인종차별 아니니?"

"아니, 그냥 칭찬이야."

그때 폭죽이 터진다. 누군가가 멀리서 쏘아 올린 것이다. 나는 그들의 일행이 되어 소리를 지르며 기뻐한다. 어색해질 뻔한 대화가 기분 좋게 끊긴다. 같이 폭죽을 구경하는 몇십 초 동안 나는 그들이 광기 어린 젊은이들이라는 것을 알고 조금은 안도한다. 지금 내 기분으로는 혼자 있기 아깝다.

우리는 함께 술집으로 간다. 분위기가 활기차 보인다 싶으면 들어가서 화장실의 여부를 체크한 다음 바에 자리를 잡고 일렬로 섰다. 한 명(남자1)은 좀 무서울 정도로 키가 크고 미국 배우 아미

해머를 닮은 얼굴 위로 하와이안 캡모자를 푹 눌러썼다. 그는 위협적으로 발랄해서 코카인에 취한 게 아닌가 싶었지만 다른 두 친구가 매우 멀쩡했기에 나는 즐겁게 대화하는 동시에 그들을 관찰하며 시간을 보냈다.

그중 한 명(남자2)은 염색한 단발머리에 수염이 길고 인도식 바지를 입었다. 패션은 첫인상의 가장 유용한 메시지다. 그를 보며 추측했다. '요가랑 아시아를 좋아할 것 같군…….' 나머지 한 명은 울적한 표정이 습관이 된 미드타운 출신 변호사(남자3)였고, 피곤하다는 듯 바에 남은 한 자리에 앉아 서 있는 우리의 말을 들었다. 셋은 아주 오래된 친구로 모두 유대인이며 뉴욕에서 나고 자랐다. 나는 3 대 1의 어지러운 대화는 처음이라 그들이 남발하는 말에 더욱 귀 기울인다. 그러다 단발머리 남자에게 이런 말을 듣게 된다.

"어제 술 너무 많이 마셔서 아침에 요가했어. 숙취 해소엔 요가가 최고거든."

역시. 내 추측이 맞았다. 우리는 이내 서로의 직업을 묻다가 그가 신난 목소리로 이렇게 말한다.

"오, 나도 작가야. 나는 여행 다니면서 글 써. 이번 주 금요일에 스페인 남부로 떠나."

역시 뉴욕의 모든 이는 떠나는군, 나는 생각했다. 그의 말투에서 두 친구와는 다른 자유로움을 느꼈다. 그는 뉴욕에서 태어났지만 도시를 증오하고 자연을 사랑한다. 아로마 오일 냄새를 풍기는 그는 수수한 언어로 말한다. 치유, 회복처럼 뉴욕과 도무지 어울리지 않는 단어를 이야기하는 그는 친구들의 헛소리에도 꿋꿋이 자신의 경험을 설명하느라 바쁘다. 다른 두 친구의 언어가 생생한 발설이라면 그의 것은 자신을 통제하는 수련과 같았고 그는 영혼과 에너지, 꿈, 대지의 흐름에 완전히 빠져 있는 것처럼 보였다. 이는 그가 며칠 뒤 내게 보내온 문자에서도 여실히 드러났다.

Dream well(꿈 잘 꿔).

(보통은 잘 자라는 뜻으로 'Sleep well'이라고 한다.)

아기 용품을 파는 숍이나 유기농 마트에나 붙어 있을, 사랑스러워서 살짝 거부감이 드는 말을 달고 사는 사람을 만났다. 그의 앞에서 나는 너무 냉소적이다. 그는 나를 덥히고 세상으로 이끄는 중요한 친구가 될지 모른다. 그가 내게 커피 대신 콜라를 시켜주기까지는 많은 수다가 필요할 테지만.

대화가 계속된다. 스몰토크를 마치고 다음 약속을 잡는 친구처럼. 우리는 파크 애비뉴의 한 커피숍에서 만나기로 한다. 지극히 밝은 이야기를 믿고 있는 사람에게는 극도로 슬픈 사연이 있을 수도 있다고 생각하며 나는 그에게 문자를 보낸다.

정말 미안, 나 좀 늦어.

1분 뒤 답장이 도착한다.

Without worries, Be happy(걱정 없이, 그냥 행복해).

우버 기사와는 달리 그는 시적으로 답했다. 나는 그를 만나자마자 물을 것이다. 왜 예쁜 말만 해? G, 너 정말 행복해?

문득 똑같은 질문을 듣던 나의 어린 시절을 떠올리며, 나는 다시 나에게 묻는다.

너야말로 정말 행복해?

답을 모른 채, 나는 매디슨 애비뉴의 한 카페 안으로 걸어 들어갔다.

슬픔이여 안녕

뉴욕에서 만난 모든 사람은 첫 만남에서 자기 엄마 사진을 보여줬다. 맥캐런 파크에서 D가 그랬고, 일본식 재즈클럽 겸 술집에서 만난 I도 그랬듯, 단발머리 미국 남자 G도 마찬가지였다. 모든 어머니의 얼굴에는 자식을 낳아보지 않은 우리와 달리 담대함이 서려 있다. G가 보여준 사진 속 그의 어머니는 눈이 부시다. 와인색 민소매 셔츠에 큰 사이즈의 금색 귀걸이를 하고 붉은 갈색 머리는 어깨에 닿을락말락하는 중단발 길이. 45도 각도로 얼굴을 돌린 채 어렴풋 미소 짓는 모습이 이지적이다.

"정말 아름다우시다."

우정 도둑

"작년에 돌아가셨어."

"몰랐어. 유감이야, 미안해."

"어머니는 내가 아주 어렸을 때부터 매우 우울해하셨어. 나는 엄마가 우울해하는 걸 지켜봐야 했고. 수없이 반복된 자살 시도도."

나는 지금 그가 살아 있기를 간절히 기도했고 G는 결말이 담긴 다음 말을 이었다.

"결국 작년에 성공하셨지. 죽는 것. 엄만 지금 오히려 더 편할 거야. 당신이 그토록 원하셨던 거니까. 충격을 받긴 했지만 나는 항상 준비가 되어 있었던 것 같아. 힘든 유년 시절도 결국 끝났고. 아버지랑 나만 남았어."

"너 괜찮아?"

그는 커피 메뉴를 고를 때와 똑같이 맑고 친절한 얼굴로 답한다.

"어, 나 완전히 괜찮아. 사실 너 만나러 오기 전에 테라피(심리 상담)에 다녀왔어. 나를 찾기 위해서. 어릴 적 가족에게서 받았던 영향에서 나를 떼어내서 바라보기 위해서. 예전엔 우울증을 심하게 앓았지만 지금은 다시 영혼을 찾는 중이야."

그는 신나는 톤으로 목소리를 바꾼다.

"어머니 캐릭터가 좀 세긴 했어. 강했어. 여왕이셨지. 그래서 나는 항상 아버지의 작아진 모습만 보고 자랐고, 그게 내가 보고 배운 유일한 남성상이었어. 그래서 여자들 앞에만 서면 작아지는지도 몰라. 나 자신이지도 못하고. 이따 저녁 약속 있다고 한 거 있잖아, 아빠랑 밥 먹기로 했어. 웨스트 빌리지에서.”

나는 식당에 마주 앉아 신문만 한 메뉴판을 들고 있는, 서먹서먹한 얼굴의 두 남자를 상상한다. 아내를 사랑했고 그 앞에서 작아질 줄 알았던 희귀하게 훌륭한 남자의 아픔과, 어머니의 아들로서가 아니라 자기 자신으로서 나아가고 싶은 한 청년을 생각한다. 그 아들은 이제 서른넷이지만 아이일 뿐이다(한때 서른넷을 거의 중년이라 생각했던 것을 생각하면 아찔하다). 아들은 저온 숙성된 15온스짜리 뉴욕 스테이크를 주문하고 아버지는 레몬과 아스파라거스를 곁들인 뵈프 부르기뇽을 주문한다. 무라카미 하루키의 책 이름처럼 그들은 여자 없는 남자들이다. 실망에서 오는 고통을 함께 이겨낸 전우들이지만, 아버지에게 마음을 터놓는 건 이름도 모르는 이에게 마음을 터놓는 일보다 훨씬 어려울 것이다. 밀폐된 슬픔. 그 속내를 들여다보는 것은 극도로 두려운 일이며 아버지와 함께라면 더더욱 그렇다. 아버지는 아들이 몰래 사랑하고 있는 존재다. 아버지와의 대화는 누가 더 용기를 못 내는가의 시합이다. 나는 슬픔을 말하지 않는 그들을 상상한다. 그 상상 속에서 나는 음식을 먹는 그들 곁에 앉아 아무것도 주문하지 않고 부자를 바라보고 있다.

“아버지랑은 괜찮아?”

G의 대답이 정확히 기억나지는 않지만 아마도 서먹하다고 했던 것 같다. 그는 어떤 집이든 그러지 않겠냐는 듯 말했지만 나는 눈물이 쏟아질 것 같았다. 동정의 눈물이 아닌 공감의 눈물이었다. 누구에게나 일어날 수 있는 일을 내게서 멀리 떼어두지 않는다. 타인의 불행은 내게 다른 형태로 올 수 있다. 다른 이의 상처를 상상할 수 있게 되면서 나는 성급한 동조의 말을 조심하게 되었다. 상처를 조심스레 다루며 우리는 서로의 마음속으로 걸어 들어간다. 호의를 띤 말로 상대가 겪은 일을 축소하지 않을 때 그 상처는 지켜진다. 반면 잘못 말해질 때 상처에서는 두 번 피가 난다. 듣는 상대가 자신의 상처를 내 상처 위에 무신경하게 덮을 때, 내 피 위에 더 빨간 그의 피가 섞일 때, 나는 무력감을 느꼈다. '내가 네 마음 알아'라는 말도 결국은 상대의 불행을 함부로 넘겨짚으면서 그것을 이해라고 포장할 뿐이었다.

그래서 나는 너의 아픔을 이해하지 못한다고 말했다. 설령 똑같은 고난이라도 각자의 고난은 너무 다를 것이라고. 네 아픔을 나도 안다고 말하는 대신 이렇게 말했다. "안아줄까?" 미국 사람다운 이 말이 그냥 튀어나왔다. 호감을 암시하지 않는, 그러나 그 순간 주저 없이 건네야 하는 위로의 스킨십. 그런 것이 나에게 문화적 습관이 될 수 있다면, 이곳은 내게 제2의 고향이 될 수 있을지도 모른다. 그 포옹은 D에게 건넸던 것과 달리 짧고 담백했다. 그는 답했다. "포옹을 마다할 이유는 없지."

우리는 자연스럽게 우울에 대해 이야기하기 시작했다. 나는 내가 죽지 않은 게 신기하다고 먼저 이야기를 꺼냈다. 20대에 달고 살았던 우울에 대한 고백이었다. 나는 사실 정말 우울했었어. 안 믿기지? 아무도 안 믿어줘서 그게 좀 힘들었었어. 긴 터널을 홀로 지나는 기분이었어. 끔찍이도 짐스러운 오해와 실망을 짊어지고서. 그럼에도 누구에게도 의지할 수가 없었고, 슬프고 우울하다기보다는 무언가를 시도할 수조차 없는 무력감이었어. 완전 늪에 빠진 것처럼. 손가락 하나도 움직이기 힘든 그런 무력감.

극단적으로 힘들어 보니까 요즘은 가끔 힘든 기분이 들어도 그때랑 비교할 수 있어서 좋아. 그때에 비하면 지금 난 위기 상황도 아니라고. 그때 난 이겨냈어. 지금 봐, 너랑 여기 있잖아. 그건 자랑스러운 상처야. 문드러질까 봐 아껴두는 상처. 보여주기 위해 전시하는 상처. 근데 이제는 진실로 아무렇지 않아. 그 상처 없이도 난 훌륭해. 너무 아프고, 그다음엔 상처가 자랑이 되고, 결국엔 그 상처에 대해 말을 꺼내지 않아도 될 때. 그때 나는 비로소 어른이 되나 봐. 그게 치유의 과정인가 봐. 난 내 상처가 이제 필요 없어. 버렸어."

나는 말을 하며 씨익 웃는 나 자신을 의식하고 놀랐다. 그가 자신의 이야기를 해올 때처럼 나는 웃고 있었다. G와 우연히 만났던 정신 산만한 토요일 밤, 그가 내게 풍겼던 영혼의 뉘앙스와 '나 자신을 찾고 있다는' 말들과 뉴욕에서 태어났지만 자신의 고향은

엘에이라는 말, 그로 인해 그가 행복하지 않을 거라는 확고한 편견을 가졌었다. 행복하지 않기 때문에 오히려 더 웃는 얼굴을 내보이는 것이라 추측했다. 그러나 눈부신 오후, 우리가 맨해튼의 팬시한 커피숍에 앉아 과거를 털어놓았을 때, 그것은 비로소 정말 과거였다. '저러다 언젠가는 터지겠지' 하고 염려하게 되는 폭발의 전조 단계가 아닌, 그 자체로 완결되어 봉합된 예전 일이었다. 이런 대화를 통해 오래된 어둠을 들여다보면 그 안은 여전히 까맸지만, 우리는 그 심연에 그을리지 않을 만큼 강했다. 그제야 그의 웃음을 믿게 됐다. 고백은 거창하지 않을수록 좋다는 것도.

그는 자신의 불행을 누구보다 정확히 파악한 사람이다. 다시 나아갈 힘과 불행을 공부할 힘을 적절히 분배하는 데 성공한 사람이다. 그가 겪어온 날들을 들은 뒤 나는 그의 상처와 그의 미소를 전부 믿는다. 지금의 미소가 과장 없는 진실임을 믿는다. 영화에서처럼 갑자기 무너져 내려 약한 모습을 보이길 내심 기다리지도 않는다.

그와 나는 커피 잔을 반납하고 센트럴파크로 간다. 깊은 대화를 나눈 사이라면 가벼운 대화도 나눌 수 있게 된다. 이러한 대화의 순서대로 우정이 확립되면, 어떤 이야기를 한들 우리 사이가 가볍다는 죄책감을 느끼지 않는다. 우리는 언제 그런 깊은 이야기를 했냐는 듯 경박스러운 이야기를 주고받는다.

"저 건물 봐, 진짜 너무 못생겼어. 무슨 남자 성기 같아."

나는 그가 농담을 할 때 안도한다. 우울한 사람은 절대 저런 농담 같은 건 할 수 없으니까.

우리는 호수에 방치된 쪽배 같은 것을 지나친다. 그는 말한다. "나 저런 거 맨날 몰래 탔었는데, 학생 때. 친구들이랑 몰래."

"허클베리 핀이네, 완전."

그가 킬킬거리며 마치 일탈을 저지르기 직전처럼 말한다.

"정확해. 맨날 마리화나 피우고, 돌아가며 망보고."

캐나다 버전이라면(마리화나만 빼고) 『빨강머리 앤』이다. 조금만 부주의해도 물에 빠질 수 있는 폭이 좁은 쪽배는 내가 공감하지 못하는 서양인들의 평범한 유년 시절 한 조각이다. 몸집이 작고 안경을 쓴, 사춘기 반항 뒤에 눈물을 숨긴 나 같은 미국 남자애 하나가 쪽배로 숨어드는 장면을 상상한다. 그는 그때 누구에게 자신의 불행을 말했을까? 무뚝뚝한 남자애들한테? 우는 걸로 평생 놀림당하는 게 남자니까 삭혔을까? 아니면 머리가 어질어질해질 때까지 울었을까? 내가 쪽방에서 여름 교복을 입고 지은이에게 내 상처를 말했던 그날처럼?

나는 묻지 않았다.

다만 생각한다.

무언가를 찾고 있다고 해서 꼭 그것을 잃어버린 것은 아니다.

그 시절 우리는 아무것도 잃어버리지 않았다.

다만 갈망하는 법을 배웠을 뿐이다.

슬퍼하는 법을 알 뿐이다.

며칠 뒤 그는 스페인 남부로, 나는 베를린으로 떠났다. 그에게서 메시지가 왔다. 짧은 시간 동안 어느 정도 서로를 알게 된 우리의 대화는 부연설명을 생략한 채 경쾌하게 길어진다.

"나 꽤 잘 지내. 스페인 남부에 있어. 굉장히 깊은 감정적인 변화를 겪었어. 영혼을 찾는 중. 잘 겪어나가고 있어."

"아주 아주 잘됐군. 나도 드디어 모든 걸 정리할 시간이 생겼어. 근데 난 뉴욕이 너무 그리워. 내가 볼 때 난 절대 평화로운 애는 못 돼. 내 속엔 아주 멋진 혼란들이 많거든."

"네가 그렇게 말한다면, 그 말대로 될 거야. 하지만 네 마음에 혼돈이 있는데도 불구하고 평화를 가지고 싶다면, 그것 또한 아마 가능할 거야. 너 스스로가 원하는 게 뭔지 알아서 기쁘다. 그리고 네가 있는 곳에서 잘 지내서 좋고. 베를린은 대단해. 너도 좋아하게 될 거야. 확실히 더 보헤미안적이지."

"흠, 그래. 근데 말이야, 진짜 보헤미안이라면 네가 어딜 가든 보헤미안이어야 하는 거지. 장소는 중요하지 않아. 어쨌든 난 지금 꽤 행복해."

혼란과 평화, 언뜻 멀어 보이는 두 개념은 사실 손을 맞잡고 있다. 혼란은 평화에, 평화는 혼란에 속해 있다. 우리가 겪었던 상처가 사랑과 멀지 않듯. 신이 우리에게 준 상처는 사랑 혹은 자기 자신을 찾으러 떠나라는 계시 같은 것.

그렇게 그는 자신을 찾기 위해 스페인 남부로 떠났고 나는 뉴욕과 베를린을 헤매고 있다. 그의 결핍은 난간에 매달린 알록달록한 빨래들로, 비 온 뒤 갠 더운 하늘로, 광장의 가로등 불빛으로 채워질 것이다. 우리에게는 아직 다 말하지 못한 치유의 과정이 남아 있다. 여행은 우리의 애도다. 흔들리지 않는 단단함은 없지만, 국경을 모르고 휘청이는 우리는 이제 정말 어른이다.

그와의 대화를 곱씹으며 5월에 스쳐 지나갔던 기억 하나를 끄집어낸다. 브루클린의 한 갤러리를 늙은 화가와 갈색 개 한 마리가 지키고 있었다. 나는 화가에게 물었다.

"참 예쁘다. 개 이름이 뭐야? She is pretty. What is her name?"

그가 말했다.
"Spirit(영혼이야)."

희망과 절망, 혼돈과 평화, 상처와 치유. 그 사이 언제나 끼어 있는 바람 한 장.
우리의 영혼이다.

우정 도둑

영혼.

혀끝에서 바람처럼 맴도는 이 말은 모든 불행을 이긴다. 우리의 영혼에는 그럴 만한 힘이 있다. 그 힘이 우리에게 다가와 속삭인다.

슬픔이여 안녕.

"이렇게, 이렇게"

그 애의 뒷모습을 몰래 째려볼 때가 있다. 그런 일은 있는 그대로의 상대를 받아들일 여유가 없을 때 발생한다. 그래서 나는 굳이 서운함을 말하지도 않는다. 내가 다시 건강해지면 미움은 지나갈 것이다. 다만 지금은 미움의 차례다. 그 애는 나와 다르고 동시에 몹시 비슷하다. 나와 너무도 비슷한 모습을 볼 때 나는 위협받는다고 느낀다. 그 작은 뒷모습에 예민함, 자기애, 고집이 섞여 있다. 그 세계에는 아직 자신밖에 없어 보인다. 나에게도 그런 모습이 있었나? 그 애는 자기 자신을 너무 많이 사랑한다(나처럼). 그 모습을 보는 것이 가끔 불편한가? 나는 어땠나. 나를 생각하느라,

우정 도둑

다른 사람을 내 안에 완전히 들이지 못했었나? 그 애의 말이 거슬 리 때, 똑같은 말을 달고 살던 예전의 나와 지금의 그 친구에게 동 시에 말하고 싶다. "너 뭐 돼?" 아직 아무것도 되지 않았기 때문에 필요한 건 자기 자신을 향한 신뢰뿐이라는 것을 알고 있지만 좀처 럼 마음이 풀리지 않는다. 우리는 그 애가 사는 베를린 동네에서 산책하고 있다. 오묘한 빛이 쏟아지는 오후 6시의 석양을 맞으면 서 여름 잎이 떨어진 초록색 다리를 지나 나무로 지어진 농구장과 노란 꽃에 물을 주는 할아버지를 지나쳐 집으로 올 때, 그 애와 한 발짝 떨어져 걸으며 이런 생각들을 한다. 그 애를 통해 나를 본다. 과감하며 동시에 철이 없고, 예민함으로 많은 것을 보고 느끼지만 동시에 자기 자신을 갉아먹기도 하고, 자기 확신만 한 사이즈의 불안을 품고 사는.

H는 나보다 네 살이 어리다. 몇 년 동안 우리는 완전히 다른 사람이 된 것만 같다. 그 애는 작년 겨울 대학을 졸업한 뒤 베를린 으로 왔고 얼마 전 독일의 다른 도시에 있는 예술대학에 학부생으 로 합격했다. 처음 만났을 때 휴학생이었던 그 애는 또다시 학생 이 될 준비를 마쳤다. 나는 그동안 책 두 권을 냈고 이제는 일에 치여서 산다. 우리는 그 시절에 대해 이야기하지 않는다. 우리의 대화가 과거 시제로 범벅되지 않는다는 건 다행스러운 일이다. 우 리는 추억에 감사하지만 미래를 더 갈망한다. 그리고 나의 미래는 그보다 언제나 4년씩은 빠를 것이다. 그에게 의지하고 싶지만 그

럴 수 없다. 내가 자는 동안 그가 내 밥을 차려 나를 깨우고, 내가 악몽을 꾸었을 때 등을 쓰다듬어 주는 순간만으로는 부족하다. 그의 부족함이 자꾸 드러날 때 나는 무엇으로 나를 어르고 달래 그 애를 다시 이해해야 할까? 성당 앞을 지날 때쯤 나는 그가 평생 나를 이해하지 못할 거라는 슬픔에 잠긴다. 우리에게는 언제나 조금의 세대 차이가 존재할 것이고 나는 그것을 눈감을 만큼 초연하지 못하다. 누군가의 언니가 되는 일에, 누군가의 성장을 지켜봐 주는 일에 조금 지친 상태다. 이 관계에서 나는 기다리는 사람이다. 참을성 없는 나는 더 애같이 군다. 그 어리광에는 그 애를 배려하느라 정작 나 자신에게 솔직할 수 없는, 나를 희생하면서 상대에게 감정을 맞춰주는 유머가 포함되어 있다. 그러다 체력이 소진되면 나는 갑자기 모든 말을 멈춘다. 그러나 나의 입장에서는 갑작스러운 게 아니다.

"키 있겠지?"

그 순간 그 애가 말한다. 나는 대충 대꾸하고 웃지 못한다.

집에 도착한다. 저녁은 순두부찌개다. 우리는 말없이 테라스로 나간다. 각자의 자기애와 불안에 우리는 녹초가 되어 있다. 나직한 목소리로 "젓가락 놨어?", "물 좀" 정도의 말만 주고받으며 밥을 먹는다. 우리는 서로를 경계한다. 그 애도 지금으로서는 나를 반기지 않는다. 오히려 다행이다. 식사를 마치고 나는 거실로, 그 애는 방으로 흩어진다. 나는 노트북을 켜고 일을 시작한다. 당분간은 서로에게 거리가 필요하다.

　나는 친구들을 반드시 한 번쯤 서운하게 만든다. 그 애에게도 이런 말을 들은 적이 있다. 엄청 가까워졌다고 생각했는데 또 어느새 멀어져 있어. 나는 일부러 떠난다. 그들에게서 떠나 혼자가 되면, 함께 보낸 시간이 무색하게 완연히 행복해진다. 잠수를 했다가 수면 위로 올라오는 기분을 느낄 때는 나에게 치명적인 문제가 있다고 느낀다. '더 혼자가 되는 시간'은 생존이다. 숨쉬기 위해 이행하는, 삶에 필수적인 투정 같은 것. 나는 그들을 떠나 어딘가로 향해야 한다. 그럴 땐 혼자 카페를 가거나 산책을 한다. 아니면 잠에 든다. 건강이 좋지 않아서도 있지만 잠을 자는 동안에는 혼자 있을 수 있어서 잠을 잔다. 그때 친구들은 이런 말을 한다.

　'너 자는 동안…….'

　잠으로 떠난 나의 부재는 그들의 또 다른 여행이다. 그 시간을 보고하며 우리는 다시 가까워지려 애쓴다. 마치 사랑스러운 시간이었다는 듯 그 애는 말한다. "언니 자는 동안 학교 서류 좀 더 알아봤어." "언니 자는 동안 장 보러 다녀왔어." 그 말을 들으며 함께 있는 시간보다 떨어져 있는 시간이 더 길었던 우리의 관계에 대해 생각해 본다. 어쩌면 우리의 우정은 서로가 서로에게 없을 때 가장 완벽했을 수도 있다. 텍스트는 멀고 깨끗하니까. 우리가 문자로만 연락했을 때는 서로의 표정을 몰랐고 매일 밥을 함께 먹지 않아도 되었다. 시간이 있을 때 이야기하면 되었고 답장이 늦게 와도 불안하지 않았다. 다른 말로 하면, 기다리지 않았다. 서로의 생활을 존중받으며 틈날 때 서로를 보고 싶어 할 수 있었다. 그 사이의 수많은 생활은 보이지 않았고 대체로 엄청 기쁘거나 엄청 슬픈 소식들만 오갔다. 서로에게 잠기는 시간은 계절에 한 번쯤이면 충분했다. 생각해 보니 우리가 일주일 이상 함께 있는 건 3년 만이다. 그러니까 그동안 틀어질 시간도 없었던 거다. 한 달은 길다. 우리는 베를린의 여름을 고대했고 언제나 그랬듯 우정의 기록을 갱신할 거라 맹신했지만, 나는 이제 오해를 해소하는 깊은 대화를 할 여분의 마음이 없다. 내게는 여름도 우정도 즐길 기력이 없다. 누구도 아닌 내가 이런 말을 하게 될 줄은 꿈에도 몰랐다.

"저번에 사둔 와인 냉장고에 있어."

그때 그 애가 말한다. 나는 와인을 가지고 테라스로 합류한다. 취하는 건 도움이 된다. 긴장이 풀리고 웃음이 실실 나온다. 그때 나는 내가 그토록 소중히 여겼던 한 여자애의 얼굴을 본다. 고집스럽다 여겼던 그 얼굴은 4년 전 새벽 3시의 빛을 드리우고 내게 다시 도착해 있다. 나를 의지하고 있는 어린 얼굴. 친구라고 하기에는 너무 촘촘히 엉겨 붙은 우리 사이를 그때 나는 느낀다.

누군가를 미워하는 일은 사랑하는 일보다 더 고되다. 미움은 중노동이다. 이유를 나열하고 증명해야 하기 때문에. 그 애를 아겼던 마음을 깨달으니 서운함과 불만들이 천천히 녹아내린다. 나는 다시 그 애의 곁에 서서 이해하지 않고 사랑만 하려 노력한다. 곤두서 있던 긴장과 함께 준비했던 모든 말이 마취되어 어둠 속에서 잠든다. 해가 지고 우리는 깨어 있다. 나는 초를 가져와 불을 붙이고, 'ㅁ' 자 모양의 안뜰에는 한국어만이 울려 퍼진다.

"너는 앞으로 어떤 작품을 만들고 싶어? 어떤 작가로 기억되었으면 좋겠어?"

"글쎄……."

그날 밤 테라스에 앉아 와인을 마시기 시작했을 때쯤 나는 물었다. 그 애는 자신의 작업에 대해 먼저 이야기한 적이 없다. 나의 질문에도 머뭇거렸다. 그 애에게 철학이 없어서가 아니다. 머뭇거림은 미대생다운 천부적 기질이다. 그 애는 글도 감각적으로 쓴다. 즉흥적으로 튀어나온 순간적 감정들이 한숨 혹은 포효처럼 글에 나타난다. 동물처럼 혀로 훑어서, 손으로 더듬어서, 주변을 기웃거리며 냄새를 맡아서 쓴다. 글에서 불편한 기개가 느껴진다. 미술을 전공한 사람들에게서 많이 보아왔던 이러한 글쓰기는 근사하게 난해한 데가 있다. 다음은 그 애가 내 책에 대해 남긴 글 중 일부다.

입체는 다각도에서 보지 않으면 쉽게 한 부분만을 전체의 모습으로 착각하게 된다. 이 책을 읽고 나서 나는 문득 궁금해져 그가 남겨왔던 다양한 형태의 조각들—글과 글이 아닌 것들을 다시 살피게 되었는데, 전에는 보이지 않던 또 다른 그가 보였다. 그 조각들이 한데로 모아져 하나의 입체를 이뤘다. 판판하지만은 않은 그런 사람. 들쑥날쑥 입체적인, 그래서 궁금한, 그래서 예측불허한, 지루하지 않은 사람. 그래서 나는 열어둔 채 그를 바라볼 수밖에 없고 앞으로도 그의 수많은 면을 발견하고 싶다.

그는 그림을 그리듯 말한다. 언뜻 거창해 보이는, 추상적이고 입체적인 방식으로. 미술이 오직 시각적인 예술이라는 사실을 주장하듯. 그런 그가 매일 하는 말버릇은 "이렇게"다. 그것은 늘 강조되며 두 번 쓰인다. 그러니까 이렇게, 이렇게 하면 되는 거야. 그 꽃은 이렇게, 이렇게 예뻤어. 그는 항상 손으로 자기만 알고 있는 무언가의 형태를 만들며 신이 나서 말한다. 머릿속에는 정확한 그림을 그리면서. 나는 이해할 수 없는, 자신만의 정의로 그려지는 이기적인 그림이다. 그 애의 머릿속에서 글은 그림에게 자리를 뺏기고 추방당한다.

우리의 기록은 놀랍도록 다르다. 그가 산 노트에 줄이 무시된 채 그림이 그려지는 것을 보면 알 수 있다. 반대로 내 스케치북은 낙서 몇 장을 제외하고는 빼곡히 글로 채워진다. 그에게는 그림이 쉽고 자연스럽다. 내게 글이 그런 것처럼. 미대생인 그는 비언어

적으로 표현한다. 그는 머릿속에 있는 것을 바로 언어로 풀어내
버리는 행위야말로 그 느낌을 왜곡한다고 생각하는 듯하다. 그를
볼 때 나는 우리 동네 길목에 있는 간판을 생각한다. 미술로 생각하
기. 그는 머릿속에 말이나 글이 아닌 그림이 떠오른다고 했다. 형
체를 갖추었지만 그것이 선이고 빛이고 색이어서 다른 이에게 완
벽히 이해받을 수 없는, 늘 부분적으로 폐쇄적일 그림 그리기. 그
의 모국어는 그림이다. 그에게는 정말 그림이 자연스럽다.

그런 친구 앞에서는 나도 이성적인 사람이 되어버린다. 나에
게는 언어라는 비교적 대중적인 도구가 있기 때문이다. 사람들은
내가 말하는 것을 대충이라도 짐작하고 공감할 수 있다. 다른 말
로 하면, 나는 이해받을 수 있다. 그림에 비해 글은 의미를 쉽게 전
달한다. 반대로 그림은 더 고집스럽고 배타적이다. 나의 언어가
모든 부유하는 것을 붙잡아 땅을 딛게 하는 도구라면, 그의 언어
는 모든 것에 더 부유하도록 날개를 다는 도구다. 그것이 그가 몸
담은 순수미술을 대변한다. 순수하다는 것은 동떨어져 있다는 뜻
이다. 무엇도 섞여 있지 않다는 뜻의 '순수'는 이를 마주하는 이에
게 문 앞에서 거부당하는 기분을 들게도 한다. 그것은 멀리 날아
가 버린다. 어릴 적의 '순수'가 순진한 소녀를 떠올리게 했다면 내
가 크고서 알게 된 순수는 타협하지 않는 고집스러운 예술가의 이
미지다. 일부러 세게 닫는 문. 그 속에 숨겨진 순백의 마음. 골방의
고집.

그런 생각에 미치자 나는 이전에 보았던 그 애의 그림을 이해하게 된다. 커다란 캔버스 앞에서 춤추듯 그림을 그리던 그 애에게는 확실히 보였던 무언가를. 실재하는 강렬한 색깔들이 여백을 더 풍성하게 만들었다. 나는 이해할 수 없던 화가들의 추상과 여백을 그 애의 그림을 통해 처음으로 이해했다. 그림 안에서 부재는 최초로 시각화된다. 그림은 '없음'이 있는 현장을 그대로 보존한다. 미술만의 용기로, 없는 것을 없다고 말한다. 비워진 곳을 그대로 비워두는 투명한 결심. 그래서 그 그림은 자기 자신만의 고백에서 그치지 않고 다른 이의 은거지가 되어준다. 아니 에르노는 "예술은 우리가 그것이 우리에게 말하지 않는다고 생각하는 것까지도 말해줘요"라고 말한 바 있다. 나는 그 애의 그림을 보면서 느꼈던 솔직한 공허함을 이제야 깨닫는다. 내가 느낄 수 있는지도 몰랐던 그것을 그는 미리 그려놓았다. 그림은 우리가 주문하지 않은 공백에서 예상하지 못한 감정을 이끌어낸다.

우리가 쓰고 그리는 무언가는 우리에게 확실히 있는 것이 아니라 확실히 없는 것일 수도 있겠다. 존재하는 것이 아닌 상실된 것. 찾은 것보다는 잃어버린 것. 고집이 아닌 고백. 여기에 내게 없는 것이 있다고. 무언가의 부재와 그로 인한 상실의 감각은 가장 확실한 미술적 언어일지 모른다.

*   『진정한 장소』, 아니 에르노, 신유진, 1984Books.

갑자기 비가 쏟아진다. 테라스에 앉아 우리는 깨끗한 여름 소나기를 바라본다. 우리 대신 베를린의 하늘이 고등학교 운동장에 올 법한 맑은 비를 뿌린다. 조금만 더 마음을 뭉치면 비가 눈이 될 텐데. 나는 생각한다. 여름인데 눈이 올 수 있나?

우리가 술에 취해 잠에 들었을 때 나는 남몰래 깨어 기대한다. 창문을 열면 밤사이, 우리가 함께 보았던 제주도의 겨울 같은 눈이 와 있으리라고. 그때처럼 우리는 다시 서로 좋아할 수 있으리라고. 그 눈밭을 걷는 꿈을 꾼다. 끝까지 남아 있는 하얀 땅. 미움은 소진된다. 나는 실컷 미워했던 그 애의 잠든 얼굴 앞에서 말한다. 어린 날의 기대와는 달리, 우리는 생각보다 특별하지 않은 것 같아. 그러나 우리에게 확실히 없는 것은 이제 알아. 이제는 부재한 것들에 집중하고 싶어.

너는 결국 네게 없는 것들로 아름다운 사람이구나. 너에 대한 미움을 없애면, 나도 조금은 아름다워질 수 있겠지.

특별하지 않은 나와 너, 각자의 고유한 결핍으로 자유로워지자고, 그 애를 깨워 말하고 싶다. 영영 말이 될 수 없는 것들을 설명하려 손가락을 바삐 움직이면서.

이렇게, 이렇게.

서재 만들기

신혼 생활에 대한 판타지가 전혀 없는 내게도 종종 즐겨 하는 상상이 있다. 희한한 그 신혼 로망은 다음 생각에서 비롯된다. 그 사람이 내게 오는 것은 그의 서재까지도 내게 온다는 뜻이다. 누군가를 사랑하게 될 때 그 사람이 읽은 책들 또한 내게 도착한다. 나는 내가 그와 함께 살게 될 때를, 그리고 무릎을 꿇고 앉아 박스에 담긴 그의 책 무더기를 나의 책 무더기와 합치며 함께 정리하는 순간을 상상한다. 그때 나는 그의 언어와 행동을 보다 더 완벽하게 이해하게 될 것이다. 이런 책을 아직도 갖고 있냐며 핀잔을 주거나, 그가 제일 좋아하는 몇몇 책들이 노래진 것을 보고는 뭉클해질 수도 있겠다. 이러한 일은 이미 앤 패디먼의 『서재 결혼시키기』라는 탁월한 책으로 정의되어 있다. 같은 책이 두 권 있는 상황을 어떻게 해결할 것인가부터 시작해, 서로의 독서 취향을 비판 혹은 감탄하는 신혼부부의 모습이 고스란히 담겨 있는 이 책은 서재가 대변하는 한 사람의 진면모를 그려낸다. 사랑의 마지막 단계가 결혼이라면, 결혼의 마지막 단계는 서재를 결혼시키는 일일 것이다.

꼭 서재를 결혼시키는 단계까지 가지 않더라도 나는 누군가의 서재를 보며, 이런 생각을 할 때가 있다. 이런 책을 읽는 사람이라면 결혼도 가능하겠는걸. 반대로 다른 독서 취향을 가진 사람과 대화할 때에는, 상대의 어리둥절한 얼굴 앞에서 급격한 심연이 생길 때가 있다. 그런 마음을 한 만화책의 제목을 빌려 말하자면 다음과 같다. 『네 책장으로 널 판단하겠어(I will judge you by bookshelf)』.*

어떤 이가 가진 책의 목록을 보면 그 사람을 더욱 정확하게 알 수 있다. 내면의 욕구와 문학적 잠재성은 물론 인격과 지성까지도. 아직 읽지 않고 사놓기만 한 책에서조차 특정 분야에 대한 호기심(혹은 호기심으로 위장한 허영심)과 내밀한 욕구에 대한 힌트를 얻을 수 있다. 서재는 항상 우리의 속도를 앞선다. 이런 이유로

---

*　국내에는 『책 좀 빌려줄래?』라는 제목으로 출간되었다.

서재에 꽂힌 책을 한 권도 빼놓지 않고 다 읽은 사람은 드물기에, 서재를 둘러보며 하는 이러한 질문은 무의미하다. 이 책 전부 읽었어요?

여행할 때 우리는 다른 이의 서재를 구경할 기회를 얻는다. 그래서 책을 좋아하는 이들에게 모든 여행은 어느 정도 문학적이다. 지난여름, 강연을 위해 전주에 내려갔을 때 나는 도서관 바로 근처에 작은 숙소를 잡았다. 현관과 거실 겸 부엌을 공동으로 사용하는 그 숙소에는 전용 욕실이 딸린 방이 세 개가 있었고, 2층에는 집주인 가족이 살았다. 저녁 식사 때 대화를 엿들어 보니 아마 초등학교 저학년 아이 둘에 어른 둘로 구성된 가족 같았다. 방은 매우 아담하고 깨끗했다. 9번에서 방송하는 드라마에 나오는 막내딸 방 같았달까. 큰 TV와 TV 장식장, 책상 하나에 침대가 전부였다. 침대 옆에 있던 한 뼘만 한 책장이 눈에 띄었다. 책장에는 책이 몇 권 없었다. 그래서인지 책 한 권 한 권이 매우 커 보였다. 오랜만에 나는 내 작업실에 앉아 꽉 찬 책장을 봤을 때의 막막함에서 완전히 해방되었다. 책 한 권이 가지는 충분한 위엄을 절감했다. 여행자의 공간에 책이 배치되어 있는 것만으로 이미 훌륭했지만 꽂혀 있던 몇 권의 책을 확인하고는 더 흡족해졌다. 그 책들의 목록은 다음과 같았다.

『채링크로스 84번지』

영화「벌새」각본집

『글렌 굴드, 피아노 솔로』

장자크 상페의『뉴욕 스케치』

『사람, 장소, 환대』

『나무의 세계』

박완서 수필집

『실격당한 자들을 위한 변론』

사진집『윤미네 집』

체크아웃할 때까지 얼굴을 마주하지 못했지만 나는 주인을 만나고 그의 목소리를 들어본 것 같은 기분을 느꼈다. 책 목록을 바탕으로 그의 성향을 제멋대로 상상해 보았다. 그는 세상을 향한 다정한 책임감을 느끼며, 단란한 가족의 생활을 기록하는 일에 큰 영감을 얻는 사람일 것이다. 그는 전주에서 아끼는 그만의 서점과 공원이 있을 것이다. 혼자만의 시간을 내려 노력하고 좋아하는 서점을 찾는 그의 얼굴이 그려지는 듯했다. 책을 읽는 사람은 누구나 아름답기 때문에 나는 그의 에어비앤비 계정 속 손톱만 한 사진을 굳이 확대해 보지 않아도 되었다.

주인의 추천 도서 목록은 내가 좋아하는 책 목록과 제법 겹쳤다. 기뻤다. 같은 책을 소유하고 있다는 것은 같은 가수나 배우를 좋아하는 것과는 결이 다르다. 민망하기도 하고, 껄끄럽기도 한 마음은 끝의 끝의 끝의 비밀을 서로 폭로하기로 작정하는 것과 엇비슷해서일지 모른다. 지나치게 내밀한 것을 들킨 듯한 수줍음. 같은 책을 읽어 내려가고 있다는 특유의 유대감.

나는 그 서재의 모든 것을 섭렵하려 들지는 않았다. 남의 서재에 감탄하는 것과 별개로, 전부를 내 책장에 들여오지는 않으면서 내 서재의 정체성이 지켜진다. 그것은 나를 구성하는 것 중 아주 드물게도, 다른 이의 영향에 민감하게 저항하며 스스로 오랜 시간 일궈온 사적인 장소다. 나는 내가 원하는 책들만 읽는다. 그런 이유로 인터넷에서 책을 주문할 때 알고리즘이 추천해 주는 책을 사는 것은 보다 숙고하려 노력한다. 요점은 이것이다. 서재의 고집을 만들 것. 배타적이고 엉뚱한 철학으로 선택을 지탱할 것.

책은, 내가 모든 것의 모든 영향을 외면하며 유일하게 남겨놓는 실패의 영역이다. 나는 일주일에 적어도 두 번은 서점으로 향한다. 마음에 쏙 드는 작품을 발견할 때도 있지만 반대로 실망할 기회도 얻는다. 타인의 간섭이 없는 나만의 선택은 그 모든 시행착오를 애착으로 바꾸는 힘이 있다.

어릴 적부터 부모님은 내가 읽을 책을 직접 고르게 했다. 인터넷 서점, 스마트폰 검색, 추천 알고리즘이 없던 시절, 어린 내게 책은 서점에서 심사숙고한 끝에 품에 안고 돌아오는 독립된 취향이었다. 나는 그렇게 스스로 고른 책을 머리맡에 책을 쌓아두고 읽다가 안경을 쓴 채로 잠에 들곤 했다. 밥 먹으라는 엄마의 말에 아쉬움을 삼키고 식탁으로 불려 나가던. 그때 내가 사랑했던 책은 『빨간 머리 앤』, 『제인 에어』였다. 모서리가 닳도록 반복해 읽어도 싫증이 나지 않았다. 나는 상상 속에서 떠난 최초의 여행에 마음을 빼앗겼다.

그때의 나는 억지로 책을 읽은 적이 없다. 많은 이에게 그렇듯 유년 시절은 나의 독서 전성기였다. 아이는 시시한 것 따위 절대 견딜 수 없다. 책은 견딘 게 아니라 그저 사랑했다. 불안을 이기려, 지성을 뽐내려, 삶을 더 잘 살아보려 하는 욕망 때문이 아니라 단지 재밌어서 읽었다. 디즈니 만화영화는 매주 일요일 아침마다 나오고 여름방학은 1년에 고작 한 번뿐이었지만 책은 매일 읽을 수 있었다. 나는 책벌레였다. 극장에서 「해리 포터」를 보고 나오는 길에 이렇게 속삭이는 어린이를 상상해 보시라. "영화 재밌었는데, 책보다는 별로였어……."

그 이후, 독서의 열정이 잠시 사라졌던 학창시절을 뒤로하고 책은 내게 다시 나타났다. 그래서 냄새나 노래처럼 몇몇 추억을 떠올리면 연관 지어 생각나는 책들이 있다.

스무 살, 세 권에 달하는 무라카미 하루키의 『1Q84』 전권을 동네 서점 소파에서 읽었다. 같은 해의 여름, 재수학원 수업이 끝나면 지하에 있는 서점으로 가서 용돈을 탈탈 털어 패션 잡지와 소설을 한껏 사 끌어안고 학원 봉고차에 오르던 내가 보인다. 대학 입학 후에는, 한 시간 반 가까이 되는 통학 시간을 쪼개 지하철에서 책을 읽으며 인파를 잊는 법을 배웠다. 환승 구간에서는 종종 열차를 놓치고 반 평 남짓한 역 내 서점을 오래 구경했었다. 남자친구와 성년의 날에 주고받은 건 다름 아닌 책이었다. 서로에게 선물한 수필집 피천득의 『인연』(류시화의 『사랑하라, 한 번도 상처받지 않은 것처럼』이었는지 헷갈리지만 서로 책을 꺼내 들며 놀란 표정을 지을 때 느꼈던 촌스럽고 운명적인 기분만큼은 생생하다. 아쉽게도 그는 책을 읽지 않는 이였기에 우리는 헤어졌다).

다시 대학 도서관. 그와 헤어진 뒤 기분 좋은 집착처럼 도서관을 자주 찾곤 했다. 창가 히터 옆 등받이가 없는 긴 소파에 누워 책을 읽다 졸던 겨울의 어느 날이 기억난다. 코라도 골았을까 봐 조마조마했는데 나를 깨우거나 나무라는 사람은 없었다. 책을 읽다 잠든 나를 깨우지 않는 이름 모를 사람들 때문에, 나는 책의 세계가 착하고 느슨하고 무해하다고 마음대로 생각해 버렸고, 그 세계에 속하고 싶다는 막연한 욕심이 생겼었다. 잠에서 깨면 당시 유행하던 감상적인 여행 수필집들 사이를 조용히 헤집고 다녔다. 당시 나는 그런 책만 알았다. 그냥 해, 뭘 망설여, 세계는 네 거야, 라고 말하는 책.

우정 도둑

그러다 읽은 『데미안』이 내 독서 취향을 영원히 바꿔버렸다. 그리고 나는 자퇴했다. 연체된 소설집 몇 권을 반납하고 여행을 떠났다. 여행에서 책은 가장 쓸모없는 것으로 전락하고, 그러다 다시 중요해지고, 급하게 찾은 전 세계의 서점들은 내가 가장 좋아하는 장소가 되고, 그러기를 반복했다. 산발적으로 보이지만 실은 하나로 길게 이어져 있는 여정이었다.

아득한 독서의 연대기와 나를 스쳐간, 혹은 여전히 머물고 있는 책들을 떠올려 본다. 당시 내가 읽던 책은 그 시기의 나를 가장 잘 대변하는 속성 중 하나다. 삶이 지지부진했든 수월했든, 그때 읽고 내 것으로 만들려 애쓰고 있던 책이 한 권쯤 있기 마련이다.

그래서 얼마 전 나는 서재를 한번 뒤집어엎었다. 구매한 순서대로 책을 꽂아두는 식으로. 그렇게 하면 나의 시절을 책의 목록으로 기억할 수 있다. 그 자체로 연대기가 되는 것이다. 세계문학전집을 제외하고는 이 방법을 적극 활용하고 있다. 이렇게 하니 권수가 계속 늘어나는 책에 대한 나름의 통제력이 생기기 시작했다. 아까 말한 바와 같이, 아직 읽지 않은 책들 또한 내가 삶에 요구했던 것들을 보여주는 미완의 증거로 자리매김하고, 그로 인해 더욱 유혹적인 존재로 탈바꿈한다. 또한 잠재되어 있던 허세를 없애는 데도 많은 도움이 되었다. 출판사별로 모아둔 수많은 시리즈물이 뿜어내던 권위적인 분위기도 상쇄되었다. 현재 내 서재는 소박한 분위기를 유지하며 특정 시간들을 솔직하게 담아내고 있다.

그래서 요즘은 무슨 책으로 서재를 채우고 있냐고 묻는다면 내가 보일 목록은 다음과 같다.

『사물의 소멸』

『아이는 왜 폴렌타 속에서 끓는가』

『여름』

『침대에서 담배를 피우는 것은 위험하다』

『뉴욕타임스 부고 모음집』

『당신 옆을 스쳐간 그 소녀의 이름은』

『진정성이라는 거짓말』

『수치심 권하는 사회』

『연애 소설 읽는 노인』

『인생 사용법』

깊은 마음속에서 아직 펼쳐보지도 않고 사랑하는 척하는 책과 사실 3년째 읽고 있는 책, 새벽마다 친구에게 전화해서 읽어주는 책, 마음 쓰기를 마다 않는 책, 영원히 사랑할 책들이 뒤섞인다. 책 속에 숨는 일은 무척 근사하게 안전하다. 서재는 한 사람의 삶의 역사이자 지도다. 펼쳐진 페이지들 사이에 당신은 세상에서 가장 아름다운 무표정을 한 채 살아 있다.

그러다 책을 읽는 옆모습에 나는 또 반하고.

아이

어머니는 자식을 평생 짝사랑한다. 어머니는 태어난 아이의 첫 울음에 한눈에 반하며 기나긴 짝사랑의 여정을 시작한다. 아이를 지켜주겠다는 충성심으로 평생의 아침이 온다. 모든 짝사랑이 그렇듯 어머니의 사랑은 어느 정도의 처연함과 이기적인 성질을 띠고 있다. 상대의 반응을 신경 쓰지 않아서다. 반응이 어찌 되든 사랑하는 마음이 줄어들지 않는, 어떤 확고함이 지탱하는 사랑. 그런 사랑은 대체로 지루하다. 언제나 그곳에 있기 때문이다.

아이는 그 고리타분한 사랑을 먹고 자란다. 아이에게 그 사랑이 세상일 때, 그 사랑에서 아직 재미를 느낄 때, 아이는 온몸으로 사랑을 준다. 짧고 강렬하게, 감쪽같이. 그리고 무시무시한 사춘기가 온다.

어머니와 분리되려는 아이의 반항과 무력하고 성스러웠던 아기 때를 회상하는 어머니의 지긋한 서운함. 그 충돌 속에서 아이는 어른으로 성장한다. 아이는 여전히 어머니를 사랑하지만 속 이야기는 친구에게만 하기 시작한다. 그게 더 진짜같이 느껴지기 때문이다. 방문을 걸어 잠그는 일이 잦아진다. 같은 집에 사는 사람들의 관심은 오히려 성가시다. 신경 꺼. 어차피 이해 못 해. 엄마는 아무것도 몰라. 대화는 단절된다. 어머니의 지나친 부드러움이 아이에게 짜증을 불러일으킨다. 아이의 언행은 어머니의 가슴에 활을 쏜다. 두부 같은 가슴이 으깨지는 줄도 모르고 아이는 칠이 벗겨진 방문을 쾅 닫는다.

아이는 집 밖의 모든 것을 집 안의 모든 것보다 훨씬 더 사랑하게 된다. 몸집이 커지고 자아가 생기면서 종종 이런 다짐을 읊조린다. 절대 엄마처럼은 안 살 거야. 집 같은 건 예전만큼 중요하지 않다는 생각도 든다. 특히나 이렇게나 좁고 후진 집이라면 더더욱. 집으로 돌아가는 길은 안심이 아닌 답답함이다. 억울함이 섞인다. 어른이 되어 돈을 벌면 독립해서 멋진 삶을 살아갈 수 있을 거라 생각한다. 아이의 상상 속에서 미래는 지나치게 밝다. 적어도 어머니의 표정과는 전혀 다른 표정을 띠고 있다.

학생 시절을 끝마치고 성인이 되면서 아이는 나름대로 꿈꾸었던 여러 가지를 실행한다. 여러 이유로 밤을 지새운다. 그럴 때마다 걱정 섞인 문자가 몰려든다. 그건 다 큰 청춘에게 가장 큰 걸림돌이다. 청춘의 공모자는 친구들과 카페, 홍대 거리지 어머니가 아니다. 창피를 당하지 않기 위해서라도 아이는 어머니와 거리를 두어야 한다. 아이는 통금 탓에 자기 안의 무언가가 피어나지 못하고 있다고 투덜대며 집으로 향한다. 그런 날 어머니와 아이는 크게 싸운다. 아버지는 안절부절못하며 중재를 시도하지만 번번이 실패한다. 진화되지 않는 불길. 밤이 되풀이된다.

아이는 어느 날 꿈꾸던 사랑에 빠진다. 아니, 그것이 꿈꾸던 사랑에 가깝다고 스스로 설득당한다. 쉬운 듯 보였던 그 사랑은 쉽지 않다. 어머니를 배신하기 위해 그 사랑을 택한다. 잠시 사랑한다 착각했던 누군가와 함께 지낸다. 왠지 그러지 않으면 안 될 것 같아서. 고지대의 옥탑방. 밤에는 쥐들과 쓰레기차만 숨은 듯 지나다니는. 어머니와 누군가 사이에서 아이는 갈팡질팡한다. 둘 중 하나만을 선택해야 할 것만 같은 기분이 든다. 아이는 불안하다. 돌아갈 집이 없어질까 봐. 이러다가, 이곳이 정말 나의 집이 될까 봐. 누군가를 구원해야 할 것 같은 기분에 휩싸인다. 착각인지 사랑인지 아이는 알지 못한다. 혼란 속에서 우선 어머니를 공격한다. 힘써 함부로 대한다. 다시는 보지 않을 것처럼. 혀에 칼을 쥐고 푹푹 찔러도 어머니는 피를 흘릴 뿐 도망치지 않는다. 아이는 끝까지 따라붙어 진심이 아닌 말들을 한다. 모든 실패를 어머니의 탓으로 돌린다. 어머니는 쉬는 날마다 김치와 반찬을 가져다주는 일을 포기하지 않는다. 집으로 돌아가는 고속도로 위에서 어머니는 엉엉 운다. 그녀는 그렇게 딸을 잃는다. 어머니는 형체 없는 사랑 앞에 벌벌 떠는 아이의 모습을 본다. 헤프고 해로운 그것이 아이의 모든 것을 빼앗고, 아이는 자신이 그런 딸이 될 수밖에 없음에 아파한다. 너무 캄캄한 하수구 같은 밤이 지난다. 청춘의 소등과 함께.

그런 시절이 지나간다. 시간이 흐른다는 것은 아이에게 가장 큰 축복이자 저주였다. 아이는 청춘의 대부분을 잃고 집으로 돌아온다. 너덜너덜해진 채. 하지만 신이 난 채 해방되어. 하지만 할 줄 아는 게 없다. 너무 많은 시간을 낭비한 뒤였다. 일기장을 모두 버리는 것 말고 무엇을 시작할 수 있을까. 돈 벌기? 떠나기? 다른 연인 찾기? 취직? 설마, 글쓰기? 모든 것이 끝났으므로 모든 것이 새로 시작이다. 막연한 가능성과 앞질러 간 친구들을 보며 아이는 힘들어한다. 꿈꾸던 세상은 있기도 했고 없기도 했는데, 아이한테는 아직 그 모든 판단이 사치처럼 느껴진다. 일단은 열심히 한다. 혼자서. 물론 사정을 털어놓을 수는 없다. 누구에게든 말할 수 있지만 어머니한테는 못 한다. 그건 극도로 자존심이 상하는 일이니까. 바랐던 어른이 되지 못했다고, 그래서 돌아왔다고, 엄마 말이 다 맞았다고 항복하기에는 아직 이르다.

아이의 멍청한 자존심 곁에 항상 어머니가 있었다. 사실 언제나 있었지만 자식은 이제야 인지한다. 돌연 깨닫는다. 왜 자신이 죽어버리지 않았는지. 새끼손가락만큼은 언제나 어머니의 손에 붙들려 있었다는 것을. 때로는 버려진 반찬으로, 기다림으로, 기도로.

다시 찾은 젊음 안에서 아이가 활보한다. 마침내 아이는 원하는 어른이 되었다. 지난 상처를 믿기 힘든 미소를 지어 보이며, 놓쳤던 시간을 복구하는 데 성공한다. 그러나 후유증이 남았다. 비약적인 성장의 대가일지, 밀린 청춘의 파편일지 모를 산발적인 불행이 아이를 지배한다. 극도로 긴장한 목과 어깨. 가끔씩 찾아오는 불면증. 새벽까지 잠 못 들게 하는 강박과 끝없는 악몽. 아이는 높아진 안압이 느껴질 때까지 버티다가 동이 트면 기절하듯 뻗어버리곤 했다. 누구에게도 의지할 수 없었다. 아이는 외로웠다. 우는 일도 쉬는 일도 낯설었다. 아이는 그렇게 장애를 얻었다. 울지 못하는 장애. 마음을 터놓지 못하는 장애. 이 괴로움을 이해받지 못할 거라고 생각하며 강박적으로 뭔가를 해낼 때의 얼굴, 다만 식은땀을 흘리는, 다만 절뚝거리는. 아이는 울지 못해 행복하지 않았다. 아이는 후회했다. 그냥 그때 모든 것 앞에서 울어버릴걸.

행운 혹은 운명처럼 아이가 우는 법을 다시 배우는 밤이 온다. 모든 중요한 일들처럼 얼렁뚱땅 그 밤이 왔다가 간다. 코를 많이 고는 남편 때문에 어머니가 아이의 방으로 피신 왔을 때, 아이는 탐탁지 않아 하며 어머니 옆에 눕는다. 어머니 옆에서 자기엔 너무 커버렸으니까. 그런 판단이 무색하게 아이는 그냥 잠들어버린다. 뒤척임도 없는 매끄러운 기절이었다. 지난 몇 해 동안 찾아든 매일의 악몽을 모두 잊고. 아이가 중간에 잠시 깨어난 것은 잠을 설쳐서가 아니다. 믿기지 않는 편안함을 다시 한번 확인하고 싶어서 일부러 깨어난 것이다. 그때 아이는 어머니를 꼭 껴안는다. 어머니는 흠칫 놀라며 깨어 이렇게 말한다.

나 코 골았어?

아니.

아이는 말하며 그녀의 이마에 손을 올린다. 그녀는 밤중에 깨서도 자기가 피해를 주었을까 걱정하는 사람이었기에 아이는 감탄한다. 어머니는 다시 잠들고 아이는 운다. 안도감에 누가 죽은 것처럼 꺼이꺼이 운다. 그날, 울지 못하는 아이가 죽고 울 줄 아는 아이가 다시 태어난다. 울지 않음과 울고 있음이 적막한 방에서 몰래 겹친다. 침대에서 아이와 엄마가 나란히 누워서 잠을 잔다. 그다음 날도, 그다음 날도. 아이는 어머니의 얼굴을 처음으로 세세히 들여다본다. 둘도 없는 아름다움이라 생각한다. 아이가 젊음을 다 소진하고 돌아온 뒤에도 어머니는 여전히 예뻤다. 다행이었다. 다 큰 아이에게 필요한 것은 모두 그 밤 안에 있다. 아이는 눈을 감고 꿈도 없는 잠에 들어 잠꼬대를 한다.

　나도 엄마 같은 어른이 되고 싶어요. 그렇게 기다렸는데도 안 지치는 사람이 되고 싶어요. 여전히 사랑이 남아 있는 사람이 되고 싶어요. 나도 누군가를 그만큼 사랑해 보고 싶어요. 확실하게 사랑하고 싶어요. 두렵도록 사랑해서 한눈팔지 않을게요. 어떻게 기다릴 수 있었나요, 나를. 처음부터 다 알고 있던 건가요. 그럼에도 불구하고 어떻게 내게 세상을 기대하게 해주었나요. 어떻게 실망해도 꾸짖지 않았나요. 이제 나는 독립적으로 살기 싫어요. 어린아이처럼 기대어 잠들래요. 엄마보다 더 큰 사랑이 있다는 건 환상이었어요. 이제라도 알아서 다행이에요.

　엄마 없는 사람이었어요, 그동안 나는……. 지금 엄마의 눈꺼풀을 손으로 만질 수 있음에 신기해요. 엄마가 있으니 나는 앞으로도 망하지 않을 거예요. 엄마 덕분에 실패도 좌절이 아닌 경험이 될 수 있음에 감사해요. 멀어지지 않을게요.

　먼 길을 돌아온 것은 울기 위해서였을까. 울기 위해 그 모든 시간을 살아 여기까지 왔을까. 울음이 어머니의 짝사랑에 전염되는 경로였나. 태어나며 첫 울음을 내보였던 어느 봄날처럼. 우는 게 태어남의 상징이었던 때처럼.

　방향을 달리해서, 짝사랑은 다시 탄생한다.

우정 도둑

말 없는 노래

많은 사람들이 한 공간에 있지만 복잡하지 않다. 모든 사람이 요가원에서처럼 아름답다면 얼마나 좋을까. 그들이 아름다워 보이는 것은 말 없음 때문이다. 골라낸 숨을 찬찬히 뱉고 공기에만 흔적을 남기는 조심스러움은 화려한 자유로움만큼이나 매력적이다. 말이 없는 그들의 목덜미와 무릎을 훔쳐보며 나는 궁금해한다. 어떤 일을 하는 사람들일까, 이름은 무엇일까, 나처럼 이 동네 사나? 어떤 계기로 수련을 시작하게 되었을까 등등……. 그러나 말을 거는 일은 없다. 그들과 나의 우정은 서로에 대한 무관심을 동력 삼아 아름답게 유지된다. 같이 커피라도 한잔하게 된다면 우리의 우정은 깨질 거다. 나는 서로에게 관심이 없는(혹은 있더라도 절대 교류로 이어지지 않는) 요가원 회원들의 낯섦, 그에 따른 집중력을 사랑한다.

동네의 요가원을 다니기 시작한 지는 한 달 정도 지났다. 요란하게 호흡을 내뱉는 뉴욕의 요가 센터와는 달리 이곳에는 고요만 있다. 준비는 숨을 가다듬는 것부터 시작된다. 모든 동작에서 코로 숨을 쉬어야 한다. 안내서는 힘든 동작에서도 거친 호흡을 고요히 정돈해 보라 격려한다. 사람들은 아무 말 없이 각자 널찍한 수련실로 들어가 띄엄띄엄 매트를 깔고 앉아 몸을 풀고 있다. 평화로운 풍경이다. 눈앞에 펼쳐진 이 평화는 잘 가꿔진 화단과도 같다. 혹여나 피해가 갈까 살금살금 주변을 맴돌게 되는 것. 그리고 완벽한 평화는 꽃들의 말 없음과 이를 지켜주려는 이의 말 없음으로 완성된다.

수업이 시작된다. 70분 동안 몸으로 하는 공연이다. 처음부터 끝까지 최선을 다해야 한다는 점, 공기에 광기가 어려 있다는 점, 쉬는 시간이 없다는 점, 중간에 자리를 비우는 건 굉장히 무례한 일이라는 점, 몸이 풀리기 시작하면 끝난다는 점, 끝나고 나서는 왠지 모를 아쉬움에 한 번에 돌아설 수 없다는 점, 진이 다 빠져 절뚝대며 집으로 돌아가게 된다는 점이 공연과 같다. 처음부터 끝까지 몸으로 하는 노래가 공연을 채운다. 요가에는 리듬이 있고 박자가 있다. 다만 모든 동작이 침묵에 속해 있다. 유려한 동작들을 통해 평평한 음 하나하나가 만들어진다. 실제 공연과 다른 점이 있다면 요가에서는 멈춰 있음마저 노래의 한 부분이 된다는 것이다. 심지어는 멈춰 있음 그 자체만으로 콘서트의 한 파트가 완성되기도 한다. 버티는 장딴지, 들숨에 끌어올리는 탄력, 결백한 집중력. 긴 시간 동안 한 동작을 유지할 때 무척 신기한 점은 눈을 감는 게 외려 어렵다는 것이다. 실눈을 뜨고 있으면 선생님은 말씀하신다. 숙련자는 눈을 감아봐도 좋아요. 눈을 감으면 간신히 붙잡아 둔 집중력이 흩어진다. 몸은 초라하게 휘청거린다. 언젠가는 눈을 감아도 흔들리지 않을 수 있을까? 순간 한 가수의 말이 떠오른다. 눈을 감고 노래하는 것도 물론 좋지만 눈을 뜨고 관객들과 함께 느끼는 것도 좋아요. 눈을 감은 채 동작을 유지하는 데 서툰 나는 그 말에 위로받으며 다시 나무처럼 한 발로 서본다.

관객은 흔들리는 나 자신, 오래 방치해 온 나의 내부와 중심이 무대가 된다. 하이라이트인 머리 서기는 마지막 힘을 짜내서 달려가는 앵콜곡이다. 가장 유명한 곡(동작)을 남겨두고 가수(수련자)는 다시 무대에 선다. 때때로 이렇게 말하며. 저는 아무래도 안 될 것 같아요……. 유명한 만큼 제일 어려운 곡이라고요. 무서워요. 이 동작이 가능하다고요? 이 말은, 제가 이 곡을 소화할 수 있다고요? 한 번도 불러본 적 없는걸요? 라는 말과 같다. 선생님은 말씀하신다. 다시 천천히 시도해 보세요. 언젠가는 해내야 할 일이에요.

무대 위에 서면 결국 노래는 불러진다. 어떻게든. 그 순간 목이 부러질 것 같은 두려움도, 집중을 방해하는 모든 잡생각도 말끔히 사라진다. 노래처럼 요가는 두려움에 맞서 싸우는 일이다. 그러나 중심을 잡는 순간 모든 싸움이 끝난다. 마지막 순간에는 몸도, 마음도, 노래도, 나도 사라진다. 깨끗한 절정. 반드시 피날레가 있는 콘서트처럼 요가 또한 그렇다. 눈물이 흘러도 이상한 일이 아니다. 나는 무대 위에서 자주 우는 가수들을 이해하게 된다.

표정도 소리도 없는 무심한 공연이 막을 내린다. 나는 요가원을 나서기 전 흥분을 이기지 못해 금기를 깨고 한마디를 던지고야만다. 수업 너무 좋았어요. 명사 앞에 '황홀한, 잊지 못할, 기적적인'이라는 호들갑스러운 수식어는 생략한다. 그건 이 말 없는 공간의 규칙과도 같으니까.

어쩐지 많은 말을 하고 나온 듯하다. 때로는 소리를 지르고 나온 것 같은 착각이 들 때도 있다. 그러나 어떤 말을 했는지, 속으로 어떤 노래를 불렀는지는 잘 기억나지 않는다. 다만 땀방울이 음표처럼 흘러나와 묵음의 독창을 외롭지 않게 한다.

요가원에서 집으로 가는 길에 나는 누구와도 이야기하고 싶지 않다. 침묵을 깨뜨리는 주체는 입이 아닌 귀다. 귓가에 울려 퍼지는 가수들의 음악. 나는 말한다. 당신들은 노래라는 게 무엇인

우정 도둑

지 나보다 더 잘 알겠죠. 나는 입으로 부르는 건 재능이 없어 몸으로라도 노래 부르려 하네요. 스스로가 기특했는데 진짜 공연을 하는 사람들 앞에서 다시 기가 죽는다. 그래, 이게 진짜 노래지. 이리 뛰고 저리 뛰고 심지어 날기까지 하는 게 진짜 노래지.

몸의 노래는 목소리의 노래를 영영 이길 수 없겠지만 나는 관객에서 가수가 되는 환희를 맛보는 것으로 만족한다. 집에 돌아온 나는 인사도 없이 방으로 쏙 들어가 버린다. 아직 깨기 아까운 침묵을 최대한 늘여내며 글로 적힌 노래 한 권을 찾아 읽는다. 그렇게 책을 조금 읽다가 잠이 든다. 다행히 잠도 말은 없다. 그렇게 호젓함은 아침까지 이어진다.

침묵이라는 좋은 핑계를 찾았다. 그것이 완성하는 몸의 멜로디가 있다. 나는 입을 다물고 노래한다. 내 하루가 그 노래를 닮아간다.

첫 번째 로큰롤

그 앤 키가 크고 베이스 기타를 치는 애였다. 다른 반이었기 때문에 모든 학급이 다 모이는 채플 시간에만 그 애를 볼 수 있었다. 그 애는 나한테 말을 많이 걸었다. 날 좋아할 거라고 생각지도 못했던 것은 내가 그저 왁자지껄한 여자애였기 때문이다. 엉겁결에 고백을 받고 생애 첫 남자친구가 생겼다. 그때 우리는 열다섯 살이었다.

좋아하는 마음을 어떻게 표현하는지 몰랐던 내가 할 수 있는 것이라고는 걔가 좋아하는 걸 따라 좋아하는 일뿐이었다. 우선 그 애가 좋아한다던 노래를 모두 다운받았다. 히트곡이 아니라 앨범

전체를. CD도 빌렸다. 걘 여느 또래 남자애들처럼 로큰롤에 빠져 있었다. 내가 듣고 싶은 건 에픽하이, 체리필터, 힐러리 더프였는데, 멋진 여자친구가 되고 싶어서 노브레인과 크라잉넛의 노래를 듣기 시작했다. 노래라고 하기에는 차라리 울부짖음에 가까운 소리였다. 좌절과 절망, 포기할 수 없는 일생일대의 사랑 앞에 선 청년의 마음들이 그 속에 있었다. 그 노랫말을 이해하기엔 아직 내겐 청춘이 멀리 있었다. 대신 귀가 깨질 듯 치열하게 노래를 듣던 하굣길이 있었다. 내 플레이리스트에 과격한 변화를 주는 것이 내가 할 수 있는 최대한의 애정표현이라고 생각했었다.

로큰롤을 선두로 노라 존스, 존 메이어, 에디 히긴스 트리오, 루더 밴드로스, 이소라 등도 내 플레이리스트에 추가되었다. 지금은 그 가수들의 대표작이 된 몇몇 앨범이 당시에는 나온 지 얼마 안 된 따끈따끈한 신보였다. 그 애가 아니었다면 나는 그 주옥같은 그 음악들을 나의 지금에 초대하지 못한 채 나중에나 듣게 되었을 것이다. 옛날에 유행했던 노래래, 하면서. 지금은 아날로그가 된 기기들로 그 음악을 만났던 것 또한 행운이었다. CD플레이어와 MP3는 레트로가 아닌 우리의 최신이자 지금이었다.

노래를 다 외웠을 때쯤 우리는 헤어졌다. 그 애는 내게 음악을 선물하고 떠났다. 그 어린 사랑은 잊히고 그다음엔 그 시절도 그때의 음악도 시간에 묻혔다. 그러다 얼마 전 옛날 MP3를 발견했다. 그 음악들을 다시 듣게 된 것은 십수 년 만이었다. 나는 그 음악을 담보로 해서 10대에서 30대가 된 나의 변화를 체감했다. 삶의 경험 때문인지 그 음악은 다르게 들렸다. 시끄럽게 들리던 록 음악은 현실보다는 덜 난폭했다. 그것이 투박한 시라는 것도, 쑥스러워 더 활짝 웃는 표정이라는 것도 이제야 알았다.

생각해 보니 음악을 제대로 듣는 법도 그 애에게 배웠다. 좋아하는 가수의 새 앨범이 나오면 바로 찾아보는 것, 1번부터 마지막 트랙까지 한 호흡에 듣는 습관, CD와 LP를 포기하지 않는 촌스러운 마음을 그에게 빚졌다. 사랑이 뭔지도 모르면서 사랑 때문에 변하려고 했었으니. 덧붙여 나는 다시 혼자 이별했다. 이별은, 그가 남기고 간 변화가 무엇인지 깨닫는 것이었다. 그 변화가 이미 나의 일부가 되었음을 인정할 때 연애의 마지막 매듭이 지어졌다. 짧은 풋사랑은 그 음악들을 다시 듣고 나서야 끝났다. 더는 그 애 때문에 이 음악들을 좋아하지 않는다. 이제 이것은 엄연히 나의 플레이리스트다. 네가 없이도.

몇 년 전 그가 결혼했다는 소식을 들었다. 그가 좋아했던 로큰롤 가사가 떠올랐다. 귀기울여 준다면 나의 시를 들려줄게. 네 시를 들려주고 싶은 사람을 너는 벌써 찾았구나. 너는 저 노래 가사대로 살고 있겠지. 이제는 영원할 너의 연인이 곧 네 노래이자 시가 됐겠지. 너는 음악 취향도 사랑도 나보다 한 발짝씩 빠르네, 나는 MP3 휠을 돌리며 생각했다.

10대의 첫 마음을 가지고, 나는 이제 다시 시작이야. 영원히

우정 도둑

소식을 모를 그 애한테 말했다. 다시 듣는 그 노래들은 나를 록을 사랑하던 소녀 시절로 데려가 플레이리스트를 포함한 내 삶 전부를 바꿔버릴 사랑을 다시 꿈꾸게 한다. 사랑 때문에 날 바꾸진 않을 거야, 말은 그렇게 해도.

NW8

그가 내게 알려준 것

- 자신의 아이패드 비밀번호 02**

- 공동의 생활을 유연하게 이어가는 법

- 다정하게 돈 쓰는 법

- 마음을 아끼지 않는 법

우정 도둑

- 더 많이 주고도 억울해하거나 생색 내지 않는 법

- 환대받는 법

- 미안함보다 고마움으로 보답하는 법

만약 우리가 아주 늙고 아주 부자가 되어서, 그래서 지금 우리가 하고 있는 모든 고생을 그만해도 될 때가 온다면, 나는 그와 걸어서 2분 이내에 살면서 대부분의 시간을 함께 보낼 것이다. 반백 년 전으로 기억될 2020년과, 전설로 남을 코로나 이전 시절과, 함께 런던을 떠나던 날을 회상하며 깔깔거릴 것이다. 그리고 나는 그 또한 똑같은 생각이라는 것을 확신하고 있다.

나는 더 멀리 상상해 본다. 내 장례식에서 우는 그의 얼굴. 나는 죽음을 생각할 만큼의 권태와 고통스러운 체력적 고비를 넘길 때마다 가장 먼저 그 얼굴을 떠올린다. 그러면 자리를 털고 일어날 수 있다. 어떤 일이 되었든 간에 모든 일이 쉬워진다. 그의 사랑을 빼놓고서 지금을 설명할 수 없다. 우리의 우정은 나를 아는 모든 사람에게 익숙한 것이며 내게는 개인적인 동시에 공식적인 생명의 끈이다.

이 모든 이야기의 시작은 지금으로부터 여덟 해 전의 일이다.

지현과 나는 인스타그램 메시지를 통해 2014년 여름에 처음 만났다. 그때 나는 첫 유럽여행의 마지막 여정이었던 바르셀로나 숙소 침대에 누워 있었다. 마드리드에 애인을 만나러 간 친구가 내게 남기고 간 용돈 50유로의 지출 예산을 짜다가 그 메시지를 읽은 순간을 생생히 기억한다. 지현은 오랜 유학 생활로 무감흥한 자신의 시선에 대비되는 내게 자극을 받고 있다고 했다. 길고 정성스러운 메시지에는 쓸데없는 아부가 없었다.

귀국 후 지금은 없어진 가로수길의 한 카페에서 그를 만났다. 첫인상은 신경 쓰지 않은 옷차림에 주황빛으로 염색한 단발머리. 나는 그때 그와 친해질 수 없겠다고 생각했다. 나와 다른 사람이라서 잘 맞지 않을 것 같았다. 게다가 그때 나의 인생은 극단적으로 한정되어 있었다. 나는 밝고 명랑한 친구가 될 자신은 있었지만 다른 누군가의 인생을 진정으로 궁금해하는 법을 몰랐다. 내 인생에는 나와 미래의 가능성만 있었다. 그러다 그해 겨울 내가 처음으로 혼자 떠났던 런던 여행이, 당시 한국에 있던 지현과 급속도로 친해지는 계기가 되었다.

나는 응급실에 실려 가는 것으로 두 달간의 런던 생활을 마무리해야 했다. 2014년은 환율이 사상 최대로 치솟았던 때다. 1파운드가 1900원대였기에 가장 싼 샌드위치도 만 원이 넘었다. 싸구려 샌드위치만 먹으며 무작정 버텼던 것이 화근이었다. 수도꼭지를 튼 듯 콸콸 쏟아지는 피를 감지하고 응급실에 실려 갔던 그날 새벽 3시를 기점으로 내가 가장 많이 연락을 주고받았던 사람은 지현이었다. 지현은 내 우울함을 들어주었다. 특유의 야무진 말로 비관적이었던 내 상황에서 희망을 찾아주었다. 지금 생각해보면 자기혐오와 나르시시즘으로 하루에도 수천 번 온탕과 냉탕을 오갔던 나를 그가 어떻게 참아주었는지 이해할 수 없다.

지현이 오직 나를 들어주기만 하고 나는 그에게 진 마음의 빚만 늘어가면서 우리의 우정이 시작되었다. 무대는 주로 영국이었다. 그는 네덜란드에서의 짧은 유학을 마치고 한국에 잠시 들어왔던 시점에 나와 만났고 그다음 해인 2015년 런던으로 석사 공부를 위해 떠났다. 2017년, 지현이 중국인 하우스메이트들과 지내던 밀먼 스트리트의 집에 내가 한 달간 머물렀던 것이 우리가 처음으로 런던에서 함께 보낸 시간이었다. 그때 내가 지현에게 해준 것은 아무것도 없었다. 나는 울기만 엄청 울었고 담배만 엄청 폈다. 우리는 항상 남아 있는 마지막 담배 하나를 나눠서 폈다. 반 개피의 담배, 추위와 세상과 불투명한 미래로부터 우리를 안전하게 보호하는 오래된 창문, 기댈 수 있는 유일한 장소였던 그 방 창틀. 우리의 겨울은 특별하지 않았다. 그건 어쩌면 이렇게나 울적한 나 때문인 것 같기도 했다. 그 무렵 나는 사랑이 사람을 어떻게 바꾸는지 보았다. 우정에 빠진 이는, 상대의 무능에 불만을 품지 않고 오히려 그이의 부족함을 순진함으로 여겨 더 사랑한다. 지현이 내게 준 사랑이 그랬다. 그는 내게 바라는 것이 없어 보였다. 내가 초라해질수록 더 필사적으로 나를 보살폈다. 반면 나는 그에게 밥 한 끼도 사줄 수 없었다.

그래도 런던을 떠나기 전날 남은 돈을 전부 털어 지현이 좋아하던 향초를 선물했다. 우리는 서로에게 준비한 선물에 대해 철저히 비밀을 지켰는데도 어떻게 통했는지, 지현이 내게 건넨 선물도 향수였다. 향수의 가죽 케이스에 이렇게 새겨져 있었다. "You, Me, 1/2 Smoke, Coke(너, 나 그리고 담배 반 개피와 콜라)." 그 당시 우리가 좋아했던 영화 「청춘 스케치」의 한 장면을 패러디한 문구다. 영화에서 에단 호크가 (지현과 몹시 닮은) 위노나 라이더와 거리를 걸으며 이렇게 말하는 장면이다.

"This is all we need. A couple of smoke, a cup of coffee, and little bit of conversation. You and me and 5 bucks."
"우리에게 필요한 전부야, 이건. 담배 두 개피, 커피 한 잔 그리고 약간의 대화. 너, 나 그리고 5불."

떠나기 전 저녁 딱 한 끼를 살 수 있었다. 지현은 종종 그때를 회상하곤 했다. 네가 그 겨울에 도버 스트리트 마켓 앞에 있는 일식당에서 우동 사줬었잖아. 마치 울음이 터질 것 같은 투로. 그에 비해 언니가 내게 해준 것은 하나하나 나열할 수도 없다. 너무 많기 때문이다. 언니는 내게 침대와 창문을 내어주고 영화 티켓 값을 대신 계산해 주고 귀가가 늦을 때에는 배달 음식까지 시켜주었다. 그 때문에 내가 그 시절을 기억할 때 늘 하는 말은 이것이다. 그때 언니는 콜라와 티라미수까지 시켜주었답니다. 그 기억은 그 뒤로 그가 내 곁에 없을 때 더 크게 베풀어줄 사랑의 신호탄이었다. 하나 더 말하자면 그가 내게 매번 쥐여 주었던, 가득 충전된 교통카드도 있다. 나는 이렇게 덧붙일 수 있겠다. 난 런던에서 한 번도 교통카드를 사본 적이 없어요.

그다음으로 떠오르는 기억은 2020년 2월의 일이다. 그때까지 우리 채팅창은 이런 말로 채워졌다. 나의 경우에는 못 하겠어, 괴로워, 비행기표 끊었어. 그의 경우에는 아주 단순했다. 나 미팅하고 올게. 미팅이 끝날 때까지 기다렸다가 나는 다시 말을 이었다. 엄마 아빠 결사반대야, 지금. 나 가, 말아? 나는 지금은 기억나지 않는 이유 때문에 런던에서 잠시 2주간 한국에 돌아와 있었고 그동안 갑자기 코로나가 등장해 아시아 지역부터 마비시켰다. 그럴 때 그는 나와는 다른 침착함으로 확신을 주었다. 무던한 그의 성격이 과감한 실천을 보장하곤 했다. 그는 말했다. 언제나 그렇듯 너는 올 거야. 나는 전체 승객이 여덟 명뿐인 비행기에 올랐다.

그때 지현은 회사에 있었다. 익숙한 지현의 집 앞에 혼자 도착해서, 그가 현관 어딘가에 숨겨둔 열쇠로 문을 열었을 때 문자가 도착했다. 옷장 맨 위 가방 열어봐. 기대 없이 낡은 루이비통 가방을(이 가방이 할머니의 유품이라는 사소한 사실을 기억하고는, 내가 그에 대해서 이토록 많은 것을 알고 있다는 사실에 홀로 애틋한 미소를 지었다) 열었을 때, 전혀 예상치 못한 물건을 보고 나는 기겁했다. 애플 펜슬과 아이패드와 키보드였다. 출국 직전 고장 난 노트북의 수리를 맡기고 울며 겨자 먹기로 아이패드를 구매하겠다고 마음먹었던 참이었다. 사연을 아는 그는 미리 이런 선물을 준비해 두었다.

나는 언젠가 그와 선물을 고르는 센스에 대해서 이야기한 적이 있다. 선물을 받은 뒤의 실망에 대해서 그가 말했다. 상대가 전혀 엉뚱한 선물을 주고서 확신에 찬 얼굴을 할 때 조금 서운하고 어리둥절한 기분이 든다고. 나는 이렇게 대꾸했다. 그건 단순히 센스가 없어서가 아니라 선물을 주려는 사람에 대해 충분한 관심을 기울이지 않아서야. 선물은 그 사람의 입장에서 생각해 보는 거니까 더 어려운 걸 거야. 그 말을 하면서 반대로 나는 그가 줬던 센스 있는 선물들을 떠올렸다. 그가 내게 완벽한 선물을 주고 나를 감동시키는 데 절대 실패하지 않는 건 사실 대단한 일이다. 그는 쇼핑에 영 소질이 없기 때문이다. 소질도 없고 관심도 없다. 그는 내가 쇼핑을 가자고 하면 기겁을 하고, 내 손에 이끌려 어쩔 수 없이 매장에 들어가면 마치 남자친구처럼 매장 소파에 걸터앉아 핸드폰을 하는 사람이다.

그런 그가 내게 아무 날도 아닌 날에, 자발적으로 고른 다양한 선물을 건네며 매번 자신감 있고 장난스러운 표정을 지어 보인다. 우정은 예외를 만든다. 지현은 언제나 나의 요구를 정확히 파악하고 있다. 나의 취향을 저격하는 지현의 정확한 선물은 나에게 필요한 좋은 것, 그야말로 최상의 것을 주고 싶다는 마음이 쇼핑을 극도로 싫어하는 그의 기질을 바꿔버렸음을 증명한다. 이후의 깜짝 선물들, 이를테면 핸드폰 그립톡이라든가 셔츠, 토스트기, 에밀리 디킨슨 불어판 시집 등의 선물도 마음에 쏙 들지 않은 적이 없다. 선물은 단순히 하나의 물건을 의미하지 않는다. 상대가 무엇을 필요로 하는지 어떤 색깔을 좋아하고 어떤 질감을 싫어하는지, 스쳐 지나가던 말을 전부 기억하고 있음을 의미한다. 선물은 상대가 부재하는 동안 그 사람을 떠올린 시간에 대한 사치스러운 그림자다. 선물 하나에도 많은 마음을 들킬 수 있다.

우리는 선물뿐 아니라 많은 돈을 서로에게 쓰기 시작했다. 정확히 말하자면 그는 날 만날 때부터 그랬고 나는 여유가 생기면서부터 그렇게 변해갔다. 이 부분에서 우리는 손뼉을 치듯 잘 맞아떨어졌다. 나는 친구들과 연락 문제로 다툰 적이 거의 없었다. 사소한 돈 문제에서 늘 마찰이 생겼다. 상대가 돈을 아낀다는 느낌을 받을 때 나는 격분했고 이내 마음이 돌아섰다. 마음이 꼭 돈으로 환산되지는 않는다고는 하지만 돈을 아끼지 않는 것만큼 마음을 확실히 보여주는 일도 없다.

돈이 생겼을 때 가장 기뻤던 것은 지현에게 밥을 살 수 있다는 것이었다. 그렇다고 우리가 호들갑을 떨며 서로에게 감사를 표하는 것은 아니었다. 밥값을 내는 과정은 너무 자연스러워서 연결되어 있는 하나의 동작 같았다. 그 자연스러움에는 서로가 서로를 보이지 않게 배려하는 마음이 담겨 있었다. 지현을 통해 나는 다정하게 돈 쓰는 법을 배웠다. 미리 배려하고 생색내지 않는 법도. '주는 것'에 대한 생각이 거의 오차 없이 일치했기 때문에 가능한 일이었다. "우리는 너무 퍼줘서 문제야. 사랑받고 싶어서 주고 또 실망하는 거야." 애정결핍이 숨어 있는 우리의 행동을 함께 한탄하거나 스트레스를 공유할 수도 있었다. 무리해서 다정한 것, 그로 인해 상처를 입는 유일한 동지로서 우리는 서로의 우정을 지키는 데 전념했다. 다른 곳에서 받았던 말 못 할 스트레스가 둘이 있을 때에는 "그래, 이거지!" 하는 찬탄과 함께 녹아내렸다. 불필요한 계산과 그에 따른 고단함이 없는 우리 우정에 더 큰 자부심을 가지게 되었다. 그리고 그것은 꼭 돈의 문제만은 아니었다.

그에게 밥을 살 수 있게 된 여행을 뒤로하고 나는 마스크와 비닐장갑을 낀 채 급히 한국으로 돌아갔다. 2021년 겨울이 되어서야 다시 지현에게 돌아갈 수 있었다. 비행기 표가 풀린 크리스마스 무렵 나는 그를 만나기 위해 런던으로 떠났다. 그는 차를 렌트해서 나를 데리러 왔다. 누가 반차까지 내고 차를 렌트해서 공항까지 올까? 말하자면 나 같은 사람. 그리고 유일하게, 그였다. 그것은 내가 상상만 하던 이벤트였다. 나는 오직 내 상상 속에서만 그 이벤트의 수신자가 될 수 있었다. 무심한 상대의 얼굴을 보고 나면 나의 상상이 망상이었다는 사실에 수치스러워 입을 다물게 되는 경우가 많았다. 지현은 그런 금기를 우당탕 깨고 내게 한 발짝 더 다가왔다. 별것 아니라는 듯이. 지하 3층 주차장에서 2년 만에 만난 그는 꽃을 들고 말했다. 돌아온 거 축하해.

우리는 집으로 가는 길에 지난 2년 치의 수다를 떨었다. 그냥 맥락 없이 머릿속에 떠오르는 말을 뱉었다. 아무 말이나 해도 그 안에 숨은 의미와 맥락을 이해했다. 우리가 나눴던 수많은 대화의 파편들이 무심히 튀어나와 구멍을 메꿨다. 정말 친한 사이의 대화를 언뜻 들으면 아무 말이나 뱉는 것처럼 들리는 이유가 여기에 있다. 많은 표정도 표현도 필요 없다. 띄엄띄엄 말하는 듯 보이지만 우리는 사실 암호를 주고받고 있다. 비밀이 없는 사이끼리만 그들만의 언어를 만들어낼 수 있다. 다만 나는 리츠호텔의 애프터눈 티 2인 코스를 예약했다는 사실만 숨기고 있을 뿐이었다.

이소라와 롤링 스톤스의 노래를 들으며 우리는 우편번호 NW(런던의 북서부를 뜻한다)가 붙은 그 집에 도착했다. 세 차례나 방문했던 집은 사뭇 달라져 있었다. 지현과 집을 나눠 쓰던 하우스메이트들은 모두 다른 도시로 옮겨간 뒤였다. 미술사 강사인 N

은 한국으로 돌아갔고, N의 애인인 프랑스인 P는 새로운 직장을 얻어 북유럽으로, 중국인 친구 W 또한 더 나은 일자리를 위해 상하이로 갔다. 지현은 새로운 하우스메이트들에 질색하며 여러 에피소드를 전화로 들려주곤 했었다. 방 하나는 비어 있었고 지현의 방을 제외한 나머지 두 방은 커플이 하나씩 차지하고 있었는데, 그들은 이 집의 주인처럼 행세하며 지현을 셋방에 들어 사는 사람으로 취급하고 있었다. 지현은 그들보다 이 집에 훨씬 오래 살았고 이 집에 대해 훨씬 잘 아는데도 불구하고. 모두가 감기처럼 코로나에 걸리기 시작했을 무렵, 감염된 그들이 코로나에 걸리지 않은 지현에게 통보하듯 나가달라고 하는 바람에 지현은 차로 15분 정도 걸리는 친구 집으로 피난을 가다시피 했고, 두 집을 오가며 회사를 다니고 귀국 준비를 했다. 여자애는 괜찮은 앤데 안타까워. 지현이 말했다. 지현은 깐깐하고 예민한 그 여자애가 남자친구 앞에만 서면 다른 사람이 되는 것 같다면서, 언젠가 그 여자애가 그와 헤어져서 온전히 자신인 채로 좋은 친구가 되는 꿈을 꾼다고 했다. 공감 능력이 부족하고 눈빛이 선하지 못한, 그 여자애의 남자친구는 잠시 노르웨이로 휴가를 떠난 상태였다.

　나는 그 커플이 점령해 버린 거실에 서 있었다. 거실의 가구들은 전과 똑같았지만 새로 들여놓은 물건들 때문에 공간 전체의 분위기가 미묘하게 달라져 있었다. 조잡한 라벨의 와인병들을 포함해 이 집에 전혀 어울리지 않는 소품들을 보고 내가 한숨을 푹 푹 내쉬었을 때 그는 눈도 안 마주치고 반사적으로 대꾸했다. 내가 뭐랬어.

이전 하우스메이트들이 살 때 거실은 잘 가꿔진 뜰 같았다. 당시 미술사 전공생이던 N과 건축학도 두 명, 파리에서 나고 자란 파리지앵 P가 살던 이 집은 물건들에서도 향기가 나는 듯했다. N이 지현에게 선물한 포스터 액자가 콘센트 앞에 놓여 있었고, 벽난로 선반 위에는 아기자기한 나무 기차 모형과 각기 다른 종류의 향초와 성냥 묶음이 언제나 같은 자리에 놓여 있었다. 소품 하나도 허투루 놓인 것이 없었다. 무엇보다 그 집에는 배려와 품격이 가득했다. 모든 것이 제자리에 정돈되어 있는 우아한 쉼이 있었다. 부엌에서는 언제나 음식 냄새가 났다. P는 우리가 기대하는 프랑스인답게 간단한 재료로도 기가 막힌 파스타를 만들었고, W도 종종 중국식 생선찜을 직접 요리하여 대접해 주곤 했다.

그 집에서 풍겼던 사람 냄새는 소속감을 선물했다. 그 집에서 나는 어쩌면 평생 다시 배울 기회가 오지 않을 '친구들과 함께 생활하는' 법을 배웠다. 공동의 생활을 유연하게 다듬어가는 방법, 서로를 배려하면서도 자신의 생활 철학을 지키는 생활, 그 집에서 상용되는 무언의 규칙과 더 나아가서는 그 동네를 사는 요령을 배웠다. 파스타에 적당한 그릇을 고르는 법, 그릇을 마른 수건으로 닦는 법, 식기세척기에 차곡차곡 접시를 넣는 법, 신발을 정리하는 법, 그 집에서 와이파이가 제일 잘되는 구석과 2주에 한 번씩

오는 청소 전문가에게 "수저통과 냉장고 안을 신경 써주세요"라고 말하는 것과 모든 곳이 문을 닫아도 스위스 코티지 쪽으로 가면 튀르키예인이 하는 슈퍼마켓만큼은 마지막까지 열려 있다는 점과 새로 생긴 스시 집은 맛이 그저 그렇다는 정보 등을 배웠다.

지현의 집에 머문다는 것은 그런 의미였다. 특히 거실은 의미가 남달랐다. 그 집에서 가장 근사한 공간이었던 그곳은 그와 그의 친구들이 내어준 나만의 공간이었다. 그 거실에 있는 소파베드에서 나는 지현이 임시 보호하던 강아지와 함께 잠을 잤고 혼자 영화를 보기도 했으며 지현이 사둔 콜라를 꺼내 마시며 지현의 늦은 퇴근을 기다리기도 했다. 모두가 잠든 때 내게 허락되는 포근한 프라이버시는 지현의 집에서만 가능했다. 얹혀 지내는 여행객에게 프라이버시는 명백히 사치임에도 불구하고. 그러다 다른 친구들이 먼저 퇴근하면 그들과 격의 없이 이야기를 나누기도 했다. 그것이 때때로 개인적인 이야기로 파고들면 지현과 이야기를 나눌 때보다 더 큰 뿌듯함을 느끼기도 했었다.

지현은 자연스럽게 내 세계에 남을 초대했다. 나만 알았던 내 세계에 나와 상관없는 지현의 친구들이 끊임없이 들락날락했다. 내가 방문자였기 때문이다. 그들의 생활은 나의 여행보다 중요하게 반짝였다. 나는 비로소 다른 사람을 듣는 법을 배웠다. 내가 중요해지지 않는 법을 배웠다. 관심이 전혀 없는 이야기에 귀를 기울였을 때 그 시간이 소중해지는 경험을 했다. 그렇게 그 집에서 만난 사람들은 모두 내 잠재적인 친구들이 되었다.

거실의 달라진 단면을 보는 건 나에게도 슬픈 일이었다. 숱한 메시지 속에서도 가늠하지 못했던 지현의 감정이 이해되었다. 한 사람씩 방을 치우고 그들과 작별하는 일을 반복하다 홀로 남겨져 거실에 앉아 있었을 그를 생각하니 마음이 저려왔다. 거실은 지현에게, 이 집은 그때의 집이 더는 아니라고, 너도 어서 떠나라고 말하는 듯했다. 체념이라고 말하지는 말자고 서로를 토닥이며, 적당히 현실을 묵인해 가면서.

그때 나는 문득 다행이라고 생각했다. 그가 홀로 남아 무력했을 모습을 상상하지 않는 편이 더 나았다. 지현이 허전함을 직면하는 일에 가장 취약하기 때문이다. 지현은 수시로 나를 끌어안고 말했다. 네가 없었다고 생각하면 정말 아찔해. 다짜고짜 울어버리기도 했다. 하지만, 아까도 말했듯 우리에게는 설명 없이도 맥락이 존재했다. 모든 웃음에, 모든 울음에.

그때 우리는 런던에서의 마지막 나날들을 함께하고 있었다. 지현은 서울 소재의 회사에 스카우트되어 짐과 함께 한국으로 영영 귀국할 예정이었다. 6년 치의 삶을 정리하는 지현을 목격할 기회가 주어졌다. 험난한 여정이 예상되는 가운데 크리스마스의 아침이 밝았다. 우리는 우리가 제일 잘하는 일을 시작했다. 다시 기억을 만드는 것.

우정

우정은 서로를 참아주는 일이다. 지현은 내가 서점에 가자고 할 때마다 이렇게 말한다.

"또?"

그는 이렇게 덧붙인다.

"서점에 같이 가주는 거 보면 내가 널 얼마나 사랑하는지 알겠지?"

서점에 들어서면 지현의 다음 말은 이거다.

"나 문구 코너에 가 있을게."

"다이어리 또 사게?"

그는 다이어리를 쓰는 것이 아닌 사는 것의 전문가다.

"그만 사라고 잔소리하면 싫어할 거지?"

그는 보통 대답도 없이 이미 사라져 있다.

우리가 도착한 서점은 벨사이즈역 바로 앞에 있는 던트북스다. 던트daunt는 위협을 느낄 때를 의미하는 단어인데, 서점 이름으로 꽤 괜찮다. 책을 사랑하는 이는 어떤 서점에서든 거의 생명의 위협을 느끼기 때문이다. 그것은 프랑수아즈 사강이 소설에서 쓴 표현과도 맞닿아 있다. 그의 말을 빌리자면, 우리는 추하고 못생긴 것을 볼 때는 마음이 편하지만 아름다운 것을 볼 때는 감탄해야 하므로 벅차다. 아름다운 것은 아름다운 스트레스를 준다. 나는 이미 감탄에 질려 있다. 이런 나를 누구보다 잘 아는 지현은 서점에 들어서는 내 옆얼굴을 보고 헛웃음을 짓는다.

"질리지도 않냐."

우리의 우정은 서로 얼마나 비슷한지를 느끼고 감탄하는 것이 아니라 이토록 다른 서로를 얼마나 참아줄 수 있는지 그 한계를 시험하고 감탄하는 방식으로 이루어진다. 서점에 들어서자마자 우리는 뿔뿔이 흩어진다.

요정이 몰래 포장을 찢어둔 것 같은 책들이 깨끗이 닦인 쇼윈도에 진열되어 있다. 고동색 나무 몰딩이 둘러진 통유리창은 동네 서점다운 소박함과 런던의 클래식함을 모두 담고 있다. 서점으로 들어가는 것은 진입이 아닌 등장이다. 그때 나는 항상 머릿속에 춤추기 좋은 노래가 울려 퍼지는 기분이 든다. 나의 겉에 고립의 끈을 두른다. 나는 홀린 듯 그 서점에 있는 거의 모든 책을 손으로 눈으로 한 번씩 훑고 이내 서점 직원에게 질문을 시작한다. 이 책 있어? 이 작가 소설 아무거나 좀 보여줄 수 있어? 새로 나온 책은? 혹시 이 에세이집 읽어봤어?

도시의 차이를 실감하는 방법 중 하나는 나라마다 선호하는 작가를 관찰하는 것이다. 뉴욕의 모든 서점에 반드시 있는 책이 런던의 서점에는 없고, 반대의 경우도 많다. 독일의 국민 작가는 같은 유럽에서만 알아주는 경우도 있다. 모든 도시의 서점에서 반드시 볼 수 있는 이름이 있기도 하는가 하면, 이 도시에서 누구나 아는 작가가 저 도시에서는 무명이다. 이 작가와 저 작가, 이 도시와 저 도시를 전부 사랑하는 나는 그 변방에 서 있는 독자로서 자부심을 갖는다.

쓰는 사람의 정체성은 읽는 사람의 정체성을 넘어설 수 없다. 쓰는 이는 누구보다 더 지독하게 읽는 사람이어야 한다. 읽고 싶은 욕망이 쓰고 싶은 욕망 위에 선다. 서점은 질투 없이 깨끗한 경외심으로 작가들을 우러러볼 수 있는 장소다. 나는 그 모든 공간에 활짝 항복한다. 아름다운 서점은 무형의 직업을 실체로 보여주며 내게 말한다. 글을 써. 이것보다 더 멋진 일은 없어.

지현이 내게 다가온다. 나는 말한다.

"한 권 골라, 사줄게."

지현은 결코 그 책을 끝까지 읽지는 않을 테지만 그 책을 함께 샀던 시간을 기억할 것이다. 읽으려고 사는 책만 있는 것은 아니니까.

"이 책 어때?"

그가 집어든 건 햄스테드 히스 지역(우리가 지금 있는 곳과 멀지 않은 지역) 이야기를 담고 있는 책이다. 첫 페이지를 넘기니 햄스테드 공원과 호수를 중심으로 그린 귀여운 지도가 나왔다. 우린 동시에 이 책에 반해버렸다.

그는 반짝이는, 아니 거의 이글거리는 눈빛으로 말한다.

"좋다. 사줘."

"알겠어. 꼬옥 다 읽어야 돼."

"알잖아. 절대 못 읽는 거."

그럴 때 나는 우리가 가장 좋아하는 우리만의 농담을 한다.

"그래, 읽지 마. 내가 대신 읽고 무슨 내용인지 알려줄게."

나는 지현이 읽고 싶은 책을 대신 읽고, 그에게 밑줄이 잔뜩 쳐진 책을 건네고, 그가 그 밑줄들을 읽고 뿌듯해하는 것을 좋아한다. 책을 싫어하는 사람과 좋아하는 사람의 우정이 만들어낸 문화다.

우리가 좋아하는 또 다른 농담 하나가 뒤를 잇는다. 몇 십 번 반복되는 주제곡 같은 농담이다.

"지혜야, 근데 나 사람들이 책 좋아할 것 같다고 책 추천해 달라는데…… 뭐라 그래야 돼?"

우리는 웃는다. 피식.

"언니 책 싫어하잖아……."

이 파트에서 지현이 만약 자신이 책을 좋아한다고 반박한다면 분위기가 싸해지면서 우리가 친하지 않음이 증명될 것이다. 그러나 우리는 더 깊숙이 파고들어 서로의 민낯에 대해 말한다. 그러면서 나는 우리가 전에 했던 대화를 떠올린다.

"네가 추천해 줬던 그 책, 아직도 다 안 읽었잖아. 고슴도치 뭐시기……."

"『고슴도치의 우아함』(눈을 마주치지 않고 속눈썹을 뷰러로 올리면서 말하다가 지현을 쳐다본다). 그게 그렇게 외우기가 어렵니?"

나는 한심스럽다는 듯 웃는다.

"아, 그때 우리 캠든아트센터 갔던 날, 화장실 다녀오면서 보니까 언니 『데미안』 읽다 그냥 덮더라. 한숨 쉬면서……."

"도저히 못 읽겠더라."

다른 날은 그가 실망한 투로 말한다.

"어떻게 된 게 책에 그림이 없어."

"알겠어. 다음에 만화책 사줄게."

"꼭 그림 많은 걸로 사줘야 해."

(그는 한국에서 제일 좋은 대학을 나왔고, 나는 아직도 그것을 이해할 수 없다.)

사람들에게 받는 다른 오해도 자주 대화의 주제가 된다.

"나보고 단단함을 닮고 싶대."

"언니? 언니가 단단하다고? 언니 거의 두부인데……."

나는 코웃음을 친다. 그는 내가 아는 사람 중 가장 여린 심성을 가진 사람이다. 단단함과는 거리가 멀지만 그의 무심함이 그런 오해를 불러오기도 한다. 사람이 사람을 알기란 아주 어렵다는 것을 서로가 받는 오해를 통해 확인한다.

"나보고는 차분할 것 같대."

"너 너무 시끄러운데."

"그러니까. 나 언니한테만 무뚝뚝하잖아."

"어, 넌 꼭 뒤에서 내 칭찬 하더라. 도대체 왜 그러는 거야? 앞에서도 좀 해줘."

"노력할게……."

나는 사랑하는 사람들에게는 대놓고 칭찬을 못 하는 스타일이다. 마음에 비해서 말은 가난하다. 사람들은 내가 매일 후회 없이 표현하는 사람이라고 생각하곤 한다. 그런 오해는 대부분 칭찬으로 온다. 사실은 내가 정반대라 말해도 겸손이라고 한다. 모르는 사람에게는 단면적인 좋은 모습만을 보일 수밖에 없다. 그게 가식적인 제스처가 아니라고 해도. 그러면 우리는 졸래졸래 서로에게 돌아가 말하는 것이다.

"아닌데……."

나 자신의 마음에 들지 않는 내 모습을 진정으로 고백하는 건 친한 친구에게만 가능하다. 쓸데없는 자존심을 부릴 이유가 없고 잘 보일 필요도 없다. 우정은 모든 패를 내보인다. 세상에 나갈 것을 대비해 미리 망신을 당하기 위해서 우정이 존재하는지도 모른다. 우리는 우리가 얼마나 찌질하고 얼마나 별로인지 잘 알고 있다. 그리고 그걸 인정하는 일은 대개 허탈하지 않다. 그래서 나는 그에게만 유일하게, 내 치부, 비굴하고 못난 나, 부모님에 대한 불만까지 넌지시 고백한다. 그도 마찬가지다. 판단과 조언 없이 들어만 주기에 가능한 일이다. 내가 보인 약점이 은은한 공격이 되어 돌아오지 않는다. 그와 나의 대화에는 서로를 흠잡으려는 시도나 잘잘못을 따지는 편협함이 없다. 나는 지현의 앞에서 그대로의 나일 수 있다. 좋은 면을 응원해 주는 미덕보다 부족한 면을 비난하지 않는 덕목이 우정을 유지하는 데 더 중요한 역할을 한다. 그런 우정 안에서 우리는 안심하며 성장한다. 각자가 가진 오류들이 끝내 수정 불가할지라도. 오직 스스로를 비웃을 수 있고 함께 비웃을 수 있는 우정을 가진 자만이 자신의 못난 점을 가볍게 만들 수 있다. 들어주고 말하는 과정에서, 어리석은 우리는 서로의 지지를 얻는다. 이런 나도 너와 함께이니 괜찮을 거라는 지지.

누군가를 알려면 그 사람의 모든 점을 다 알겠다는 각오가 필요하다. 그것은 한 권의 책을 읽는 것과 다름없다. 한 권의 책은 한 권의 사람이다. 단면적으로 아는 그의 우아한 모습보다 의미가 전부 다른 다양한 모습에 대한 기억이 관계의 자신감을 이룬다. 그 책이 정말 재밌다고 말하는 사람에게, 그 책은 사실 초반이 굉장히 지루하고 가끔은 논리에 맞지 않는 에피소드가 등장하며 중간에는 장난기만 가득하다고 말할 수 있다. 단점을 잘 안다는 것을 뽐내다가 마지막에는 이렇게 덧붙일 수 있다. "그런데 그 부분은 그 책의 가장 근사한 부분이 아니에요. 훨씬 경이로운 부분이 많이 숨어 있어요. 꼭 끝까지 읽어봐요." 많이 안다는 것은 모든 모습을 안다는 것, 모든 모습을 사랑할 줄 안다는 것과 같다.

책과 사람의 다른 점은, 사람의 분량은 정해져 있지 않고 계속 늘어난다는 점이다. 우리가 친해질수록 몇 년 전을 돌아보며 "그때만 해도 우리 안 친했네"라고 말하는 것을 보면 알 수 있다. 충분히 알았다고 생각해도 사람은 끝까지 알 수가 없다. 거의 끝부분이라고 생각했는데 돌이켜보니 시작에 불과했다는. 너라는 이름의 책은 계속 늘어난다. 함께하는 고민의 농도가 짙어질수록, 서로를 더 세세히 알아갈수록. 그런 시기가 오려면 우선은 서로의 흠을 알아야 한다. 한 소설가가 장편소설의 긴 서사를 이끌어가기 위해서는 반드시 나사가 풀린 부분이 필요하다고 한 것처럼. 우리의 나사는 대부분 풀려 있다. 서로를 다 읽으려면 이 편이 효과적이라는 것을 알기 때문이다. 지현의 나사 풀린 모습을 누구보다잘 알고 있다는 것은 나의 확실한 자랑이다.

나는 네 권, 지현은 한 권의 책을 품에 안고 서점에서 나왔다. 나흘이 지났고 크리스마스가 왔다. 서점에서 산 책은 아직 단 한 줄도 읽지 않았다. 그건 트리 옆에서 소품으로 전락했다.

쌓이지 않는 눈이 내린다

서양의 크리스마스는 가족이 없는 사람들에게 서글픈 행사다. 상점은 모두 문을 닫는다. 거리에도 사람이 없다. 애매하게 친한 친구라면 유럽의 크리스마스에는 함께 있을 수 없다. 그랬다가는 세상에 둘만 남겨진 상황에서 우정의 얕음을 확인하게 될 테니까. 지현과 나는 다행히도 충분히 친했다. 휴일 당일에는 집에서 요리해 먹는 것 말고는 할 수 있는 일이 없으니 대신 크리스마스 이브를 재밌게 보내보기로 했다. 유럽의 겨울 외출 계획을 축약하면 다음과 같다. 버스를 타러 가는 길에 담배를 피우다 이층 버스가 도착하면 후다닥 꽁초를 버리고 올라타 강가에 있는 특별 개장 스케이트장으로 향한다. 우리는 스케이트장 입구에서 지현의 그리 친하지 않은 런던 친구 Y와, 연말을 맞아 유럽 어딘가에서(헝가리였나, 덴마크였나?) 런던을 방문한 Y의 친구를 만나기로 했다.

그들을 마주치자마자 우리는 호들갑을 떨며 인사를 했는데, 친하지 않은 사이에서 발생하는 침묵을 빨리 건너뛰기 위함이었다. 그들은 억지스러운 미소를 거쳐 슬픈 소식을 전했다. 비 때문에 취소됐대요. 이때 지현과 나는 서로 빠르게 눈을 마주쳤다. 사실 우리는 외출을 하기 싫었다. 어떤 핑계를 대며 나가지 말까 고민하다가, 인간적으로 크리스마스이브에는 남들처럼 좋은 데도 가고 좀 그러자, 라며 꾸역꾸역 나왔던 것이다. 말은 안 했지만 그녀와 나는 같은 생각을 하고 있었다. 앗싸, 빨리 다시 집으로 가자…….

길바닥에서 우리는 그 두 여자와 잠시 이야기를 나눴다. 나이에 대한 이야기였는데 우리와 처음 만난 Y의 친구는 이렇게 말했다. 아, 두 분 친구라고 하셔서 동갑인 줄 알았어요. 나는 생각했다. 헤어지자마자 지현이 분명 이 말을 언급하겠지. 하지만 우리는 연기에 능하다. 궁금하지도 않은 것을 묻는다. 이제 어디로 가요? 속으로는 그쪽도 우리도 똑같은 생각을 하고 있을 것이다. 밥 먹자고 하지 마, 제발…….Y와 Y의 친구가 우리와 좋은 친구가 되지 못할 거라는 뜻은 아니다. 다만 겨울의 우리는 늘 피곤하고 그래서 아무렇게나 행동해도 참아줄 수 있는 사람이랑만 같이 있을 수 있다. 상냥함은 새해부터 실천하면 된다. 우리 넷이 지금 레스토랑에 간다면 대화는 뻔하다. 어디 살아요? 직업이 뭐예요? 언제 다시 돌아가요? 두 분 어떻게 친해지셨어요? 인스타 뭐예요? 피곤한 일이다. 다행히 그쪽에서는 불안하고 다급한 얼굴로 다음 행선지를 설명했다. 조금 피곤한 티를 내면서. 아, 다행이다. 우리는 다른 방향으로 흩어진다. 지현은 충분히 멀어진 그들의 뒷모습을 확인하고 말했다. 아니, 뭐, 나이가 같아야만 친구야? 내가 말한다. 내 말이…….

언니라는 호칭이 이름 대신 쓰이는 건 한국에만 있는 문화다. 서양 사람들은 나이 차에 상관 없이 그냥 이름을 부르니까. 한국에서 자란 사람이라면 언니라고 말할 때 일종의 애틋함을 느낄지도 모른다. 나보다는 더 어른 같은 그 여자에게 기댈 수 있을 것 같기도 하다. 그러나 정해진 용어 안에서의 관계는 오해를 받기 쉽다. 언니 역할과 동생 역할이 정해지기 때문이다. 그럴 때 나는 김이 새는 기분이 든다.

지현과 격의 없이 지내는 내게 '언니'라는 말은 전혀 다른 의미를 띤다. 내게 언니란 지현을 의미한다. 대명사가 아니라 고유명사다. 내가 이름을 붙이지 않고 그냥 언니라고 한다면 지현을 말하는 것이다. 단순히 나이가 많아서 그를 언니로 부르는 것이 아니다. 존경과 애정을 담은 친언니 같은 존재로서 나는 그를 언니라고 부른다. 그 단어의 울림 때문인지 우리가 친자매인 줄 아는 사람들도 제법 있다. 언니라는 말에는 내가 지현에게 의지했던 많은 시간과 한국적인 애틋함이 섞여 있다.

언니, 가는 길에 아사이볼 주문해. 올 때와 같은 버스를 반대 방향에서 타고서 나는 말했다. 언니는 내게 코코넛 플레이크와 바나나를 추가할지 묻지 않는다. 오래된 사이는 퍽 참신하다. 모든 설명을 생략할 수 있는 데다 심지어는 쌓인 데이터에 맞춰 응용도 가능하기 때문이다(물론 그는 내 인스타 아이디가 뭐냐고 묻지 않는다). 집에 도착한 우리는 넷플릭스를 틀고 라디에이터에 등을 붙이고 앉아 배달된 종이 봉지를 일사불란하게 뜯는다. 크리스마스에 스케이트를 타지 못한 일도 어쩐지 전혀 아쉽지가 않다. 평범하지 않은 사이 안에서는 평범한 날이 없다.

크리스마스가 지나고 우리는 언니의 회사로 갔다. 지현은 3년간의 석사 과정을 마치고 바로 취직해서 런던에서 첫 경력을 쌓았다. 연휴라서 회사에는 아무도 없었다. 지현은 짐을 챙긴다. 컴퓨터 본체와 키보드를 곁에 가져다 두고 서랍에 있던 노트와 필기도구, 입사할 때부터 포트폴리오로 모아둔 작업들을 박스에 담는다. 나는 지현의 생활을 반만 알고 있었다는 것을 깨닫는다. 미리 부탁해 둔 열쇠로 문을 열고 직원들이 없는 공간에 들어가는 그의 뒷모습에서 직장인으로 살았던 언니의 생활에 대해 내가 무지했음을 느낀다. 간식을 챙기는 모습, 퇴근 후 15인치 맥북이 들어 있는 돌덩이 같은 프라이탁 가방을 내팽개치고 양말을 벗는 모습 정도가 그의 고단함을 어렴풋이 가늠할 수 있는 전부였다. 지현은 내게 회사 생활에 대해, 자신이 하는 일에 대해서 자세히 이야기한 적이 없다. 나는 그가 공항 면세점 정도로 규모가 큰 공간을 기획하는 디자이너라는 것만 알고 있었다. 나는 도대체 얼마나 많은 무관심으로 그를 서운하게 만들었던 것일까? 문득 두려워 눈을 질끈 감는다.

지현의 회사는 그가 뜬구름 잡듯 말한 업무들이 구체적으로 기록되어 있는 공간이었다. 회사에서의 동선, 페이스타임에서 보였던 지현의 어깨 너머 시야, 홀짝거리던 머그 컵과 은색 텀블러. 지현의 모든 물건이 퍼즐처럼 맞춰지고 나는 그것을 새로 발견한다. 그리고 서랍에서 꺼내진 노트를 본다. 그를 생각하면 표지가 딱딱한 제일 큰 사이즈의 몰스킨 노트가 떠오른다. 큰 노트는 그의 상징이었다. 그게 멋있어 보여서 비슷한 노트를 따라 샀던 적도 있었다. 요령이 없으면 중앙이 접히는 노트를 천천히 넘기면서 나는 지금으로부터 시간을 거슬러 지현의 사건들을 생각한다. 그러니까 그 노트를 들고 처음 나를 만났던 지현의 대학생 시절과 내가 미처 알지 못하던 그의 고등학생 시절, 그 이전의 모든 시절을 떠올린다. 세라 케인의 글은 이런 상황에 딱 들어맞는다.

오직 너를 더 일찍 알지 못했음에 아쉬워하고.*

나를 알기 전의 지현에게 감사하며 그 아쉬움을 숨기려 우리
가 매일 하는 농담을 한다. 학생 때 안 만나서 다행이야, 만났으면
노느라 우리 둘 다 대학 못 갔어.

서랍에서 나온 것 중에는 중간 사이즈의 노트도 있었다. 와,
이것 좀 봐. 나의 손가락이 멈춘 곳에 2017년의 지현은 이렇게 적
어두었다. 지혜에게 편지 쓰기. 나는 내가 런던에 도착하자마자
받았던 편지를 떠올렸다.

편지에는 언제나 우리가 통과하고 있는 시기가 반영되어 있
다. 나는 내가 쓴 글이 아닌 언니의 글로 나의 어떤 시기를 정확히
기억한다. 소설이 당시의 시대상을 담고 있는 것처럼 우리가 서로
에게 쓴 글은 그 시대에 살고 있는 우리의 상황을 담고 있다. 편지
는 고전소설처럼 한 개인의 내면에 집중하고 있다. 힘에 겨웠던
내 지난날들은 그의 걱정으로 소화되어 편지에 나타나 있다. 포르
투갈 공항에서 썼어. 언니가 말했다. 나는 말보로 스트리트에 있
는 지현의 집에 도착한 날, 거실에서 혼자 편지를 읽는다.

나의 분명한 지혜야.

*   「Crave(갈망)」, 세라 케인.

쓸데없이 헤매지 마.

너의 미래는 오늘 하늘처럼 맑아.

나는 눈앞에 있는 런던의 희뿌연 하늘이 아닌 포르투갈의 찬란한 하늘을 떠올린다. 지현은 항상 내게 햇살 같은 말들을 보낸다. 나의 단점을 전부 파악하고 있지만 그것이 그가 나를 신뢰하는 일에 지장을 주진 않는다. 서로에 대한 존경과 감탄이 없으면 우정은 오래가지 못한다. 그 사람의 가능성을 믿을 때 우리는 서로를 더 오래 원할 구실을 얻는다. 지현이 내게 주는 마음은 나의 혼돈을 교정하곤 했다. 여러 경우에 마음의 날씨를 바꿔버리기도 했다.

내가 런던에 오기 전 지현과 주고받았던 메시지에도 날씨에 관한 것이 있었다. 코로나가 심했을 때 지현은 중국어 단어 포스트잇이 다닥다닥 붙은 책상에서 거의 2년간 재택근무를 했었다. 그때 그가 창문으로 붉은 벽돌과 굴뚝이 내다보이는 뒷마당을 찍어 보내며 내게 말했었다.

"런던에도 눈이 오긴 했어. 흩뿌리는 눈. 하루 종일 쌓이지 않는 눈이 내리고 있어."

마침내 우리가 함께 있을 때 런던에 눈이 왔었나? 기억나지 않는다. 기억나는 것은 짐을 챙겨 집으로 향했을 때 우리 앞을 가로막았던 동화 같은 안개뿐. 날씨는 춥지 않았다. 우리는 잠옷을 입고 그 위에 패딩을 대충 걸친 채로 다녔다. 패션에 관심이 없는 지현은 내가 새로 산 무스탕이 따뜻하다며 줄곧 그것만 입고 다녔다. 우리의 이 시기는 멋도 없고 말도 없었다. 나는 혼자 노팅힐에 가서 은으로 된 수건걸이를 사 오기도 하고 잠깐 다른 친구를 만나서 술 한잔을 하고 돌아오기도 했지만 모든 시간은 결코 일반적인 여행스럽지 않았다. 런던은 그가 세금을 내고 출근하는 도시가 더는 아니었다. 곧 떠나보내야 하는 하나의 추상적인 출발지로 변했다. 지현은 본격적으로 귀국 준비에 속도를 냈다.

　　귀국 일주일 전, 지현은 마지막으로 친구들을 만나는 일정을 빽빽이 잡았다. 지현의 친구들이 그를 보러 각자 약속된 시간에 말보로 스트리트의 집 앞에 도착했다. 나는 그들을 지현의 설명으로 기억한다. 같이 전시했던 친구, 한국에서부터 알았던 친구, 닮고 싶은 면이 많은 친구, 함께 여행을 갔던 친구, 실망했지만 끊어 내기 힘든 친구. 모든 친구들은 이별을 앞두고 그에게 전부 소중해진다. 그들의 마음에 울음이 맺혀 있다. 한 명이 울기 시작하면 눈물은 멈출 줄을 모른다. 나는 그중에서 유일하게 울지 않는 사람이다. 우리는 너무 친해서 다른 사람들에게 그저 함께 있는 모습을 보이는 것만으로도 소외감을 느끼게 할 수 있다. 그래서 필요할 때는 최대한 서로에게 무심한 척을 한다. 때때로 나는 꼭 주변인을 자처해야만 한다. 그러나 나는 왠지 그것이 서운하지 않다. 서로 작별하는 그들 곁에서 언니의 변호인이 되는 일이.

나는 지현이 사람들과 작별하는 것을 보면서 서로가 맡고 있는 역할에 대해 생각한다. 우리는 서로에게 현관 같다. 다른 사람들이 오고 가는 것을 전부 지켜볼 수 있는 통로. 현관은 기다린다. 현관에는 새 가구가 들어서지 않는다. 밖으로 나갈 수 있는 신발과 가장 자주 입는 외투가 꺼내져 있는 곳이기도 하다. 집과 밖을 잇는 최전선의 작은 공간을 우리는 무심히 스친다. 아무리 좁은 집에도 현관은 존재한다. 외국이든, 한국이든, 호텔이든, 집이든. 앞으로 그의 마음이 얼마나 좁아지든, 거실과 응접실에 누구를 초대하든, 나는 늘 현관을 지킬 것이다. 현관은 서운해하지 않는다. 서로 작별하는 그들 곁에서 언니의 변호인이 되는 지금, 어느 때보다 그에게 내가 꼭 필요한 사람이 되었다는 것을 느낀다.

지현은 나머지 짐들을 거의 다 팔아치웠다. 안 쓰는 립스틱부터 액자, 나무로 된 4단짜리 보석함, 선반이 달린 책상, 매트리스, 옷걸이, 다리미, 책장, 컵 받침 등. 비워지지 않을 것 같던 집이 텅 비어갔다. 출국 날짜가 가까워오자 지현은 밀려오는 감정을 감당하기 벅차했다. 이맘때 나는 툭 건들면 터질 것 같은 풍선 같은 지현의 모습을 처음 보았다. 그 안에는 이별을 향한 두려움이 팽배해 있었다. 지현의 경직된 얼굴은 때로는 불편하고 매서웠다. 지현은 내게 짜증을 내었다. 쓰레기봉투를 사다 달라고 말하다가 대뜸 신경질을 낸 일은 평소와 달리 웃어넘기기 힘들었다. 리츠 호텔에 예약한 애프터눈 티 코스에 갔을 때도 비슷한 상황이 일어났다. 화가 치밀다가도 한편으로 생각했다. 언니는 날 엄마만큼 사랑하네. 내가 엄마한테 하는 거랑 똑같아. 무슨 말을 해도 엄마는 내 편이니까 쉽게 내버리는 신경질처럼.

서로가 소중할수록 선을 지키라는 말은 맞는 말이지만 한편으로는 애잔하다. 선을 넘어야 사과와 용서도 가능해진다. 다툼은 우리가 얼마나 서로에게 함부로 할 수 있고 또 얼마나 함부로 서로를 용서할 수 있는지 깨닫게 해준다. 짐 싸는 것 말고는 아무 사건도 없던 이날들 가운데 그 위기와 화해는 유머러스하게 추억되었다. 그때를 회상하며 우리는 이야기한다. 그때 진짜 한 대 치고 싶었어. 그는 웃으며 답한다. 그때 나 정말 잘했어. 변명 없이 딱 사과만 한 거.

떠나기 전날 마지막 저녁을 햄스테드 히스 공원에서 보내기로 했다. 내 빈티지 무스탕을 입은 지현이 말했다.

내가 런던 사는 내내 제일 좋아했던 곳이야.

리트리버들이 진흙 위를 쏘다니는 곳. 스키복을 입은 아이들이 나뭇가지를 문 개들을 뒤쫓아 가는 곳. 지현이 좋아하는 정겨운 언덕과 주황색 석양이 있는 곳. 그곳에서 우리는 많이 울었다. 그는 꺼이꺼이 어깨가 들썩이게 울었다. 그러다 지현이 내 모습을 보더니 웃어버렸다. 중고 거래 때문에 챙겨 나온 옷걸이 묶음이 내 어깨에 주렁주렁 매달려 있었다.

우리는 집에 도착해서 마지막 청소를 마쳤다. 국제 택배로 짐을 처리하고 나니 지현의 방에는 짐 가방이 딱 세 개 남아 있었다. 23인치 하나, 빨간색 땡땡이 무늬 이민 가방 하나, 기내용 배낭 하나. 나는 표를 바꿔 그와 같은 비행기에 탔다. 코로나로 인한 해외 방문 규제가 가까스로 해제된 직후라, 우리 구역에 탄 사람은 지현과 나를 포함해 여섯 명 정도였다. 우리는 밀린 잠을 잤다. 그는 더 이상 울지 않았다. 그때 우리는 우리의 20대가 진정 끝났다고 느꼈다.

돌아오자마자 각자의 부모님 집에서 일주일간의 자가 격리를 마치고 지현과 나는 서울에서 다시 만났다. 우리는 봄이 오기 전 견딜 수 없이 지긋지긋한 겨울을 서로의 집을 오가며 버텼다. 설날을 전후로 폭설이 내렸다. 그때 지현과 나, 우리 아빠는 셋이서 동네 앞산으로 산책을 갔다. 눈을 밟으며 실컷 웃었다. 한국의 겨울이 런던보다 훨씬 아름다워서 다행이라고 생각했다.

런던에서의 겨울은 그렇게 빠르게 잊혔다. 지현은 새로운 회사에 입사했고, 나는 조금씩 다시 여행하기 시작했다. 한국 생활에 적응하려 노력하면서 지현은 힘들어했다. 런던이 그리워서는 결코 아니었다. 그는 한국에서 몇 년간 이곳에서만 할 수 있는 경험을 한 뒤, 다른 도시에서 다른 삶을 살 것을 벌써 꿈꾸고 있었다. 나는 똑같은 고민을 하고 있었다. 살 곳을 고민하는 공통의 불안은 우리의 가장 큰 동질감이었다. 우리, 다음엔 어디서 살까? 언니 있는 곳에서 내가 살게. 우리는 한 치 앞도 알 수 없는 미래를 무시하고서, 수시로 이런 말들을 주고받았다.

우리는 새로운 미래를 함께 고민하기 시작했다. 그건 우리가 제일 잘하는 일이었다. 이상과 환상이 아닌 현실적인 고민들. 이민 비자, 연봉 협상, 적금, 막연한 희망이 아닌 구체적 방법들. 다음 목적지를 위한 구체적인 조건들.

베를린에서 P를 만났을 때도 익숙한 이야기들을 했다. 살 곳을 고민하는 일과 실패에 대한 회상. 그는 30대인 지현과 나의 다른 버전이었다. 같은 시대를 살아가는 비슷한 나이의 30대 여자들은 서로를 모를 때조차 서로를 공감한다. 환상을 털어낸 삶이 우리의 동맹이다. 내보일 수 있는 고생을 지닌 친구들은 누구나 연대하고 있다.

신발 밑창에서 뽀드득 소리를 내는 눈밭은 존재하지 않는 환상에 가깝다. 날씨도 미래도 확실하지 않다는 것을 깨달으며 우리는 30대가 되었다. 하지만 쌓이지 않는 눈은 계속 내린다. 그 눈처럼 삶은 우리에게 쌓이지 않고 질척거리지도 않는다. 삶은 겉으로는 예뻐 보이지만 성가시고 가끔은 허무하다. 고생도 기쁨도 흩뿌리는 눈처럼 그냥 지나간다는 것을 우리는 이제 알고 있다. 그럼에도 불구하고 우리가 서로의 모든 고생과 기쁨을 지켜봐 주고 있다는 사실은 큰 위로가 된다. 우정은 우리 삶에 매일 축적되는 유일한 날씨다. 신비도 설렘도 없이, 오늘도 언니의 문자가 내게 도착한다.

평평 쏟아지는 것은 우리의 대화만으로 족하다. 그것만은 결코 환상이 아니다.

3.
네가 되는 꿈

너는 얼마나 멀리 날아갈까
네 몸의 아름다움으로부터

-진은영, 「빨간 풍선」[*]

* 『나는 오래된 거리처럼 너를 사랑하고』, 진은영, 문학과지성사.

채식주의자

블랙커피에 오트 밀크Oat milk를 조금 넣는 취향이 생겼다. 카페에서 라테를 주문할 때 오트 밀크와 레귤러 밀크 중에서 선택하라는 질문을 받곤 했지만 나는 그 둘의 차이도 잘 모른 채 의식 없이 레귤러 밀크를 선택하곤 했었다. 베를린에 도착하자마자 간 카페에서 오트 밀크 카페라테를 먹어보고서 즉시 반했다. 이렇게 맛있는 거였다니. 그 순간 나는 한국 집에 두고 온 오트 밀크 한 통을 떠올렸다. 이케아에 가면 항상 있는 탁한 하늘색 우유갑에는 이런 문구가 적혀 있었다.

"You are one of us now(이제 너도 우리 중에 한 사람이야)!"

　지금 와서 생각해 보니 이 집에 사는 친구들이 내게 하는 말 같다. 베를린에 있는 동안에는 베를리너처럼 살아봐. 넌 이제 우리 같은 사람인 거야.

　이 도시의 건강한 유행은 채식이다. 어딜 가든 비건 레스토랑을 흔히 찾을 수 있고 일반적인 레스토랑에도 비건 메뉴가 반드시 마련되어 있다. 베를린만큼 비건으로 살기에 완벽한 도시도 없을 것이다. 삶을 변화시키는 유행이다. 생각과 다짐이 바탕이 되는 지속 가능한 유행. 개인의 선택이 있을 뿐 뒤처지는 일은 없다. 이 유행은 시간이 지날수록 정답이 될 것이며, 옷장 속에 하나씩 걸려 있는 철 지난 핸드백처럼 시들해지는 일은 없을 것이다. 매일 적어도 두 번 선택하는 음식은 생존과 연관되어 있기에 그렇다. 취향이 아니라 생존. 그리고 내 생존과 연결된 일은 다른 생명의 생존과도 연결된다.

　베를리너들이 사는 집답게 이 집의 오랜 유행 중 하나는 고기를 먹지 않는 것이다. 나 또한 지난 3주간 이곳에 살며 고기를 한 번도 먹지 않았다. 누구도 내게 눈치를 준 적은 없지만 나는 자연스럽게 학습했다. 아이에게 책을 읽는 모습을 직접 보여주는 것이 가장 큰 교육이라는 말이 떠오른다. 어릴 적 성경 공부 시간에 스치듯 읽었던 이야기도 떠오른다. 몇 주간 채소와 과일만 먹은 청년들의 얼굴에서 빛이 났다는 구절도 떠오른다. 10여 년간 비건으로 살아왔다는 옆방 사는 P의 얼굴이 존경스러울 정도로 아름다웠다. 작은 흉터와 붉은 기가 있는, 결심이 빚어낸 얼굴이다. 자신의 아름다움을 증거로 내놓는 경우를 나는 처음 목격했다. 그는 자신이 비건인 것에 대해서 자랑스러워하지 않는 눈치였다. 그건 그냥 그의 오랜 삶이었다. 그에게 채식주의자라는 자기소개는 키가 크거나 작은, 주근깨가 있거나 없는, 굳이 언급하기도 멋쩍은 선천적 특징처럼 보였다.

지금까지 내게 비건이 되는 일은 얼굴에서 뿜어져 나오는 빛이 아닌 하나의 의견이었다. 내가 각성을 덜 해서인지, 아니면 그저 나태에 대한 순진한 변명일지 모르겠으나, 올바른 일을 적극적으로 하는 사람들에게서 가끔씩 보이는 우월감에 거부감을 느꼈었다. 특정 행위 자체에 대한 거부감은 아니었다. 나는 채식을 위해 점차 노력하면서도, 내가 그것을 해낸다면 하지 말아야 할 행동들을 미리 정해두었다. 우위에 선 어떤 주장은 그걸 지키는 사람과 그렇지 않은 사람의 사이에 명백한 선 하나를 그었다. 아쉽게도 어떤 이들은 신념을 실천하는 일보다 신념 바깥에 있는 사람들과 멀어지는 일을 더 뿌듯해하는 듯했다. 그 안에서의 다툼과 비교는 건강하지 못했다.

소설 『인간에 대하여』에서는 이 같은 '태도 차이'에 의한 한 연인의 결별이 나온다. 기후연구자인 도라의 연인 로베르트는 도라에게 환경친화적인 삶을 강요한다. 환경친화적인 삶을 독려하는 것은 당연히 좋은 일이다. 하지만 문제는 로베르트의 태도 때문에 오히려 도라에게 내적 투쟁심이 생겼다는 것이다. 그래서 어느 날 도라는 로베르트에게 '언제부터 깊은 우려 때문이 아니라 자신이 옳다고 주장하기 위해 통계자료를 언급하게 되었느냐'며 주의하라고 말한다.*

무언가를 완벽하게 믿는 강인한 신뢰는 믿지 않는 사람을 배척하는 데 오용될 위험이 있다. 신념이 사랑의 반대편에 자리하기 쉬운 것도 바로 그 때문이다. 신념이 증오의 근거가 되는 건 위험한 일이다.

그렇다면 여행도 하나의 신념이 될 수 있을까? 여행이 하나의 절대적인 신념이 될 때도 사람들이 대립하는 경우가 발생한다. '삶을 여행처럼', '현지인처럼 살아보기'라는 문구 또한 결국 그렇지 않은 사람을 배제시킬 수 있다는 아쉬움이 있다. 그 말에는 여행을 삶처럼 해보자는 좋은 취지도 있지만, 빼곡히 적힌 계획표를 들고 바삐 여행하는 사람들을 향한 못마땅함도 아주 살짝 가미되어 있을지 모른다. 그런 여행은 진짜 여행이 아니라면서. 관광지만 돌고 인증샷을 남기는 여행은 최선의 선택은 아닐지 모르겠지

* 『인간에 대하여』, 율리 체, 권상희, 은행나무.

우정 도둑

만 모든 여행은 그만의 가치를 가진다.

오래전 나는 계획을 철저히 짠 다른 이들의 여행을 몰래 저평가하는 미성숙한 마음이 있었다. 그들과 분리되어 칭찬받고 싶은 욕망이 있었음을 고백한다. 의도치 않게, 그리고 몇몇 경우에는 계략적으로 선을 긋고 싶었다. 타인에게 박탈감을 주는 일이 꼭 수반되어야 한다면, 애초에 어떤 의도였든 그리 바람직한 일은 아닐 것이다. 오랜 기간의 멋진 여행이 나를 특별하게 만들었다는 유치한 착각 속에서 나는 오래도록 벗어나지 못했다.

그 오랜 착각이 마침내 소진되었다는 것을 깨달은 건 최근의 일이다. 뉴욕의 한 식당 앞에 도착했을 때 줄이 무척 길었다. 친구는 말했다. "이렇게 관광객 많이 오는 덴 줄 몰랐네. 한국인도 진짜 많네. 싫다." 나는 말하고 싶었다. "야, 우리도 한국인이고 관광객이야……." 몇 년 전의 나였다면 친구의 말을 내가 했을 것이다. 구별되고 싶기 때문이다. 친구가 돌아가고 나는 홀로 뉴욕에 남았다. 현지 친구들이 생기고 비자를 알아보기 시작했을 때, 한국어로 한마디도 하지 않고 지나가는 날에도 외로움을 느끼지 않았을 때 깨달았다. 이전에 나는 삶이 아닌 '여행'만을 하고 있었음을. 운좋게 외국에 사는 친구들의 집에 묵을 수 있었을 뿐 7시에 한인민박에서 일어나 엠파이어스테이트빌딩으로 향하는 여행객들과 내가 그다지 다르지 않았음을 느꼈다. 정도의 차이가 있을 뿐이었다. 그때 알았다. 친구와 나는 그저 로컬들이 잘 가는 식당을 잘 검색할 줄 알았을 뿐 결코 로컬은 아니었다. 우리는 로컬을 흉내 내는 데 능숙했고 그럴 여유가 있었을 뿐이다.

　20대에는 두세 달씩 해외에 머물 수 있는 상황에 감사했었다. 친구들이 발품을 팔아 힘들게 계약한 집과 매달 들어간 집세, 그들이 그곳에서 꾸린 현지의 진짜 삶을 빌려 나는 분에 넘치는 칭찬을 받았다. 용감하세요. 저도 그렇게 여행하고 싶어요. 특별한 여행이네요. 그건 내가 그들에게서 훔쳐 먹은 삶이었다. 그렇게 말하면 사람들은 말했다. 겸손하시네요. 하지만 정말 칭찬을 받으려고 가장한 겸손이 아니다. 나는 생각했다. 겸손할 게 있어야 겸손을 하죠, 자랑할 게 있어야 자랑을 하죠.

　여행은 더 이상 나의 자랑이 되지 않았다. 여행은 더 이상 의견이나 취향이 아니라 나의 기질이자 태도였다. 오랜 도피를 끝내자 그제야 내 가슴팍에 달고 있던 배지를 떼버릴 수 있었다. 남과 나를 구별 짓는 데 꼭 필요했던 배지였다.

　비건처럼 여행도 결국은 삶과 연결되는 하나의 태도다.

　신념을 전파하는 옳은 방법은 선을 긋고 사람들을 분류하는 일이 아니라 선을 지우는 일이다. 그 신념을 나를 돋보이게 하는 수단으로 사용하지 않을 용기를 가지는 일이다.

　좋은 것에 대해 말하는 행동은 꼭 필요하다. 그리고 그 말들은 변화를 위해 때로는 날이 서야 할 것이다. 반대로 따뜻한 설득도 존재한다. 부드러움이 수동적이라는 오해를 일단 풀어야 한다. P의 실천은 적극적이지만 전파는 조용히 이루어졌다. 그는 엄숙함 없는 햇살 같다. 그가 내게 가르쳐준 것은 고기를 먹지 않는 법이 아니다. 그는 내게, 동물을 고기로 부르지 않는 삶과, 고기를 먹지 않고도 그것에 대해 자랑하지 않는 법을 알려주었다. 신념을 자랑하지 않고 오직 실천하는 사람이 얼마나 강력한 영향력을 가지고 있는지 그를 통해 배운다.

풀만 먹으면 저렇게 아름다워질 수 있나? 그런 의문을 가지며 나는 일시적인 채식주의자가 된다. 미뤄왔던 숙원 사업은 오트밀크를 좋아하는 것부터 시작된다. 패키지가 예쁘다는 이유로 사놓았던, 무의식중에 누군가에게 내보이고 싶었던, 개봉하지도 않은 그 우유갑의 유통기한을 걱정하는 일로부터 시작된다. 나는 고기를 먹어야 건강하다는 오랜 강박을 까마득히 잊는다. 두부와 채소를 먹으며 내 얼굴의 빛깔도 그를 닮아간다.

그의 방에서 피아노 소리가 들려온다. P는 이따금씩 방에서 같은 곡을 반복해서 연습한다. 그의 선율은 말없는 초록빛이다. 삶이 묻어 있기에 증명하지 않아도 나는 느낀다. "나는 달라." 말하지 않아도 그는 다르다. 고양이는 눈꺼풀을 내려놓는다. 연주가 끝나면 곧 그는 복도에 놓인 그릇에 고양이 밥을 올려둘 것이다. 이 집에서 생선 통조림은 오직 그들의 것이니까.

30대 여자들

그 집의 법칙은 다음과 같다.

• 열쇠를 왼쪽으로 돌리지 말 것(열쇠공을 부르는 건 한화로 50만 원 정도다).

• 잘 때는 모든 방의 문을 살짝 열어둔다(고양이가 들어올 수 있게 하기 위해서).

• 낮 동안에는 방문이 열려 있으면 들어와도 된다는 의미다.

- 거실 소파 앞에 꽂혀 있는 맥북 충전기는 P의 것이지만 사용해도 좋다.

- P가 부재 시 고양이 밥은 하루에 여섯 번에 나눠서 주어야 한다.

- P가 부재 시 테라스에 있는 식물들에게 물을 주어야 한다.

- P의 방에 있는 피아노는 아무 때나 쳐도 된다.

- 고양이들을 낮잠에 들게 하려면 피아노 연주가 제법 효과가 좋다.

- 거실에 있는 창문은 아무리 더운 날에도 절대 열지 않는다(고양이가 떨어졌던 적이 있기 때문).

- 거실 복도에 있는 작은 냉장고에는 김치와 주류만 넣어둔다.

- P가 만든 김치를 꺼내 먹으려면 사전에 동의를 구해야 한다.

- 한식은 그릇에 빨간 자국이 남기 때문에 다 먹은 즉시 물에 조금 불렸다가 식기세척기에 넣는다.

- 남은 음식은 채소를 두는 바구니 앞에 그릇째 덮어두며 누구든 먹을 수 있다.

- 버터와 올리브유, 간장, 후추, 소금, 설탕, 고추장 등 조미료는 공유한다.

- 맥주와 와인은 소유자가 집에 없을 시 일단 먹고 빠른 시일 내에 똑같은 것으로 채워 넣을 수 있다.

- 화장실을 늘 깨끗하게 유지한다.

- 가끔 F의 방에서 영화 상영회를 한다(주로 동양 고전 예술 영화).

- 잠은 각자의 방에서 잔다.

- 12시 이후로는 대체로 정숙한다.

그들과 공유하는 일상 풍경은 다음과 같다.

- 테라스에 있는 의자에서의 아침 식사.

- 베를린 특유의 안뜰을 구경할 수 있는 테라스에서 네모나고 커다란 창들이 보이지만 'ㅁ' 자 모양이라서 어디가 어디인지는 알 수가 없다(H는 반대편 건물의 창문 너머로 어떤 남학생이 하드코어 록 음악을 들으며 미친 듯이 소리를 질렀다고 했지만 아쉽게도 나는 아직 마주치지 못했다).

- 정각마다 집 앞에 있는 성당에서 울리는 종소리.

- 맑고 명징한 이 동네만의 알람(낮에 H는 성당을 지나며 성가대가 연습하는 것을 구경하고, 나는 밤에 맞은편 사거리에 있는 독일 음식 테이크아웃 가게에서 감자튀김과 병맥주를 사 들고 성당 앞에서 합류한다).

- 성당과 강을 지나 10분 정도 걸으면 감탄을 불러일으키는 아름다운 도서관을 마주할 수 있다. 그곳에서는 한 명당 열 장씩 A4용지 프린트가 가능하다. 실내에 있는 큰 책상 네 개는 항시 만석이니 혹여나 기대하지 않는다. 일요일에는 4시까지만 운영한다.

- 집 앞 편의점은 3~4시까지 한다. 튀르키예 음식과 독일 음식을 먹을 수 있다. 미성년자로 보이는 알바생은 싸가지가 없다.

- 도서관으로 가는 길목에 테니스 용품점과 화방(독일에서 제일 큰

미술 용품 체인으로, 몇 군데 없지만 이곳엔 있다)이 있다.

- P가 집에 없다면 유기농 마트에 갔거나 구직센터에 갔을 확률이 높다(P는 도시 조경 설계사다).

- 새로 생긴 스페셜티 커피 카페테라스에 앉아 있으면 유기농 마트에 다녀오는 P와 마주칠 가능성이 매우 높다.

- 아침 9시에 여는 그 카페에는 꾀꼬리 같은 목소리를 가진 여자가 일하고 있다.

- 그 여자는 항상 얇은 링 귀걸이에 목 부분이 헐렁한 셔츠를 입고 주방에서 브런치를 담당한다. 오전 11시가 지나면 똑같은 검은색 요가복을 입은 쌍둥이 자매가 도착한다. 한 명은 서빙을 하고 한 명은 계산대를 맡는다. 구분할 수 없을 정도로 닮았지만 머리가 헝클어진 정도로 누가 누군지 간신히 알아볼 수 있다. 포니테일이 벌써 주저앉아 있는 이가 서빙하는 쪽이다.

- 마트 앞에 있는 '제일 자주 가는' 피자 가게는 월요일 휴무고, 현금만 받는다.

이 모든 것이 내 여름이 될 수 있었던 것은 P 덕분이다. P는 내가 묵고 있는 이 집에서 10년 넘게 살고 있다. 내 친구 H가 지난 11월 베를린 유학을 떠난 뒤로 P는 그가 현지에서 만난 유일한 친구이자 버팀목이었다. 집을 구하지 못한 H에게 마침 빈방을 싸게 내어준 것도, 직접 딸기케이크를 만들어 H의 생일을 챙겨준 것도 그였다. 수화기 너머로 H의 정착기를 듣는 내내 P의 이름이 거론되었다. 나는 H에게 질리도록 말했었다. 야, 그 언니 같은 사람 없다, 귀인이야. 잘해…….

P는 한 가지를 오래 사랑할 줄 아는 사람이다. 이 집에서 스물셋부터 살기 시작한 그는 오갔던 수많은 세입자들을 관리하고, 그들에게서 월세를 받아 집주인에게 일괄 송금하고, 집 전체를 총괄하는 역할을 하는 실세다. 그에게는 세월이 보장하는 권력이 있지만 그 권력은 눈치 빠른 배려로만 행해진다. 이 집을 제일 잘 아는 사람으로서 그는 집과 그 안에 사는 사람들을 세심히 살피는 일에 능숙하다. 나는 이 집에 세 들어 살고 있는 친구 H의 방에 간이침대를 얻었다. 거실 옆방에는 P의 동생과 F가 각자 방 한 칸씩 세 들어 살고 있고, 그들은 나와 간단히 인사만 나눈 뒤 바로 다음 날에 휴가를 떠났다. 그래서 P와 H와 나는 셋이서만 있을 기회가 많았다.

P와 많은 이야기를 나눌 수 있었다. 그럴 수 있었던 이유는 첫째로는 P가 독일어를 못 하는 나와 영어로 대화할 수 있었기 때

문이고, 둘째는 우리가 같은 30대이기 때문이었다. 베를린에 오기전 그가 SNS에서 나를 팔로우했다는 걸 알았을 때 나는 정말로 기뻤다. P의 인스타그램 피드는 자연을 보는 듯해서 '인스타그램'이라는 오염된 단어로 말하기에는 조금 아까웠다. 꾸며진 사진이 없었다. 사진에서 인화지 냄새가 났다. 나는 자신을 내세우려 노력하지 않는 사람, 애초에 타고나길 그런 데 관심이 없는 사람들이 좋다. 그는 나를 자연에 접속하게 한다. 잊고 있던 수수한 마음을 다시 찾게 한다. 그의 피드에는 아래와 같은 사진들이 있다. 외국인들 특유의 각도 상관없이 '막 찍은' 셀피, 홍조와 주름, 종이 패키지에 담긴 채소 씨앗, 보라색 꽃이 벽에 드리운 그림자, 전시 도록, 바람, 풀, 언덕, 토끼, 거위, 말벌, 호수, 청둥오리, 철길, 이탈리아 북부 지방의 작은 바다 마을에서 찍은 그와 똑같이 생긴 아버지의 선글라스 낀 얼굴, 침대에 누워 책을 읽고 있는 청바지 차림의 친구, 상반신이 잘린 그리스 조각상, 당근 주스, 모닥불, 비건 핸드크림, 안개, 튤립, 데크 위에서 붉은 7부 셔츠를 입은 채 레몬 맥주를 들고 피자를 물어뜯고 있는 모습, 고양이와 얼굴을 맞댄 모습 등이다. 글은 최소한으로 쓰여 담백하다. 나는 독일어로 된 글에 '번역하기' 버튼을 누른다.

2주 전에 검은 새 한 마리가 우리 집 마당에 알을 낳기 시작했다. 안타깝게도 누군가 둥지에 모래를 뿌렸고 우리가 알들을 구조했음에도 검은 새는 돌아오지 않았다.

　내가 이 집에 와서 제일 먼저 본 것은 테라스에 있는 수많은 화초와 사랑받고 있는 고양이들이었다. 다시 말하자면 생명들이었다. 우리의 첫 식사는 살아 숨 쉬는 발효 음식으로 이루어졌다. 그가 직접 담근 배추김치와 냉소바를 들고 그의 방으로 통하는 테라스에 나가 앉았을 때 H가 내게 말했다. 저기 천장에 있는 게 벌 호텔이야. P 언니가 사다 둔 거야. 벌들 와서 쉬라고.

　P는 생명을 다루는 데 탁월한 사람이다. 나는 그런 그를 오해하고 있었던 것 같다. 자연을 사랑하는 사람들은 착하고 조용할 것이라는 편견이었다. 음식이 담긴 그릇을 내어 올 때까지만 해도 나는 그가 이렇게 수다스러운 사람인지 알지 못했다. 그도 그럴 것이 나중에 H도 내게 속삭이듯 말했다. 그 언니 그렇게 수다쟁이인지 몰랐어.

　그와 이야기하는 것은 옳고 그른 이 없는 학회 같다. 그는 독일 30대 여성을 대표하고 나는 한국 30대 여성을 대표한다. 내가 묻는 것은 허접한 질문들이다. 여긴 데이트하는 거 어때? 여기 사람들 다 데이팅 앱으로 만난다던데. 그는 대답한다. 나도 종류별로 다 해봤는데 이건 정말 잠만 자려고 하는 거고, 응, 새로 생긴 그 앱은 대화 쫌 나누다가 잠을 자려고 하는 거…… 그리고 마지막으로 그 앱은 데이트 몇 번 하다가 자려고 하는 거…… 요즘 앱들 다 별로야. 남자 만날 데 없어. 그가 신나게 이 도시를 대변한다. 결국 베를린은 섹스의 캐피털(수도)이지! 모든 게 빨라 여긴. 그냥 퀵, 퀵이야. 잘 거면 자고 아닌 사람은 패스. 다 모여라! 내가 여기 있다! 아님 말고! 패스! 이런 주의야(P의 들뜬 모습에 H와 나는 놀라며 그 모습을 귀엽다는 듯 바라본다).

실제로 우리가 만나면 마약, 섹스, 실패한 연애에 대해서만 이야기하지 절대로 자연 같은 것에 대해서는 말하지 않는다. 함께 무언가를 좋아하는 건 우정의 물꼬를 트는 데는 다소 밍밍한 재료니까. 나도 아침에 카푸치노에 오트 밀크 타 먹는 거 좋아해…… 나도 고양이 키워 등등……. 그건 기본적인 맞장구일 뿐이다. 폭발적으로 가까워지려는 사람들은 네가 싫어하는 것을 나도 싫어한다고 말한다. 그래서 뒷담화는 우정을 위해서라면 꼭 나쁜 것만은 아니다. 오히려 우리는 너무 바르게 살려는, 우리가 다 큰 어른임을 증명하려는 힘을 조금 빼야 한다. 그리고 이때 험담은 남을 겨냥한 것이 아닌 우리의 지난 상처를 비웃는 일이어야 한다. 우리는 같은 30대 여자로서 놀랍도록 비슷한 상처들을 공유한다.

우리는 스스로를 놀린다. 지난 애인에게 들었던 말을 카드 패처럼 내보이며. 그는 말한다.

일반화하기 싫지만 그래. 항상 지적을 당해. 조언을 구한 적도 없는데 조언을 들어. 마치 고마워하라는 듯이. 한번은 내게 살이 쪘다고 했어. 아니면 이런 스타일을 시도해 보면 어떻겠냐면서. 마치 선심 쓰듯이.

내 상처를 탈탈 털어 말한 뒤에는 다른 친구들의 경험이 익명으로 동원된다. 우리 또래 여자들의 이야기다.

내 친한 친구는 다리 교정을 받으라는 말을 들었어. 나는 눈좀 흐리멍덩하게 뜨지 말라는 말을 맨날 들었고. 내가 일하던 곳에 비서로 있던 여자는 이란 출신이었는데 정말 내가 본 여자 중에 가장 아름다운 여자였어. 눈이 부실 정도로. 그런데 꼭 자기가 소중한지 몰라. 그래서 엉뚱한 남자랑 결혼을 해. 이 정도면 괜찮겠다 하고. 그 여자가 결국 가정을 이룬 건 육아도 도와주지 않는 그런 남자야. 애초에 '도와준다'는 말을 사용하는 남자. 그래서 그여자를 복도에서 마주칠 때마다 손을 붙잡고 얘기했지. 맹세컨대, 난 네가 너무 아까워.

우리는 그 남자들과 살기 너무 아까운 그런 여자들을 너무많이 알고 있다. 그래서 눈을 맞추고 사랑으로 때리듯 평생을 말해왔다. 네가 너무 아까워. 서로의 가치를 속속들이 알고 있기에, 동시에 상대를 예뻐하기 때문에 할 수 있는 이 진실한 말은 어처구니없이 무너지는 우리의 자존감과 실연에 맞서는 방패 역할을 한다. 감정적인 위로가 아닌 팩트 체크다. 생각이 잠시 고장난 여자들 대신 화를 내고 그들과 대화한다. 말을 하고 들어주는 것이 우정의 전부이기 때문이다.

발설되지 않고 아무는 상처는 없다. 우리는 방금 들어온 고통을 손질하는 데 익숙하다. 학생 때부터 해 온 일이니까. 이러한 여자의 공감 능력을 사회는 '소녀 감성'이라 깎아내리거나 '여자들의 우정은 말뿐이라고' 말한다. 우리는 여자로서 겪어온 은밀한 차별에 뒤늦게 격분하고 그것이 국적과 상관없이 공유되는 경험이라는 사실에 놀란다.

그때 나는 짧은 표현 하나를 떠올린다. 영화 「헤어질 결심」의 영화 평론 영상을 보던 중 눈에 띄는 댓글이 있었다. "이 영화를 이해하려면 적어도 35년 이상의 개인사가 바탕이 되어야 한다." 그와 내가 서로에 대한 구구절절한 설명 없이도 잘 통했던 것은 비슷한 역사가 쌓여 있는 삶에 대한 공감 덕분이었다. 나에게 쌓인 이만큼의 인생이 너에게도 있을 것이라는 믿음이 우리의 대화에서 많은 것을 생략했다. 다양한 실패가 여러 곳에 흠을 냈지만 우리는 그만큼의 윤곽도 얻었다. 사연은 굴곡을 만들어주기 때문이다. 사연 없는 매끄러운 삶은 더 이상 자랑이 되지 않는다. 착실하게 쌓아온 고통들이 허심탄회하게 나열되는 동안 그것은 우리의 자신감이 된다. 상대를 이해할 때 마음의 그늘은 쉽게 걷힌다. 그러나 상처는 우스꽝스럽게 툭 뱉어진다. 마치 농담처럼. 상처는 농담이 되고 나만의 것이 아닌 우리의 것이 되었다가 그 후에는 색을 잃고 사라진다.

우리는 더는 학생이 아니다. 어리광을 부릴 수 있는 시기도 지났다. 먹고사는 데 겨우 부족함이 없어졌고, 경력을 쌓아가고 있으며, 연애에 이상적인 기대가 없고, 나이 들어가는 부모님을 걱정하고 있으며, 세상이 환상이 아니라는 것을 아는 어른이다. 이제야 간신히 한숨 돌린 것 같다. 20대에 우리가 겪은 악취 나는 일들과 때때로의 성취, 반복되었던 실수에 대한 애잔한 회상은 영어도 독일어도 한국어도 아닌 또래의 언어로만 공감된다. 그 언어는 비슷한 투쟁을 겪은 여자들의 연대다.

나는 지친 투로 말한다.

엄밀히 말하자면 우리 삶은 실패를 수집하는 일일까?

…….

믿을 건 고양이랑 일밖에 없어. 고양이랑 일은 절대 배신 안 해.

P는 격하게 고개를 끄덕이며 웃다 말한다.

내 말이.

그렇게 P와 나는 천천히 가까워져 갔다. 그가 없을 때 다른 이에게 그의 칭찬을 하기 시작했다. 뒤에서 칭찬을 한다는 것은 내가 그를 정말 좋아하게 되었다는 표시다.

야, P 말야. 이자벨 마랑이 인터뷰에서 했던 말이 있거든? 1970년대 여성 종군기자를 상상해 보라고. 너무 P 같지 않아? (그거 사다가 P 입히고 싶다. 정말 예쁠 텐데. P는 너무 착해, 닮고 싶은 점이 너무 많아…….)

명석하고 솔직하고 원피스만 툭 걸치고 있어도 태가 나는, 키가 큰 단발머리 여자. 내가 부엌 식탁에 앉아 책을 읽고 있으면 스물일곱 H는 병아리처럼 달려와 말한다.

"언니, P 언니도 자기 방에서 가운 입고 햇살 맞으면서 책 읽고 있다? 30대 여자들이란……."

아이들을 위한 방 하나 있어요

여름을 표류하다 깨달은 베를린 여행의 법칙은 다음과 같다.

· 여름에 여행할 것.

· 겨울에는 절대 오지 말 것.

· 길바닥에서 아이스크림을 먹을 것.

당신은 스물셋의 파리 여행에서 사귄 독일 친구와 서울에서 다시 만난 적이 있었다. 때는 무더운 여름이었고 그와 당신은 신촌 배스킨라빈스에 들어갔다. 당신이 에어컨이 잘 나오는 2층으로 올라가자고 말했더니 그 친구는 황당하다는 얼굴로 이렇게 말했다. 아이스크림을 실내에서 먹는다고? 말도 안 돼! 그의 말을 이해한 것은 당신이 여러 번 베를린의 여름을 방문하고 나서였다. 베를린 골목골목을 걷다 보면 반드시 천연색의 아이스크림 가게를 마주치게 된다. 베를린 여름의 대표적인 풍경은 길을 걸으며 아이스크림을 먹는 사람들이다. 아이들이 가게 앞을 점령했다. 신생아부터 초등학교 저학년까지의 아이들이 가게 앞에 쪼르륵 앉아 돌길에 아이스크림을 흘리고 있다.

어른도 예외는 아니다. 아이스크림을 먹을 때만큼은 어른도 아이가 된다. 어른들도 청량한 여름 분위기와 그 맛에 심취한 듯 보인다. 팔뚝에 토끼 문신을 한 짧은 금발 머리의 중년 여자, 자줏빛 인도산 가운을 입은 두 아이의 엄마, 4인 가족, 식료품이 가득 담긴 장바구니를 휠체어에 매달고 정신없이 수다를 떨고 있는 50대 여성이 아이스크림 콘을 들고 우르르 당신 앞을 지나간다. 컵이면 몰라도 콘에 담아 먹는 사람은 핸드폰을 보거나 딴짓을 할 수 없다. 금방 녹아버리기 때문이다(그리고, 아이스크림을 컵으로 먹는 건 스스로를 지루한 사람이라고 홍보하는 셈이니까). 아이들의 표정은 그 도시의 정체성이다. 베를린은 그 어떤 도시보다 아이들이 안전하고 행복해 보이는 도시다. 아이다움이 잘 지켜지기 때문이다.

당신은 당신이 베를린의 아이로 자랐으면 어떤 어른이 되었을까 여러 번 상상해 본다.

여름에는 군중심리가 커진다. 네가 하면 나도 한다! 같은 귀여운 다짐. 여름에는 피부와 공기가 사방으로 개방되어 있고, 그러므로 연결되어 있다. 서로를 더 잘 볼 수 있다. 사람들 손에 들려 있는 아이스크림을 통해 당신은 역에서 내렸을 때부터 이 동네에서 유명한 '그 가게'의 존재를 짐작하게 된다. 아이스크림콘을 들고 있는 사람들을 여럿 지나치다 보면 언제쯤 그 가게를 만날 수 있을까 궁금해지고, 그때부터는 애초에 당신이 계획했던 목적지를 잊어버린 채 그 가게를 찾는 것을 하루의 목적으로 삼는다.

가게와 가까워지면 인파가 점점 늘어난다. 친구와 당신은 멀리서 사람들이 모여 떠드는 것을 듣게 된다. 그쪽으로 걸어가 본다. 잭팟. 당신은 김이 서린 유리 진열대에 얼굴을 바짝 붙인 아이들 뒤에 줄을 선다. 차례가 오면 말한다. 바닐라 하나랑 초코 하나 주세요, 당케(고맙습니다). 그러면 독일 사람들은 특유의 공기를 머금은 다정한 발성으로 말한다. 비터쉔(천만에요).

콘을 들고 나오는 순간 당신은 그 동네의 다른 사람들처럼 아이스크림 가게 홍보대사가 된다. 아이스크림콘을 든 당신을 본 아이가 엄마에게 묻는다. 엄마, 저거 뭐예요? 독일어로 말해도 알 수 있는 다음 문장. 나도 먹고 싶어요. 세 번째 문장 대신 아이는 울어버린다. 엄마는 지친 표정을 하고 당신은 왠지 모르게 여자에게 미안해진다. 엄마는 떼를 쓰는 아이를 데리고 가게로 향한다. 당신이 그 가게를 알았던 방식 그대로, 아이스크림을 먹는 사람들이 오는 방향을 거슬러 걷기만 하면 되는 것이다.

　당신은 콘을 언제 다 먹었는지도 잊어버린 채 걷는다. 그냥 걷다 보면 사람들이 모여 있는 곳이 나온다. 하늘색 나무 피아노가 있는 와인숍을 발견한 당신과 당신의 친구는 와인 한 병을 사서 바깥 자리에 앉는다. 안에는 피아노와 테이블 하나가 있지만 아무도 그 자리에 앉지 않는다. 테이블은 장식과 다름이 없다. 안에 머무르는 것은 여름의 죄악이기 때문이다. 4시면 새벽처럼 깜깜해지는 베를린의 겨울에 비해 여름은 무색하게 찬란하다. 언제나 창을 활짝 열어두는 데에는 여름을 최대한 만끽하고자 하는 그들의 바람이 담겨 있는 듯하다. 모든 가게의 창문과 문이 활짝 열려 있다. 지나가는 사람과 바깥 테이블에 앉은 사람, 실내에서 서빙을 하는 사람이 유동적으로 하나의 움직임을 이룬다. 한식당이나 고급 이탈리안 레스토랑을 제외하고는 서빙하는 사람의 옷차림도 손님과 같다. 그래서 누구나 손님 혹은 직원으로 오해받을 수 있다. 전부 쿨하고, 편안하고, 개성 어린 옷차림이다. 겨울의 추위는 안과 밖을 철저히 구분 짓지만 여름에는 모든 경계가 헐거워진다.

　당신 옆자리에는 반소매 셔츠를 입은 슈퍼마켓의 단골 할아버지들이 앉아 있다. 포커 게임이 한창이다. 그들은 파릇파릇한 젊은이들에게 눈길 한번 주지 않는다. 그들은 그들의 여름을 즐기고 있다. 어쩌면 노인들이 젊음을 갈망한다는 건 영화나 드라마에서 주입한 거짓일지도 모른다. 그들은 오히려 이렇게 생각하고 있을 수 있다. 젊음은 안 끝나는 거야……. 그들은 담배가 아닌 굵은 시가를 피운다. 그때 그 무리에서 제일 영화적으로 생긴 할아버지가 시가를 뿍뿍 피우며 일어나 젊은이들의 진영으로 건너온다. 몇 분 지나지 않아 캐주얼한 옷차림에 힐을 신은 중년 여성이 할아버지와 같은 테이블에 앉고, 그는 그녀와 이야기를 나누는가 싶다가도 다시 일어나서 일하는 청년 둘에게 어떤 지시 사항을 말하고 의자를 옮기기도 한다. 어쩌면 할아버지가 이 바의 주인일지도 모른다. 그는 젊은 사람들과 스스럼없이 어울렸고 거대한 체구와 진한 눈망울로 청년들의 조용한 존경을 얻는 듯 보였다. 청춘과 비청춘의 구별이 비교적 흐린 길거리에서, 여름은 한결 더 여름다워진다. 사람들은 기꺼이 서로의 거리를 좁히고 과감히 섞여버린다. 여름 안에서는 모두가 한결 더 솔직하고 젊어 보인다.

당신은 곧 한 남자와 눈을 맞춘다. 당신이 잠깐 하늘색 피아노를 연주했을 때 칭찬을 건넸던 사람이다. 그는 셔츠를 빳빳이 다려 입은 유럽 귀족적인 자태에 멀끔하게 빗어 넘긴 기름진 머리가 언뜻 보면 영화 「나를 책임져, 알피」에 나오는 전성기의 주드 로를 닮았다. 당신은 그와 눈을 몇 번 더 마주친다. 그 사람과 석양이 당신의 마음에 불을 붙일락 말락 하는 와중에 당신은 실망한다. 그의 네 번째 손가락에 끼워진 반지가 보였기 때문이다. 당신은 친구에게 말한다. 야, 저 남자 결혼했네. 친구는 말한다. 잘생긴 남자는 게이 아니면 유부남이라니까. 당신은 김이 빠진다. 테두리 안에 머무는 것 중 신성한 것은 결혼뿐이다. 나머지는 다 경계가 없어야 더 멋지니까.

아쉬움을 털어내고 당신들은 강 위의 다리로 걸어간다. 마침 라틴음악 밴드가 버스킹을 하고 있다. 싸구려 앰프에서 노래가 울려 퍼지자 그 앞에 사람들이 꽤 모였다. 당신과 친구는 아스팔트 바닥에 술병과 가방을 내려놓고 춤을 추기 시작한다. 당신은 마침 춤추기에 아주 좋은 새틴 꽃무늬 치마를 입고 있다. 베를린 사람들은 진지하게 연주를 듣고 있지만 결코 먼저 춤을 추지는 않는다. 너무 수줍어서다. 흥을 참지 못한 몇몇만이 조금씩 몸이 움직이도록 스스로를 '내버려 두고' 있을 뿐이다. 그러나 춤은 번진다. 노을과 속도를 비슷하게 맞춰서. 해는 완전히 고꾸라졌고 밤이 도착했을 때 사람들은 조금씩 리듬에 몸을 맡기기 시작한다. 부끄러움이 없는 당신들은 그 다리 위를 점령한다. 밴드가 마지막 곡을 알리면 당신은 뉴욕에서 배운 낙천성으로 용기를 낸다. 앵콜! 사람들은 당신을 대단하다는 듯 쳐다보고 수줍게 호응의 박수를 보탠다. 친구는 말한다. 한 명도 앵콜을 못 외치는 게 너무 귀여워. 밴드가 못 이기는 척 한 곡 더 하겠다고 하면 그제야 박수 소리가 조금 커진다.

마지막 춤을 출 때 헐렁한 티셔츠를 입은 단발머리 남자가 당신과 친구에게 다가온다. 이성적인 접근이 아닌, 가장 신난 사람끼리 더 신나자는 의도다. 조금 있다가 당신은 그가 약에 취해 파티를 신나게 즐긴 뒤 귀가 중이라는 것을 알게 된다. 그는 상용되는 기분 좋은 흥분에서 완전히 벗어나 있다. 선을 넘은 사람은 상대하기가 무척 힘들다. 마약을 한 사람들은 인간에게 허락된 적절한 선을 넘어 불법적인 환상마저 볼 수 있기 때문이다. 지금, 당신에게 다른 환상은 필요 없다. 당신과 친구는 그가 춤을 추다 말고 약에 취한 다른 친구를 만나 사라지는 것을 지켜본다.

다음 날 당신은 언제나 그렇듯 테라스에서 새로운 하루를 시작한다. 바깥 공기를 맡으며 시작하는 하루는 상쾌하다. 당신은 친구에게 문자를 보낸다. 그때 당신은 친구에게 한 달 전 뉴욕에서 만난 한 남자의 곱슬머리나 옷차림, 말투에 대해서 이야기한다. 그러다 친구는 묻는다. 아, 근데 흑인이야 백인이야? 당신은 그때 실감한다. 인종에 대한 언급을 까맣게 잊었다는 것을. 그 사람을 설명하는 데, 피부색은 가장 중요하지 않은 특징이었으므로. 당신에게 그는 다정하고 침착한 성품, 미소, 그가 읽는 책으로 설명되었다. 당신은 더 이상 "오! 내가 외국인을 만나다니!"라며 놀라지 않았다. 그의 피부색과 영어를 모국어로 하는 언어적 배경이 당신에게 낯선 놀라움을 준 것은 사실이지만, 서로를 더 깊이 알게 될수록 그런 차이점은 색이 바랬다. 전혀 다르게 생긴 사람이 사랑스럽게 익숙해진 결과였다.

당신은 당신에게 "니하오, 아리가또"라고 외치는 사람들의 인종차별을 익히 알고 있었지만, 자신이 무의식적으로 하고 있는 차별에 대해서는 무지했다. 다른 사람을 소개할 때 인종을 먼저 언급하는 것은 사람들을 쉽게 구별하는 방법이고, 게으른 공부의 결실이었다. 그러니까 누군가에 대해 말할 때 그의 인종, 성별, 국적에 대해 이야기하는 것이 당연한 사회에서 당신을 비롯한 모든 사람은 너무 오래 살았던 것이다. 당신은 당신과 전혀 다른 사람들을 많이 만났고, 그 사람들이 얼마나 당신과 비슷한지 알아가고 있다. 그동안 어떤 이의 특징을 무심코 말했던 것이 차별이 될 수 있다는 것도. 당신의 세상은 점차 한국이 아닌 세계 전체로 확장된다.

그래서 당신은 국적의 뿌리가 지켜지는 것보다, 세계 안에 속해 있다는 기분을 더 사랑한다. 당신은 세계 어느 곳에 있든 마음이 편했다. 모든 사람이 동등하다는 생각이 장소와 무관하게 안전함을 보장했다. 이 사람들은 내가 속한 곳의 사람들과 별반 다르지 않아. 그 점이 마음에 다정한 안심을 불어왔다.

당신은 친구에게 마저 대답한다. 신기하다. 아마 20년쯤 지나면 피부색뿐 아니라 성별을 얘기하는 것도 유난이 되지 않을까? 결국 성장이란 구별하는 걸 까먹는 일 같아. 그냥 다 사람이야. 그걸 처음 알게 됐어, 최근에.

전화를 끊고 당신은 다시 조용해진다. 문득 자기가 얼마나 큰 소리로 이야기하고 있었는지 깨닫는다. 테라스가 너무 조용했기 때문이다. 지난밤의 광란을 상상할 수 없는 평화다. 베를린의 매력은 3일 연속으로 운영되는 테크노 클럽의 밤이 지나면 약국과 도서관만 존재할 것 같은 무색무취의 평화로 복귀한다는 점이다. 극단의 반전은 두 가지를 전부 간직한 도시에서만 가능하다. 아무리 건물로 둘러싸인 정원이라 해도 누군가 한 명이라도 소란스럽게 할 법도 한데, 어느 누구도 큰 소리를 내는 법이 없다. 사람들의 몸에 배려가 배어 있다. 당신은 다리 위에서 수줍게 박수를 치던 사람들이 일제히 집으로 향하는 모습을 상상한다. 그때 잊고 있던 뉴스 기사가 떠오른다. 중앙역에 나온 베를린 사람들이 막 입국한 난민들을 향해 들고 있는 피켓에 써 있던 말들.

1 Room for mother + child.

(엄마 한 명과 아이들을 위한 방 하나 있어요.)

Welcome 2 people as long as you want.

(두 사람, 환영해요. 원하시는 만큼 머물 수 있어요.)

2 People for 3∼4 nights.

(3~4일 동안 두 명.)

1 Mama 2 kids 6 weeks.

(엄마 한 명, 아이들 두 명 6주간.)

Couch for 1 girl 1 week. We speak German & English.

(소파에서 여성 한 분을 재워줄 수 있어요. 독일어, 영어 가능합니다.)

　　앵콜을 외치지 못하는 사람들. 아이스크림 가게가 어디냐고 묻지도 못하는 사람들. 수줍고 말이 없는 그들은 필요할 때엔 확실히 선을 넘어 목소리를 높인다. 그것이 그들의 반전 매력이다. 당신은 문득 떠올린다. 곳곳에 붙어 있던 우크라이나 국기, 시내 한복판에 있는 전쟁 기념관, 기부 행사, 정차할 때 인도 쪽으로 비스듬히 기울어지는 모든 버스, 장애인이 탈 수 있는 '모든 버스', 한국에서 볼 수 없던, 휠체어 탄 '행복해 보이는' 사람들, 숨어 있지 않아도 되는 사람들, 친절하지만 무심했던 도시의 존중, 커다란 게이 커뮤니티, 자유로운 채식 문화, 일상적인 환경 보호 운동. 당신은 이 나라에서 지워져 있는 경계를 도시 곳곳에서 조용히 깨닫는다. 그것이 당신의 산책을 더 자유롭게 만들어주었다. 자연과 인간의 경계, 난민과 시민의 경계, 이성애자와 동성애자 혹은 아직 발견하는 단계인 어느 성적 정체성들 간의 경계. 문명과 역사가 그어놓은 많은 경계들은 베를린 사람들에 의해 무효화되고 많은 것이 온전히 자기 자리를 회복한다. 생색내지 않는 배려로 그들은 약함과 강함, 옳음과 틀림, 그 밖의 많은 오해를 해소하고 있었다.

아까 본 그 수더분한 아이들은 부끄러움에 앵콜 외치기를 주저하는 어른으로 자랄 수도 있지만 필요할 때는 가장 떠들썩하게 사랑할 것이다. 아이스크림을 먹다가 엄마를 따라나선 중앙역에서 본 피켓들의 기억으로. 자기 또래의 우크라이나 친구와 함께 잠든 유년의 기억으로. 떠들썩할 기회가 없을 때는 다시 조용히 벌과 고양이에게 먹이를 챙겨주면서. 그것을 사람을 챙기는 것과 같은 무게의 책임이라고 확신하면서. 안에 있는 마음을 밖으로 꺼내 보이는 데에 주저함 없이.

그들은 말하지 않고 행동한다. 그러나 언젠가는 타인에게 영향을 미친다. 아이스크림콘을 들고 다니는 사람들이 오는 쪽으로 자연스레 마음이 가듯이. 그 모습이 가게의 위치와 인기를 짐작하게 하듯. 언젠가 당신이 목적지를 까먹은 채 홀린 듯 그곳으로 향했듯. 저마다 다른 사랑을 아이스크림처럼 들고 길을 지나다닌다. 우리가 걸어온 이쪽으로 가기만 하면 우연히 목적지에 도착할 수 있다는 듯. 베를린 사람들은 서로 다른 피켓을 통해 전부 같은 말을 전하고 있다.

살아 있는 모든 것을 공평히 사랑하라.

그들이 차별하는 것은 여름과 겨울밖에 없다. 그러나 베를린 사람들이 치를 떠는 추운 겨울마저 누군가의 여름보다는 훨씬 아름다울 것이라고 당신은 생각한다. 그들이 사랑하는 여름밤과 술기운에 앵콜을 외칠 줄만 아는 당신은 그것이 용기라고 착각하고 있다.

우정 도둑

파이 알라 모드

D에게서 메시지가 도착한다.

"내가 일하는 곳 대각선 건너편에 빨간색 스윙이 있어. 거기서 만나자."

만약 그녀가 사랑에 빠진 연인이 나오는 영화를 만든다면 남녀가 횡단보도 하나를 사이에 두고 신호를 기다리는 장면을 꼭 넣을 것이다. 두 남녀가 서로의 미소와 자태를 멀리서 확인하는 머쓱한 시간. 차들은 쌩쌩 달리고 무단횡단은 위험하다. 1~2분만 기다리면 사라질 조금의 거리와 시간을 사이에 둔 그들은 애가 탄다. 초록불로 변하기 전 여자는 멀리 있는 그를 똑바로 쳐다보기 쑥스러워 핸드폰을 만지작거린다.

저녁 10시 49분. 두 연인은 처음 만난 그 도시에서 한 달 만에 재회하기 직전이다. 미국 국기가 걸려 있는 유명한 스테이크 하우스에서 그가 걸어 나와 횡단보도 앞에 선다. 회색 티셔츠. 길게 땋은 곱슬머리. 하얀색 면바지. 실제 선원들이 썼던 노끈과 질긴 천으로 만든, 그가 항상 가지고 다니는 라이더 가방. 오른쪽 팔에 두꺼운 은색 팔찌 하나. 왼손 두 번째 손가락에 역시나 두꺼운 반지 하나를 낀 모습. 그는 5월의 미소를 7월까지 간직하고 있는 사람이다. 그 남자는 아이처럼 웃는다. 그가 앞으로 그녀를 위해 어떤 남자가 될지는 모르겠으나 그는 누구에게나 사랑받을, 확실히 사랑스러운 타입이다.

그녀는 특별히 옷차림을 신경 썼다. 오토바이를 타는 그에게 보여주려고 "텍사스 휴스턴 바이크 위크"라고 적힌 타이트한 블랙 티셔츠를 입고 A 자 버뮤다 진에 A.P.C. 블랙 웨지 힐을 신었다. 머리는 하나로 질끈 묶었다. 여름 뉴욕은 숨을 쉬기 어려울 정도로 무덥다.

그들은 횡단보도 중간에서 만난다. 불이 초록으로 바뀌자 다시 한편으로 길을 건넌다. 함께. 그들은 가볍게 포옹하고 두 번째 뉴욕의 포문을 다소 시시하게 연다.

"How are you?"

"How are you?"

말로 할 때는 물음표가 생략된다. 말꼬리를 내리는 대신 거의 다정하게 째려보면서 끈적하게 말해야 한다. 이 흔한 말이 우리 사이에 오갈 때 얼마나 달라질 수 있는지 서로 확인하며 재회가 성사된다.

즉흥적인 밤이 시작된다. 그들은 길가에서 택시를 잡아타고 강을 건너서 섬을 벗어난다. 빌딩들이 장난감처럼 작아지기 시작한다. 야경은 멀리서 볼 때만 존재한다. 아름다운 야경에 그들은 감탄한다. 그가 좋아한다는 바bar에 가기 위해서 그들은 롱아일랜드시티로 향하고 있다. 택시에서 내린 그들은 다시 열심히 바를 향해 걸어간다. 그녀는 그에게 더 바짝 붙어 걷는다. 취한 사람들이 싸우는 현장을 지날 때, 유리병이 깨지는 소리를 들을 때, 모든 상점의 불이 꺼져 있다는 것을 깨달았을 때, 오늘이 일요일이고 이미 자정이 넘은 시각이라는 것을 문득 느꼈을 때. 그녀는 그럴 때일수록 더 거짓말을 한다. "밤에는 좀 으스스하지만 날이 밝으면 훨씬 아름다울 것 같아, 이 동네." 무섭고 두려울수록 사람 좋은 척을 하는 것은 그녀의 고질병이다. 속으로 그녀는 역시 맨해튼, 이라고 딴생각을 한다. 그것은 확고한 취향일 뿐 비난받아야 할 편견은 아니다. 오히려 사랑은 끝없는 편견이라고 할 수 있다. 콩깍지라는 말이 의미하는 바와 같이, 착각이 사랑의 가장 중요한 부분임은 지적할 필요도 없다. 누구나 속으로는 자신이 사랑하는 것과 나머지를 끊임없이 비교하며 몹시 다른 애정의 무게를 실감한다. 그래서 사랑에서 공산주의는 불가능하다. 모든 것은 치우쳐 있고 잔인하리만큼 불공평하다. 떠남으로써 그곳을 더 사랑하게 되는, 맨해튼의 사람들을 그녀는 닮아가고 있다.

안타깝게도 바는 닫혀 있다. 그는 말한다.

"아쉽네. 처음 이곳을 발견했을 때는 정말 놀랐어. 정말 아무것도 없을 것 같은 곳에 문 하나를 경계로 이런 멋진 곳이 숨어 있었던 거야. 블랙홀처럼."

"기대하지 못했던 걸 우연히 발견했을 때는 참 신기해."

"내가 그날 널 만날 걸 전혀 몰랐듯."

"고마워. 나 사실 그날 더워서 죽을 것 같았는데 그 코트가 너무 예뻐서 벗을 수가 없었어. 독하게 입고 있었다, 정말."

그녀는 사실 지금도 더워서 기절하기 직전이다. 긴소매를 입지 말걸…… 하고 생각했지만 그 안에 속옷이 아닌 다른 것을 입고 있었다 한들 티셔츠를 벗지 않았을 것이다. 그녀에게 패션은 계절을 이기는 고집이다. 옷은 나중에 꺼내볼 수 있는 시각적인 기념품이 될 것이기 때문이다. 검은색 긴소매 티셔츠를 볼 때마다 그녀는 한여름 밤 그와 걷던 롱아일랜드시티의 그 무덥고 텅 빈 길을 기억할 것이고, 그때 그녀가 떠올리는 여름은 불쾌함은 싹 제거된, 거의 따뜻하고 산뜻하게 느껴질 만큼의 더위만을 간직하고 있을 가능성이 크다. 그래서 그녀는 기쁘게 땀을 닦아낸다.

그들은 다시 걷는다. 찌는 듯한 더위에 두 사람 모두 얼굴이 땀으로 울고 있지만 서로에게 짜증을 내는 일은 절대 없다. 여름은 배려를 배우는 동시에 마음을 확인하는 계절이기도 하다. 좋아하는 상대가 아니라면 굳이 짜증을 참아가며 상대를 배려할 필요는 없는 것이다. 티셔츠에 땀으로 지도가 그려지는데도 그들은 웃고 있다. 그때 그들의 머리 위에 요란한 소음이 들려온다. 고가도로 위로 자가용들과 지하철이 지나간다. 그 아래 영화적인 장소가 보인다. 다이너. 미국 영화에 반드시 등장하는 미국식 식당. 마치거대한 옛날 라디오처럼 생긴. 쇠로 테두리가 쳐진 빈티지한 서체의 간판과 칸막이로 가려진 머스터드색 등받이 쿠션과 녹색 좌석. 좌석마다 놓인 미국적인 디자인의 설탕과 후추 통, 냅킨. 눅눅한 커피 원두 냄새. 기본 20년은 넘은 식당의 역사를 대수롭지 않게 생각하는 무심한 주인과 기본 20년의 경력을 가진 손님들. 매일 똑같은 손님들이 같은 자리를 채우는 칙칙한 분위기. 그러나 가족적인. 일요일 자정이 넘은 이 시각 열려 있는 단 하나의 식당.

여자가 엄청난 우연에 광적으로 흥분해 소리친다.

"저기 봐. 다이너야. 나 정말 저런 곳 가보고 싶었어. 「펄프 픽션」에 나온 곳 같아. 진짜 죽인다. 어떻게 저게 하필 저기 있어? 게다가 열었네?"

"그러게. 나도 이 동네 자주 왔었는데 저긴 한 번도 가본 적 없어."

"가볼까?"

"좋지."

두 사람은 손을 잡고 무단횡단을 한다. 처음에는 다른 방향에서 서로를 향해 걸어왔다면 지금은 같은 방향으로 길을 건너고 있다. 서로를 보지 않고 앞을 똑바로 응시할 때 두 사람은 안전하다. 이제 두 사람의 연애에서 중요한 건 같은 것을 좋아하는 것, 같은 것을 바라보는 것, 같이 걷되 두리번댐으로써 쌩쌩 달리는 것들에 사고를 당하지 않는 것이다. 마주 보는 기회는 카페나 식당에 갈 때마다 가끔씩 주어질 것이다.

젊고 눈부신 남녀가 식당에 입장한다. 그들은 장난기 가득한 얼굴을 하고 마주 앉는다. 메뉴판을 들여다보는 그들은 꼭 어린애들 같다. A3 사이즈의 커다란 코팅된 메뉴판을 들고서 여자가 말한다.

"다 시켜도 돼?"

"다 시켜, 다 시켜."

"디저트도 시켜도 돼?"

"네가 원하는 게 그거라면, 우린 지금 네가 원하는 걸 먹을 거야."

여자는 그의 말을 외우면서, 평소의 그답지 않은 저 야심만만

한 말투를 어떻게 한국어로 번역할지 고민한다. 그녀는 메뉴판을 훑다가 놀라며 말한다.

"파이 알라 모드…… 파이 알라 모드가 무슨 뜻인지 혹시 너 알아?"

"알라 모드A la-mode는 프랑스어로 '위드with 아이스크림'이라는 뜻이야. 그러니까 아이스크림이랑 같이 나오는 파이."

"와…… 너 영화「해리가 샐리를 만났을 때」 알지."

"응, 알지. 네가 좋아하는 영화."

"아…… 아니, 이거 얘기 너무 길어질 것 같아서 일단 주문부터 하자."

들뜬 두 남녀는 메뉴를 주문할 때 심술궂은 공범이 된다. 언제나 그렇듯 여자가 먼저 제안한다.

"미치도록 단 밀크셰이크 먹고 싶어. 거의 범죄처럼 달게. 이런 데 오면 무조건 밀크셰이크 시켜야 해."

"밀크셰이크에 감자튀김 찍어 먹어야 하고."

"맛은 바닐라로, 무조건."

"아니, 저 뒤에 앉은 사람들은 버거 시킨 모양이야. 이런 식당에서 버거는 반칙이지! 팬케이크나 밀크셰이크처럼 장난스러운 음식만 시켜야 한다고. 그럴싸한 음식은 안 돼."

그들은 킬킬댄다. 우리라는 이름으로 다른 사람들과 선을 긋는 것은 중요하다. 그는 능숙하게 종업원을 부른다. 그럴 때 여자는 그가 뉴욕에서 나고 자란 미국인이라는 사실을 새삼 깨닫고 몰래 놀란다. 허리께에 레몬색 앞치마를 두른 중년 여성은 손바닥만 한 수첩을 들고 우리의 주문을 기다리고 있다.

여자는 과장된 말투로 말한다.

"파이 알라 모-드 주세요."

종업원이 떠나고 여자는 남자에게 긴 이야기를 시작한다.

"그 영화에서 맥 라이언이 주문 엄청 까다롭게 하는 여자로 나오잖아. 맨날 '온 더 사이드(그건 따로 주세요)'라고 말하고. 주문하는 첫 장면이 남녀가 처음으로 같이 간 식당에서였는데 고속도로 한복판에 있는 이런 다이너였어. 그게 내가 처음으로 본 미국 다이너였어. 문화적인 첫 경험. 거기서 맥 라이언이 이건 이렇게 주세요, 저건 저렇게 주세요, 요란하게 요구 사항을 다 말하고 나서, 파마머리 여직원이 볼펜을 귀에 딱 꽂으면서 이렇게 말해. "어허(대충 '알겠어, 이년아……'라는 뜻), 파이 알라 모드……." 파이 알라 모드가 어떤 메뉴인지 항상 너무 궁금했었어. 아마 대사에 대충 나오긴 할 텐데 그땐 맥 라이언의 얼굴을 구경하느라 몰랐고, 검색해야지 생각하다가도 바로 다음 장면에서 요일별로 다른 팬티를 입는 내용이 나오니까 또 새카맣게 잊고서 영화에 빠져들고. 그렇게 그 영화를 마흔 번 넘게 보는 동안 단 한 번도 파이 알라 모드가 뭔지 찾아보지 않았던 거야. 이 식당에 도착했을 때 나는 최근 본 넷플릭스 시리즈 「빌어먹을 세상 따위」랑 쿠엔틴 타란티노의 「펄프 픽션」을 생각했었는데, 메뉴판에서 파이 알라 모드를 보는 순간, 내게 처음으로 미국과 뉴욕을 각인시켰던 영화, 우연이 계속 이어져 결국은 사랑에 빠지는 영화, 뉴욕 곳곳을 함께 누비며 끝없이 대화를 나누는 영화, 나도 30대가 되면 저런 사랑을 할 수 있을까 하는 완벽한 환상을 심어주었던 영화, 바로 그 영화가 떠올랐어. 「애니 홀」과 「프란시스 하」 이전에 내 안에 존재했던 영화, 내가 태어나서 가장 많이 돌려 본 영화. 어떻게 그렇게 까맣게 잊고 있었을까? 하지만 그걸 완벽히 까먹었기 때문에 내가 지금 여기에 너랑 있는지도 몰라. 나는 친구들이 생각하는 것처럼 꿈 많은 소녀가 아니야. 오히려 멍청하게 모든 걸 까먹고 살지. 그렇게 오고 싶었던 뉴욕도 난 결국 까먹었었어. 이곳에 진짜로 살고 싶다는 마음을 먹고서야, 나한테 갑자기 나타나서 경고하는 거야. 그때 그 마음을 잊지 말라고. 그러니까 나는 파이 알라 모드가 무슨 뜻인지 알기까지 15년이 걸린 거야. 알라 모드가 'with ice-cream'이라는 뜻이니까 중간에 띄어쓰기를 해야 한다는 것도. 오, D, 이건 단순히 파이 알라 모드가 아니라니까? 근데 15년이 걸려서 오히려 좋아It's even better. 검색해서 알게 되었다고 생각하면 너무 끔찍해. 너를 통해서, 자연스럽게 알게 돼서 좋아. 넌 앞으로도 영원히 내게 파이 알라 모드를 알려준 특별한 사람으로 기억될 거야."

그녀에게 뉴욕은 하나의 아이디어(개념)였다. 그녀는 뉴욕을 배경으로 한 작품들을 학생 시절부터 오래 소비해 왔으나 단 한 번도 그것을 자기 것이라 생각한 적이 없었다. 영화 같은 곳에 가서 영화 같은 삶을 살겠다는 야심을 품기에 그녀는 눈앞에 떨어진 삶의 부분들을 처리하기에 바빴다. 심지어 뉴욕에 세 번이나 방문하고 나서도 달라진 것은 없었다. 뉴욕을 배경으로 한 영화나 드라마를 보고도 '나 저기 가봤어!'라고 감탄하지 못했던 이유다. 그녀에게 영화에 나온 장소는 화려한 가짜였을 뿐 실제로 존재하지 않았다. 다만 배경으로서 좋았던 곳, 영화에서만 사건이 일어나는 곳이라고 생각했다. 열일곱 살에 처음 그 모든 영화들을 보았을 때 역시 꿈도 꾸지 않았다. 꿈은 너무 멀어서 막연했었다. 2019년, 친구 손에 이끌려 드라마 「섹스 앤 더 시티」와 「프렌즈」의 촬영장에 갔을 때 그녀는 실망조차 하지 않았다. 기대한 것이 없었기 때문이다. 뉴욕 사람들과의 대화, 그들에게 받아들여지며 느끼는 안심, 뉴요커와의 저녁 데이트, 그 모든 것이 등장하기 훨씬 전이다. 심지어 그녀는 블록들이 교차되며 이어지는 네모난 길들과 애비뉴와 스트리트로 일컬어지는, 뉴욕 특유의 길을 읽는 방법조차 몰랐다. 맨해튼의 척추를 잇는 네 개의 공원이 어디인지도, 심지어 브라이언트 파크 앞에 있는 게 뉴욕공립도서관이라는 것도 몰랐다. 어떻게 그럴 수가 있었을까? 어떻게 그런 상태에서 뉴욕에 대해 긴 글을 쓸 수 있었을까? 그것은 스물여덟 그녀의 관심사가 자신의 성장이었을 뿐 뉴욕이 아니었다는 것을 입증한다. 영화에서 본 뉴욕과 눈앞의 뉴욕은 똑같이 화려했지만 그것은 그녀를 위해 존재하고 있지 않았다. 그렇게 그녀는 이것은 이곳에, 저것은 저곳에 따로 두었었다. 환상 속의 뉴욕은 그녀가 모국의 집으로 돌아간 뒤에도 원래의 얼굴 그대로 존재했다.

네 번째로 뉴욕에 와서야 그녀는 모든 것을 파악했고, 뉴욕은 그녀만의 것이 되었으며, 도시는 그녀가 모든 영화적인 우연을 소유하도록 배려했다. 현실이 그녀의 환상에 덤비기까지, 아니, 뉴욕이 환상이 아닌 현실과 이어지기까지 꼬박 4년이 걸렸다. A(영화와 드라마, 다시 말해 가짜 이야기와 환상)와 B(실제, 다시 말해 진짜 이야기, 현재)가 어떻게 연결되는지 알기에는 그녀는 그것들과 너무 가까이 있었다(사실 그것만 소화하기에도 너무 벅찼다). A와 B가 하나의 점이라면 그녀는 A와 B를 잇는 선을 그릴 능력도 여유도 없었던 것이다. 그 모든 점을 펼쳐 보기엔 호텔 방은 너무 비좁다. 돌아가면 점들을 펼쳐 잇는 작업을 할 수 있겠지, 생각하지만 서울에서의 시간은 그만의 속도로 흐른다. 그래서 뉴욕에서의 이야기는 반드시 실시간으로 뉴욕에서 쓰여야 한다.

한국에 들어와 꿈의 도시와 꿈의 로맨스를 잊어버리고 지내는 동안 그녀가 한 일은 방에 틀어박혀 자신이 그동안 모은 점들을 전부 그러모으는 일이었다. 그렇게 모은 점들을 펼쳐놓은 그녀의 방은 사계절 내내 엉망이었고 그녀의 어머니는 가끔 딸기나 유자차를 주러 딸의 방에 들를 때마다 이렇게 말했었다.

"전쟁 났네…… 좀 치우면서 해. 너무한 거 아니니?"

너무한 건 맞지만 치울 수는 없다고, 그녀는 생각했었다. 하나하나의 점을 파악하는 단계에서 가장 우선시되는 단계는 모든 점을 어질러놓는 일이기 때문이다. 사진작가가 사진을 고를 때 바닥에 모든 후보들을 펼쳐놓고, 의자 위에 올라가 사진을 하나씩 골라내듯. 중요한 건 멀리 떨어져야 한눈에 볼 수 있다. 더 멀리, 냉정하게, 하늘의 별을 보듯 눈을 가늘게 뜨면서. 덜 반짝이는 별들은 아쉬워도 별자리에 들어갈 수 없다는 것을 인정하며. 그래야 의미 있는 것들만 추려서, 이어서, 끈으로 엮을 수 있다고 그녀는 생각했었다. 다만 그 과정이 그녀의 어머니가 보기에는 참을 수 없게 산만했을 뿐이다.

그녀는 그 시절 덕분에 하나의 끈으로 모든 것을 엮을 수 있는 힘이 생겼다. 글쓰기라는 끈이다. 그러나 그 끈 또한 끔찍하게 형편없는 글이라도 써보기라는 점들을 모아 만든 것이다. 그 시절이 없었더라면 그녀는 수많은 점을 지고 다니면서 변명했을 것이다.

"아, 아직 이름은 없는 것들인데요. 저한테 중요한 것은 맞고요, 서로 어떤 관계가 있는지는 사실 아직 파악이 잘 안 돼요, 조금만 기다려주세요, 근데 그 모든 사건이 제게 중요하긴 했거든요?"

그러나 사람들에게 보이는 건 서랍 안에 지저분하게 쌓인 쓰

우정 도둑

레기다. 게으른 과거의 그녀는 변명할 것이다. "그건 쓰레기가 아니라고요! 제발 버리지 마세요!"

그녀는 방 안에서 쓰레기와 보물을 분류했다. 그리고 보물들은 나란히 이어졌다. 작가가 하는 일은 관계를 정의하는 것이고, 그것을 그림으로 하면 화가, 조각으로 하면 조각가, 노래로 하면 가수가 된다는 걸 알았다. 그 깨달음을 다 즐기기도 전에 팬데믹 종식의 기미가 스멀스멀 피어올랐다. 그녀는 끈(노트북과 여행 실력)만 챙겨 떠났다. 다른 건 아무것도 필요 없었다. 끈을 잇는 기가 막힌 실력도 재료가 되는 점이 없다면 다 소용없다는 것을 그녀는 알았다. 그리고 다시 점들을 주워 담으러 떠도는 동안 그녀는 우연에 크게 빚질 것이었다.

7월 13일, 뉴욕에 다시 도착했을 때 그녀는 벌써 우연과 연결에 빚졌다. 그녀를 가장 설레게 했던 순간은 돌고 돌아 도착한 한 상점이 실은 묵고 있는 숙소와 같은 스트리트에 있었다는 사실을 깨달았을 때다. 그 상점에서 오른쪽으로 고개를 돌렸을 때 숙소 앞에 있는 유명한 프랜차이즈 브런치 식당이 아주 작게 보였다. '직진해서 왔다면 시간을 절약할 수 있었을 텐데' 하는 아쉬움이 아니라 '직진해서 왔다면 이렇게 놀라지 않았을 텐데'라고 생각하며 그녀는 아찔하게 안도했다. 그녀가 파이 알라 모드를 그의 입을 통해 듣기까지 걸린 오랜 시간을 아쉬워하지 않듯, 오히려 기뻐하듯. 반짝이는 점들을 줌 아웃하고서 몇 년 뒤에야 주워 담듯. 하나의 운명에는 돌아 돌아 도착하느라 낭비된 시간이 필요했다.

그런 식으로 뉴욕의 점들이 이어져 그녀만의 지도가 만들어졌다. 더 이상 ○○상점은 단지 ○○상점으로 불리지 않는다. '아홉 밤을 묵었던 호텔과 함께 이스트 57번가에 있는 ○○상점'이된다. 약속 장소를 잡을 때 "그 광장 알지, 거기 앞에 있는 시계탑에서 만나"라고 말할 때와 같다. 특정 장소는 그곳뿐만 아닌 그곳과 면하고 있는 다른 요소들로 더 정확히 설명된다. 마찬가지로그녀 또한 더 이상 그녀의 이름만으로 설명되지 않는다. 그녀 옆에 있는 누군가로 더욱더 섬세하게 설명된다. 점들은 연결되고 서로를 대신 말한다.

그녀의 지도에서 그는 못해도 5번가 정도의 역할을 하고 있을 것이다. 큰 이변이 없는 이상. 그들이 아직 서로를 사랑하지 않는다 해도, 그녀가 이곳으로 거처를 옮기고 다른 남자들을 만나게된다 해도, 그는 꽤 오랫동안 그녀가 가장 많이 걷는 길로 남을 것이다.

그들이 주문한 밀크셰이크와 팬케이크, 파이 알라 모드가 나온다. 음료는 입천장이 찢어질 것처럼 달지만 그들이 같이 경악할거리를 제공한다는 점에서 제 역할을 다했다. 좋아하는 것을 함께좋아하는 일은 물론이고 찡그린 표정을 함께 짓는 것 또한 애정을쌓을 수 있는 기회다. 또한 음료는 나눠 먹기 위한 것이다. 얼굴을 플라스틱 컵에 최대한 가까이 갖다 댄 다음, 하나의 컵에 담긴 두 개의 빨대에 각자 입술을 댄 채로 상대방을 올려다보는 것. 그들은 그 장면을 연출하려고 다이너에 갔는지도 모른다. 그때 지는 이마의 주름은 오직 연인만의 증거 같은 것이다.

그가 말한다.

"네가 그렇게 얘기하니까 나까지 덩달아 신나. 막 들떠. 사실 나한테 여긴 그냥 어릴 때 추억 같은 거거든. 한 번도 내가 영화 주인공 같다고 생각해 본 적이 없어. 다이너는 그냥 주말에 가족들이랑 늘 오는 곳이었어. 네가 그렇게 말할 때 신기했어. 나한테 이렇게 익숙한 게 너한테는 그토록 새로울 수 있다는 게. 그래서 너랑 있으면 신나."

"난 네가 보지 못하는 뉴욕을 보여주러 온 거야. 너의 고정관념을 깨러. 넌 평생 여기 살았으니 여기서 태어나지 않은 사람들이 여길 얼마나 갈망하는지 죽어도 모를 거야. 내가 대신 말해줄게. 내 눈에 보이는 뉴욕이 얼마나 근사한지."

그들은 팁까지 두둑이 남겨두고 식당을 떠났다. 15분쯤 걸어서 이스트강에 도착한다. 그들은 가장 으슥한 곳을 찾아 나란히 앉는다. 여자가 지치지도 않고 운을 띄운다.

"또 영화네. 그만해. 나 더 이상 감당 못 해."

"멋지긴 하지?"

"장난해? 이건 멋지다는 말로 표현 불가야. 그냥 영화야."

"우리가 그날 밤 아마 저-기쯤 있었을 거야."

"저기?"

"아니, 거기 말고 좀 더 왼쪽. 불빛 모여 있는 곳."

"네가 말했었잖아, 이메일에서. 우리가 어떻게 보였을지 상상했다고."

"맞아. 너 떠나고 나서 혼자 이 강에 와서 상상했어. 강 건너편에서 그날 밤의 우리가 그렇게 보였겠구나, 하고. 저기쯤이었겠구나. 이런저런 생각을 했지."

"우린 우리 모습을 절대 못 봐. 그렇지?"

"그거야 우리는 우리니까."

"그 대신 나는 너를 볼 수 있고, 너는 나를 볼 수 있잖아."

그녀는 꾀를 쓴다. 그와 안고 있다가 떨어져 강가를 걷는다. 멀리 있어야 보이는 그녀의 실루엣을 보여주고 싶어서다. 그녀는 그가 자신을 바라보는 모습을 즐기며 이렇게 생각한다.

너와 떨어져 있을 때의 나를 좀 봐줘. 처음 만났던 그날처럼. 우리가 아직 가깝지 않았을 때처럼. 나도 너를 머리끝부터 발끝까지 한눈에 보고 다시 반할 수 있도록 잠시 뒷걸음질 칠게. 그러니 횡단보도에서 다시 만나자. 걸어오는 모습은 때때로 네게 안긴 모습보다 더 예쁠 거야. 더 멀리, 더 멀리 가.

우정 도둑

그녀의 마음속에 정리되지 않은 점들이 반짝인다. 그 점들은 시간이 지나 별이 될 것이다. 별자리의 이름은, 그 시절 그녀가 그랬듯 몇 년 뒤에나 지어질 것이고 그중 한 별의 이름은 이 남자의 이름을 따서 지어질 것이다. 그것은 그들의 지도이자 추억의 야경이 될 것이다. 그러나 아직 모든 점을 이어 지도를 만들기에는 그와 그녀는 턱없이 가까이 있다. 얼굴을 파묻고 돌진하는 법만을 안다. 그들은 무지의 여름 속에 있다. 그녀는 아직 그에게서 멀어질 수 없다.

가까이 와. 키스 한 번 더.

특권

옛날 영화를 좋아하는 H를 위해 특별 상영관을 검색하다가 새로운 용어를 배웠다. 예매 사이트에는 세 가지 표시가 있었다.

OmU Original mit Untertiteln : 오리지널 사운드, 영어 자막
DF Deutsche Fassung : 독일어 더빙
OV Original Version : 자막 없음. 더빙 없음.

대부분의 외국 영화가 독일어 더빙으로 상영된다는 사실을 발견했다. 나는 독일인 친구 P에게 물었다. 더빙 상영이 많은 건

왜 그런 거야? P는 말했다. 여기 사람들은 자막에 익숙하지 않아. 외국어를 쓸 일이 드물거든. 더빙 영화를 택하는 건 거의 당연한 일이야. 독일에 왔으면 독일 말로 바뀌어야 한다고 생각하거든. 문득 떠올랐다. 스페인과 프랑스에서 영화관에 갔을 때도, 대부분이 더빙 상영이라 관람을 포기하고 나온 적이 있었다. 외국 문화에 길들여져 자란 나는 자막을 보는 게 당연하다고 생각했었다. 유럽인들이 다른 나라의 창작물을 자기 언어로 바꿔 소화하는 게 당연하다고 생각하는 건 우월감에서 기인했을까? 아니면 자기 언어에 대한 의리 때문일까? 내가 자막을 읽는 피곤함을 감수하는 데 익숙한 것은 언어적 사대주의 때문인가, 아니면 본연의 영화를 느끼고자 하는 부지런함에서 기인한 문화적 예민성 덕분일까?

생각해 보면 진지하게 영화를 향유하고자 하는 사람들이 더빙판을 볼 확률은 없다(이동진 평론가가 이 이야기를 듣고 기겁할 것을 상상하니 웃음이 났다). 그래서 H와 나는 어렵게 오리지널 사운드에 영어 자막으로 상영되는 「중경삼림」을 관람했다(언어적 특권 같은 건 모르겠고, 나는 독일어 더빙으로 된 중경삼림을 볼 바에 차라리 안 보는 걸 택하겠다).

극장에서 나오니 아주 늦은 시각이었다. 우린 기분이 좋았다. 빗물에 번진 불빛 같은 밤. 번잡하면서도 청초한 거리의 분위기가 홍콩 영화의 여운을 지속시켜 주는 듯했다. 우리는 멕시코 음식점 바깥 자리에 앉아 타코와 콜라를 주문했다. 훌륭한 아시안 영화를 봐서인지 우리는 왠지 모를 의기양양함에 젖어 있었다. 나는 내가 동양인이라는 것이 어느 순간 자랑스러웠다. 내가 태어난 곳, 내가 자란 곳에서만 배울 수 있는 감각들을 지지하게 된 지는 얼마 되지 않았다. 내가 가지지 못한 서양 문화에 대한 건강한 배움만이 남아 있을 뿐 다른 나라에서 태어났다면 얼마나 좋았을까, 하는 비애국적인 바람은 조용히 사그라들었다. 나이가 들면서 외국어로 번역되기 힘든 정, 한, 애틋함과 같은 한국적인 말들이 소중해졌다. 스쳐 지나듯 보아도 꿀떡 이해가 되는 한국어가 모국어라는 게 자랑스러웠다.

8월의 여름밤이 한창이었다. 지나가는 젊은이들을 구경하는 게 즐거웠다. 젊은이들은 걷고 있어도 질주하는 분위기를 풍겼고 그들은 삶의 일정 기간에만 누릴 수 있는 아우라를 내뿜었다. 낮은 하늘에 폭죽이 터지고 길에 술병이 굴러다니고 우리는 슈퍼에서 병맥주를 샀다. 독일 슈퍼마켓에서 캔맥주는 찾아보기 힘들다. 독일인들의 맥주 사랑은 슈퍼 한 곳을 100개가 넘는 종류의 병맥주로 채울 만큼 대단하다. 그리고 세상에서 가장 질 좋은 맥주를 1유로에 먹을 수 있는 건 독일 여행객의 특권이다.

집에 돌아오니 P의 고양이가 우리를 반겼다. 나는 행여나 고양이가 불편해서 자리를 뜰까 봐 침대 끄트머리에 엉덩이만 걸치고 있었다. 개는 사람에게 충성하지만 사람은 고양이에게 충성한다. 고양이는 자기가 오고 싶을 때 오고, 자기가 가고 싶을 때 간다. 원할 때 정확히 거부할 수 있고 한없이 싸가지 없을 수 없음이 고양이만의 특권이다. 성질을 있는 그대로 표출하고도 더할 나위 없이 사랑받을 수 있는. 그들은 인간의 요구에 따라 훈련받는 일에서 면제되어 자유롭게 산다. 순간, 고양이는 뭐가 마음에 안 들었는지 벌떡 일어나 홱, 다른 방으로 가버렸다. H와 나는 곧바로 깊은 잠에 들었다.

　다음 날 나는 H와 P가 사는 집을 떠났다. 일주일간 혼자 지낼 에어비앤비를 예약했고 버스를 타고 다른 동네로 향했다. 행선지는 쿠르퓌르스텐담이다. 짐을 다 챙겨 내가 묵고 있던 H의 아파트 1층으로 향하는 계단을 내려왔을 때 에어비앤비 주인에게서 연락이 왔다. 주소를 제대로 알고 있냐는 물음에 이 주소가 아니냐고 했더니 그에게서 곧바로 회신이 왔다. 응, 거기 아니야⋯⋯. 그 문자를 봤을 때는 아파트 정문을 닫아버린 뒤였고 집에는 다시 문을 열어줄 사람이, 나에게는 와이파이가 없었고⋯⋯. 핸드폰을 문에 바짝 붙여봐도 새로운 주소가 적혀 있을 다음 메시지가 오지 않았다.

　어떡하지. 그때 나는 일단 편의점 앞으로 향했다. 불안한 마음과 함께 돌연 자유로워지는 기분이 들었다. 다른 요령 없이 헤쳐나가야 하는 상황이 나를 도리어 씩씩하게 만드는 것 같았다. 핸드폰도 안 되고 주소도 모르는 상황이니 택시를 부를 수도 없다. 짜증은 나지만 통쾌했다. 복잡미묘했다. 오랜만에 느껴보는 기분 좋은 막막함이었다. 기댈 곳이 없으면 더 꼿꼿이 설 수 있다.

그런 내가 잠시 휘청거렸던 이유는 엄청나게 무거운 배낭을 들고 있었기 때문이다. 짐에 있어서 나는 여행자답지 못하다. 자유롭지 못하다는 뜻이다. 거북목 베개와 향초, 요가 매트도 꼭 필요하다. 나이가 들수록 없으면 안 되는 것들이 늘어난다. 그래서 모든 것을 챙겼다. 집에서 편의점까지는 5분도 채 걸리지 않는 거리지만 나는 땀을 뻘뻘 흘렸다. 눈앞에 101번 버스가 도착했다. 일단 올라탔다. 그 동네 안이니 어떻게든 되겠지.

내가 내린 곳은 사거리의 스타벅스 앞이었다. 나는 안도했다. 스타벅스에는 무조건 와이파이가 있으니까. 들어가서 와이파이를 연결하고 숙소 주인에게서 정확한 주소를 받아 구글 맵에 저장했다. 숙소는 걸어서 7분 정도 걸렸다. 골목에 들어가자마자 알았다. 이 동네에서 가장 아름다운 골목에 들어섰다는 것을. 큰길가의 스타벅스와 각종 명품 매장을 보고 오해를 할 뻔했다. 조용한 골목으로 들어서는 순간 그곳은 더욱 유럽답게 변했다. 골목 안쪽은 파리 같았다.

파리 같다는 말은 아름답다는 말을 대신하는 말이다. 우리가 "파리 같아"라고 말할 때에 상대에게 기대하는 것은 유럽적 아름다움에 대한 공감이다. 그 골목이 독일임을 증명하는 것은 큼지막한 창과 거리마다 나뒹구는 맥주병밖에 없었다. 숙소를 찾아 걸어가는 7분 동안 지나친 모든 상점이 더할 나위 없이 감각적이었다. 숨어 있는 곳은 더 고급스럽다. 관광객이 아닌 이 동네에 정말 살고 있는 사람들이 매일 걷는 곳. 문득 그 동네에 대해 H가 한 말이 떠올랐다. 언니가 가는 그 동네가 진짜 부자 동네야.

약국은 천장까지 목재로 덮여 있었고 소독된 주얼리를 팔 것처럼 팬시했다. 가는 길에 이태리 식당이 두 군데나 있었다. 그 길 끝에는 의자들이 밖에 놓인 프랑스식 식당도 있었는데 그곳은 베를린의 다른 지역에서는 결코 볼 수 없었던, 완벽히 파리 같은 곳이었다. 일하는 사람들, 가게의 분위기, 가게와 길목을 자연스럽게 가르는 키 작은 나무들까지. 길만 더 비좁았다면 누구든 그곳을 파리라고 착각했을지 모른다. 같은 길을 죽 따라 걷다 보면 이태리 레스토랑 하나가 나오는데 가격 또한 베를린의 것이 아니었다. 베를린의 소박한 물가를 비웃듯 식사 가격이 기본 40유로(한화로 약 6만 원)를 웃돌았다. 베를린의 물가에 익숙해진 나는 유학생 H처럼 깜짝 놀라고 말았다. 베를린은 내가 가본 도시 중 가장 수더분한 도시였으므로 이 동네는 가장 베를린스럽지 않았다. 다른 말로 하면, 이 동네는 가장 세련되고 고상하지만 지루했다.

식당에서는 이태리어와 프랑스어가 섞여서 들려왔다. 한 블록마다 네일숍과 미용실, 피부관리숍이 있었다. 그밖에는 의상숍과 가구점, 고급 모자 가게, 갤러리. 하나같이 들어가기 부담스러운 느낌이었다. 뭘 흘리기라도 하면 쫓겨날 것처럼 깨끗한 실내는 완벽하게 정돈되어 손님들을 기다리고 있었다. 나는 고등학생 같은 옷차림에 짐을 산더미처럼 들고 있었으므로 여행객인 것을 완벽히 들켰다. 그런 동네에서 여행객은 환영받지 못한다. 몇몇 가게에서 불친절을 겪었다. 다른 지역에서는 한 번도 없던 일이었다. 천사 같은 베를린 사람들과 그들은 달랐다. 얼마 뒤 친구도 똑같은 것을 느꼈으니 단순히 기분 탓은 아닌 것 같다.

일종의 인종차별도 당했다. 음식을 시켰을 때 지나치게 적은 양을 준다거나, 영업시간을 묻는 말에 문전 박대를 한다거나, 우리에게만 까탈스럽게 군다거나 하는 식으로. 종종 나이브한 사람들은 유럽에서 인종차별을 당한 적이 없다고 너스레를 떨지만 그건 관광객이 가는 곳만을 여행했다는 것을 반증하는 셈이다. 아니면 운이 좋았을 뿐. 나 또한 마찬가지였다. 불쾌한 인종차별은 내가 처음으로 폐쇄적인 동네의 내부에 들어왔다는 것을 의미했다. 어느 나라든 폐쇄적일수록 잘사는 동네다. 안전하지만 불친절한. 나는 그들의 세계에 침범한 불청객이었다. 골목 안쪽에서 동양인과 흑인을 찾아보기 힘들었다.

이 동네에서 자주 목격되는 공통점이 또 있었다. 주민들이 가지고 다니는 가방의 브랜드, 주차되어 있는 차 종류, 그리고 옷차림. 루이비통 가방은 촌스럽게 로고가 튀는 디자인이 아닌 은은한 우윳빛깔 가죽에 숨긴 듯 작은 로고가 자잘하게 박혀 있는 디자인이었다. 독일에서는 BMW나 벤츠가 국산이라 그리 특별할 것이 없는데, 유독 이태리산 자가용인 피아트500이 많다는 특징이 있었다. 하루에도 열 대 이상 볼 수 있었다. 비싼 차는 아니지만 그 차에 타고 있는 사람들이 내려서 들어가는 아파트만큼은 무지 비싸 보였다. 그 차들을 하나로 묶는다면, 전부 휴가용 차라는 공통점을 들 수 있다. 차에서 방금 내린 50대 초반으로 보이는 중년 여자는 '그' 디자인의 루이비통 가방을 들고 완벽하게 관리된 날씬한 종아리가 드러나는 청바지를 나풀거리며 건물로 들어선다. 8월은 사람들이 한참 바캉스를 갔다가 집에 돌아오는 시기로, 차 트렁크에서 짐을 내리고 그 뒤를 따르는 것은 어쩐지 절절매는 듯한 인상의 남편이다. 거리에는 압도적으로 중년과 노인들이 많았다. 내가 젊은 것이 멋쩍을 정도로.

나는 이 동네만의 분위기에 이미 중독되어 숙소에 들어섰을 때 실망하고 말았다. 방은 너무 아담했다. 이 근방에서 검색되는 숙소가 이곳뿐이었던 이유가 순간 이해되었다. 이 지역에서는 빌린 집으로 에어비앤비를 돌려서 꼬박꼬박 월세를 내고도 수익을 낼 만큼 저렴한 집을 구할 수 없으리라. 그 도시에서 제일 좋은 동네란, 여행객에게 철저히 막혀 있는 지역이다. 뉴욕 파크 애비뉴에 에어비앤비가 단 한 곳도 없듯이. 내가 체험할 수 있는 곳은 아마도 이 동네에서 혼자 동떨어진 느낌이 드는 이 건물의 꼭대기

층에 위치한 방 한 칸일 테고, 길을 걸으며 보았던 으리으리한 테라스를 가진 집들은 아마 그곳에 사는 친구가 없는 한 결코 들어가 볼 수 없을 것이다. 대개 프라이빗한 곳에 가려면 초대장이 필요하고, 그런 초대장은 모두에게 오픈되지 않기 때문에 특별하다. 특별한 것만큼 달콤한 것은 없다.

사실 세상의 모든 초대장은 돈일지도 모른다. 돈은 이 시대의 최고의 특권이기 때문, 아니 대부분의 특권은 돈으로 살 수 있기 때문이다. 그래도 이 동네의 최연소 여행객으로서 좋은 점도 있을 거다. 길바닥에 지갑을 흘려도 아무도 가져가지 않을 것 같다. 이 동네에서 제일 어린 건 나랑 내 옆방에 사는 경영대생 인턴 남자애일 거고, 그러니까 우리의 지갑은 안전하다.

그리고 우리 집 1층 베트남 식당 종업원이 있다. 거긴 맨날 파리가 날리고 손님은 대개 둘뿐인데, 나 말고 다른 한 명은 허름한 등산복을 입고서 절대 웃지 않는 할아버지다(옷차림으로 허름함을 가늠한다는 건 어리석다는 것을 알지만). 그리고 큰 사거리에 있는 한식당 주인아주머니. 혼자 가서 밥을 먹을 때면 그는 내 옆에 앉아 부채를 부치며 딸 자랑을 한다. 그럴 때면 마음이 푸근해진다. 오직 그들만이 내가 알던 베를린 사람들만큼 친절하다. 옆 건물에는 가라오케가 있다. 유일하게 이 동네에서 밤마다 술 취한 사람들의 고성이 오가는 곳. 유일하게 흥청망청하고 또 유일하게 젊은 곳. 다른 곳은 쥐 죽은 듯 조용하다. 위협적인 샹들리에가 흔들림

없이 창가에 내비칠 뿐이다.

각각의 집 안 사정은 모르겠지만 나는 평화로운 이 밤에 편견을 가졌다. 여기서만 머무는 사람이 있다면 베를린 테크노가 최고라는 걸 누가 믿겠어. 열등감이다. 핑계는 좋다. 냉소적인 내 친구는 말할 것이다. 네가 부자가 안 되어봐서 부자가 싫겠지, 부럽겠지. 나는 정말 돈의 혜택을 받지 못해서 심술을 부리고 있는 것일까? 베를린에 배신당했다는 실망감. 그래서 세상에서 제일가는 부자들이 살지만 어떤 곳도 공평하게 시끄러운 뉴욕이 그리워졌다. 나의 어설픈 특권이 발효되는 시점이다. 뉴욕을 아직 혐오하지 않는 자의 특권. 복잡한 마음을 달래기 위해 제일 좋아하는 영화를 틀었다. 당연히 뉴욕이 배경이다. 영화의 첫 장면에서 우디 앨런은 이렇게 말한다.

"나 같은 사람을 멤버로 받아주는 그 어떤 클럽에도 절대 속하고 싶지 않아요."
-「애니 홀」

자조적인 자기혐오로 완성시키는 그들만의 리그. 중국 벼락부자들이 샤넬 구매를 남발하는 탓에 진짜 부자들은 샤넬 소비를 줄였다는 기사를 기억한다. 특권 의식은 더 비싼 것을 바라는 것이 아니다. 다른 사람과 분리되는 것이 핵심이다. 특권. 칼로 자르 듯 나뉜 아프리카 지도가 은밀히 고발하듯, 옛 강대국들의 권력욕 을 닮은 것.

　　다음 날, 해가 내리쬐는 아침에 테라스에 나가 한국 뉴스를 읽었다. 비가 많이 와서 신림동 반지하에 사는 가족이 목숨을 잃 었다는 비보였다. 악플 몇 개가 이미 올라와 있다. 익명의 특권을 빌린 사람들은 혐오를 일상화한다. 부끄러움과 공감이 결여된 사 회에서 나와 너는 철저히 분리되고 그것은 우리의 문화가 된다. 이름과 얼굴이 보이지 않는 곳에서는 더 많은 죽음이 발생한다. 참사는 일을 겪은 당사자의 잘못이라 비난받고, 총책임자는 카메 라 앞에서만 슬픈 표정을 자아낼 뿐이다. 특권은 상황을 빠져나가 는 용도로 쓰인다.

　　나는 깨달았다. 특권이라는 말이 근사하게 사용되는 사례를 본 적이 거의 없다. 나는 외출을 했다. 날은 비극적으로 밝았다. 지 구 반대편의 재해를 전혀 모르는 날씨였다. 멀고 또 멀었다.

우정 도둑

특권2

W에게.

서사에서 서술자가 지니는 걸 특권이라고 한대. 그것이 내가 어릴 적부터 일기 쓰기에 매달렸던 이유야. 글을 쓰고 있는 동안에는 특권을 누릴 수 있으니까. 상황을 통제할 수 있으니까. 언젠가는 소설을 쓰고 싶어. 아직 세상에 없는 세상에 대해 쓸 특권을 얻는 건 압도적인 경험일 것 같아. 소설가들은 맹렬히 자유롭겠지? 상상력을 통해 영원히 없을 세계를 먼저 돌아다니는 건 어떤 기분일까? 무엇이든 가능하게 하는 것. 세세하고 치밀하게. 그 정도는 돼야 특권이라고 할 수 있는 거 아니겠어?

책이 더 멋진 건 특권을 전가한다는 거야. 아니, 책임 전가도 아니고 특권 전가라니. 너무 근사한 말 아니야? 작가는 책을 읽는 사람한테 권위를 전가해. 결국 책은 작가를 위한 것이 아니라 독자를 위한 것이 되지. 독자에게는 무슨 책이든 마음대로 해석할 수 있는 권리가 주어져. 그러니까 책에 대해 설명하는 것만큼 어리석은 짓은 없을 거야. 결국 사람들은 원하는 대로 책을 이해하게 될 거고 그거야말로 독서의 본질이니까. 마르그리트 뒤라스가 말했듯 저자는 책의 출간과 함께 사라져야 해. 책을 읽는 사람들은 아무도 주인공에게 집중하지 않아. 주인공을 통해서 자기 자신을 보는 거지. 문학은 주인공의 절망을 내 것으로 만들어 함께 울 수 있게 해. 글은 도구일 뿐이야. 도구로 남는다는 것, 읽히고 사용되면서 자기 특권을 탕진해 버린다는 것, 정말 멋지지 않아?

책은 결국 도망치는 거야. 나의 모습과 쏙 빼닮은 책 속의 인물에게로, 내가 네가 되는 경험을 통해서. 사람에게서 사람으로 도망치게 만드는 게 책이야. 도망치기 위해 멋진 구실을 얻는 거라고. 그걸 아는 사람들에게 독서는 너무 쉬워지지. 생활의 모든 굴레를 잊은 채 자유의 세계에 들어간 어린 독자들을 보고 사람들은 칭찬하지. 어쩜 그렇게 책을 좋아하니? 사실 도망친 거였는데. 명절이면 할머니 댁에서, 닳고 닳은 『제인 에어』를 읽고 또 읽으면서 위로를 받았었어. 내 혼돈보다 더 큰 혼돈이 그 책 속에 있더

라. 신분이 낮은데도 당찬 제인은 명백히 나였고.

여행은 더 적극적인 도망이었어. 독서처럼 여행도 칭찬받았지. 어떻게 그렇게 용감하니? 어쩜 그리 자유롭니? 그런 찬탄 사이에 숨겨진 말들이 가장 정답에 가까웠지. 쟤 또 도망간다. 맞아, 도망이었어. 그런데 그 도망이 점점 업그레이드됐어. 터키항공에서 대한항공으로, 호스텔에서 호텔로. 솔직히 말하면 여행 그 자체보다 내가 고생을 덜 하게 됐던 전환점이 기억에 남아. 도망은 맞는데 좀 덜 구질구질한 도망. 공항에서 처음 택시를 탔던 때를 기억해. 아마 언니에게도 말한 적 있을 거야. 나한테 그건 하나의 획기적인 사건이었거든. 그 전까지는 기차를 타고 버스를 갈아타고 갔어야만 했으니까. 소박하지만 큰 의미였어. 남들이 처음 비즈니스석을 탈 때에 느낄 만한 전율이랄까. 택시를 타고 시내로 진입하던 그때를 잊을 수 없을 거야. 그때까지는 좋았지. 택시 없이 못 살기 전까지는.

웃긴 게 뭔지 알아? 택시를 타니까 약속 시간에 더 늦어. 택시를 탈 수 없었을 때에는 무조건 일찍 나오니까 절대 늦지 않았는데. 택시를 탄다는 건 이미 어느 정도 늦었다는 걸 말해주는 걸지도. 늦고, 또 변명해. 차가 막혔다고……. 많은 것이 편해졌는데 불평은 더 많아졌고 거짓말도 늘었어. 감사하는 마음은 줄었고 약간의 위기 상황에도 꼴 보기 싫게 휘청거려. 나는 모든 것이 갖춰져 있을 때에만 감사하다고 말할 수 있어. 그마저도 거짓말이겠지만. 결벽증이 있는 사람처럼, 깨끗하고 안락한 상황에 대한 욕구가 점점 강해져.

이제 나는 침대보에 얼룩이 있는 혼성 호스텔이 싫어. 공항에서 시내까지 기차로 이동하는 일은 있을 수 없는 일이야. 위생 상태가 조금이라도 의심되면 나온 음식을 버리고 식당을 나가버리고 싶어. 그 와중에 불평과 함께 짐은 늘어만 가. 내 불안을 일시적으로 잠재울 준비물들이 필요하거든. 이를테면 거북목 베개, 요가 매트, 잠들기 전 관자놀이와 뒷목에 바르는 아로마 오일. 내가 원하는 만큼 넓고 깨끗한 호텔 방, 내가 원하는 품질의 내추럴 와인. 까탈스럽게 구는 게 나의 어설픈 성공을 자랑하듯이, 내 인생에는 안락의 기름때가 꼈어. 난 누구보다 이전의 나를 이해하지 못해. 아무 보장 없이도 씩씩하던 나를. 상상력이 없어진 거야. 감정이 입이 안 되는 거지. 그 대상이 과거의 나라고 해도 예외는 없더라. 그래서 과거의 나와 현재의 나는 사이가 그닥 좋지 않아.

다행스럽게도 도시가 나를 다시 배우게 해. 도시는 특정한 누군가에게만 허락된 장소는 지루하다고 매일 내게 말해. 도시에서 제일 멋진 건 5성급 호텔과 와인 바가 아니야. 공원이랑 도서관, 서점이야. 걷다 보면 벤치가 놓인 작은 쉼터가 있는데 거기에는 이렇게 적혀 있어. Open to public. 모두에게 열려 있다는 뜻이지. 공원은 다른 어떤 곳과도 비교할 수 없어. 아무리 잘 꾸며진 저택도 공원만큼 생기로울 수는 없지. 공원은 벤치를 제외하고는 전부 자연이잖아. 임스 체어Eames Chair가 있다 한들 사람들은 비웃을 거야. 거기서는 인간이 만든 모든 게 이물질이 돼. 통쾌하게.

도서관도 그래. 사회적 특권 따위 알게 뭐야. 도서관 사람들은 노트북 브랜드, 앞에 책을 쌓아둔 책의 양, 텀블러 색깔 등만 다를 뿐 다른 특징으로 구별되지 않아. 차별도 없고 대화도 없고 고독만 있지. 거긴 자랑도 없어. 아무도 너한테나 나한테나 관심이 없어. 책은 인간한테 공평하게 무심하거든. 몇백 년 된 이야기들에 비해 인간은 허름해. 그리고 도서관은 누구나 들어갈 수 있어.

이제야 내가 서점을 좋아하는 이유를 명확히 알겠다. 서점도 모두에게 열려 있어. 환대까지는 아니더라도 거부하지 않지. 학생 때 나는 용돈이 모이면 곧장 서점으로 달려갔었어. 읽고 싶은 책을 딱 한 권 사서 집에 돌아가곤 했지.

지금은 한 번에 일곱 권씩 주문해. 읽지 않은 책만 쌓여가. 나는 책과 책을 사는 일 중에 무엇을 더 사랑하는 걸까?

옵션이 있다는 건 절실함을 앗아가. 플랜 B도 다음도 없을 때 사람은 집중할 수 있어. 최근 오랜만에 그 느낌을 느꼈어. H와 거리를 걷던 날. 그 애는 갖고 싶어 하던 수건 소재의 아디다스 스웨트셔츠를 한참을 만지작대다가 결국 안 사더라. H는 학생이라 돈이 없었거든. 그런데 그걸 사는 것이 사지 않는 것보다 더 행복한 일일까? 그건 잘 모르겠어. 아쉽긴 했겠지. 그때 무리해서라도 살 걸, 하고 평생 후회할지도 몰라. 그래도 그게 그 애의 행복을 절감했다고는 말 못 하겠어. 30대가 되고, 20대에 갖고 싶어 했던 모든 것을 가져보니 난 알아. 그 행복이 이틀도 가지 않는다는 걸. 오히려 가지지 않았을 때의 아쉬움이 더 달콤한 거야. 내 것이 아닌 것을 오히려 애지중지 다룰 수 있지.

그래, 그때도. 숙소를 옮길 때도 핸드폰이 먹통이라 무작정 일단 숙소가 있는 동네로 가야 했었는데, 그런 문제점을 오랜만에 직면하니 오히려 숨통이 트이는 것 같았어. 정신이 바짝 차려졌지. 그럴 때 나 자신을 신뢰하게 돼. 내게 기회를 주는 거지. 돈으로 해결할 수 없는 민첩성의 문제, 센스의 문제를 다시 시험하면서 젊어지는 기분이 들었어. 그 집에 들어설 때마다 H는 내게 말했지. 열쇠를 왼쪽으로 돌리면 끝이니까 조심하라고. 열쇠공을 부르는 건 50만 원이라고. 난 그 50만 원이 500만 원이라고 상상했어. 불안에 떨면서 문을 열면 열 때마다 안도하고 기뻐할 수 있었어. 몸을 부르르 떨면서. 정말 오랜만에 느껴보는 감정이었어.

그 애의 옷장에는 대문 열쇠처럼 재킷 하나, 트레이닝 저지하나, 와이셔츠 몇 벌, 바지 몇 벌이 전부야. 두 달 여행하는 나보다도 짐이 훨씬 적어. 서랍장 위에는 화병 하나, 스킨 하나, 로션하나, 향초 하나, 끝. 액세서리도 거의 업데이트된 게 없어. 책도옷도. 필요한 것만 가지고 있는 그 애는 이제 곧 다른 도시의 학교를 다니러 떠나. 여행객인 나보다 더 작은 캐리어를 들고. 그 애가 외출했을 때 나는 보풀 난 그 옷들을 개키며 그런 생각을 했어. 물건을 비워내고 가벼워지지 않는 이상 나는 절박해질 수 없을 것 같다고. 가벼워서 새처럼 날아가야만 깊은 글을 쓸 수 있을 거야. 깊은 곳은 가장 낮은 곳. 낮은 곳으로도 새는 꼭 날거든.

이제 나는 짐이 많은 사람들이 멋있어 보이지 않아. 어릴 때 동경했던, 옷장 가득가득 옷이 차 있는 사람들. 어디에 뭐가 있는지도 잘 몰라요. 똑같은 바지가 두 벌이나 있었네요? 머쓱하게 말하는 사람들. 나를 설명하는 것이 물건인 사람은 서글플 것 같아. 그건 불타면 없어져 버릴 물건이야. 옮길 땐 무겁다고, 버리고 싶다고 불평하게 되는 것. 사람들은 너무 많은 것을 짊어지고 살면서 그것이 특권의 증표라고 착각하고 있어. 욕심을 마주할 때면 앨런 긴즈버그의 시가 떠올라.

너무 많은 철학

너무 많은 주장

그러나 너무 부족한 공간

너무 부족한 나무

너무 많은 경찰

너무 많은 컴퓨터

너무 많은 가전제품

너무 많은 돼지고기

지하철에 탄 너무 많은 피곤한 얼굴들

그러나 너무 부족한 사과나무

너무 부족한 잣나무

너무 많은 살인

너무 많은 학교 폭력

너무 많은 돈

너무 많은 가난

너무 많은 금속물질

너무 많은 비만

너무 많은 헛소리들

그러나 너무 부족한 명상

너무 많은 분노

너무 많은 설탕

너무 많은 방사능

그러나 너무 적은 눈

우정 도둑

다른 말로 하면 이렇게도 말할 수 있겠다.

너무 많은 나
너무 적은 우리
-앨런 긴즈버그, 「너무 많은 것들」*

너무 많은 것들. 너무 과해서 부담스럽고 피곤한 것들. 너무 많이 가진 사람들은 다른 이야기에 관심을 둘 마음의 공간이 부족해. 그들은 자기 자신만 너무 많이 가지고 있어. 명예, 특권, 다른 이와 달리 대우받는 것이 어떤 사람들한테는 목숨만큼 중요한가봐. 그러니까 자꾸 비참한 뉴스들이 나와. 나와 너를 우리로 치환하지 못할 때 일어나는 일들. 강남 어느 아파트 주민회의에서 택배 차량이 미관상 좋지 않다는 이유로 단지 내 출입을 금한다는 안건에 대해 만장일치한 결과. 자판기 커피 두 잔 값으로 쓴 800원 때문에 17년 차 버스 기사를 해고한 대법관 후보자.

너무 많은 나
너무 적은 우리

* 『시로 납치하다』, 류시화, 더숲.

누군가는 특권을 너와 나로 분리하는 데 사용해. 나의 위치를 공고히 하고, 너의 처지를 드러내는 데에. 너와 나 사이를 가르는 안개는 그들한테 무척 중요해 보여. 안개가 철보다 두꺼울 수 있다는 걸 나는 특권을 오용하는 사람들을 보며 느껴. 안 봐도 뻔해. 그들의 집은 영혼 없는 비싼 가구와 비싼 거짓말들로 가득 차 있을 거야. 그런 사람들은 홀연히 사라질 수가 없어.

성품이 곧 자신의 정체성인 사람들을 닮고 싶어. 그 선한 얼굴이 부러워. 이를테면 명상과 사과나무가 깃든 얼굴들. 그런 사람들은 그 아파트의 주민들이나 그 판사와는 전혀 다른 특권을 가지고 있어. 자연을 닮은 특권. 자연스럽다는 말을 곰곰이 생각해 본 적이 있어. 그 말을 머릿속에 떠올리면 넉넉한 청량함이 곳곳에 퍼지는 듯해. 그리고 무지 가벼워. 오금이 저릴 만큼 가벼워. 내 무거움이 창피해질 정도로. 내가 그 집 테라스에 머물 때 항상 꽃에 와 앉던 통통한 꿀벌들을 보며 느낀 점이 있어. 나는 왜 꿀벌을 예뻐할까? 꿀벌은 어떻게 저렇게 아름답게 날 수 있을까? 그때 자연에 속한 모든 것의 공통점을 발견했지.

자연은 짐이 없다는 것.

그건 모든 자연의 특권이야. 그래서 가벼운 거야. '너무 많다'는 개념이 없어. 자연에는 완벽한 양, 완벽한 질의 자연만이 존재해. 그래서 아무리 보아도 지치지 않는 거야. 조화롭고 균형적이니까. 자연한테는 욕심이 없어. 법칙은 있지만 기득권은 없어. 누군가를 따돌리는 귓속말도 없어. 현상을 유지하려는 거짓말도 없어. 무조건 흘러가. 무조건 변해. 흘릴 것도 없어, 짊어지고 다니는 게 없으니. 잃어버릴 것도, 아쉬울 것도 없어. 뭘 꼭 챙겨야 하는 미련함도 없고. 그냥 자유롭지.

나비가 가방 들고 다니는 것 봤어? 꿀벌은? 새는? 바람은? 폭풍은? 낙엽은?

명품 백도 천 가방도 자연한테는 다 똑같이 필요 없다는 거야. 핵심은 여기에 있어. 인간들이 가진 차이점을 깡그리 무시해버리는 것. 바람 한 번이면 충분하지. 자유로워. 우리가 재고 따지는 것들이 허무하다는 사실을 생각만 해도 뇌가 씻기는 것 같아.

아, 베를린의 녹음은 푸르러. 그건 부자에게도 노숙자에게도 여행객에게도 점원에게도 모두 공평하게 깨끗한 공기만 줘. 자연은 특권을 그런 식으로 베풀어. 자연은 함께 살아가는 법을 알아. 내게 있는 모든 것을 베푸는 것이 오직 자신의 특권을 활용하는 법이야.

나는 자연을 닮은 사람이 될 수 있을까? 사실 두려워. 모든 걸 짊어지고 사는 사람이 될까 봐. 너무 많은 생각만 가지고 너무 적은 행동을 하는 사람이 될까 봐. 푸르지 않을까 봐. 그러니까 다음 여행을 떠난다면 나는 자연이 있는 곳으로 갈래. 도시는 이만하면 질릴 정도로 가본 것 같고, 닮고 싶은 곳으로 떠날래. 아마 내

년쯤 같이 몽골에 갈 수 있을 거야. 우리 그땐 마르셀 뒤샹이 쓴 것처럼 칫솔 하나만 들고 가자. 극단적으로 가벼워지자.

왠지 그때는 지금보다 훨씬 좋은 글을 쓸 수 있을 것 같아. 가벼워진 내 안에 다른 이의 사연을 집어넣으면 그건 읽는 모두의 것이 될 거야. 작가의 특권에 좀 많은 사랑을 타서. 그리고 사람들은 말할 거야. 이건 내 얘기야. 그다음 모두가 한꺼번에 책 밖으로 도망치면 그건 혁명이 될 거야. 그때 우린 서로를 이해할 필요가 없어. 서로가 서로가 되어버릴 테니. '바람처럼 사라진다.' 이제야 이해되는 소름 끼치도록 근사한 말이야. 그건 서로가 서로 속으로 사라져 버리는 걸 뜻할지도 모르겠어. 흔적 없이 사랑만 남겠지. 욕심으로 점철된 인간 본성을 초월한 채.

날아가려면, 사라지려면 모든 걸 버려야 해. 사라지는 건 내가 연습해야 할 새로운 특권이야. 사람들을 향해.

J.

정원의 무덤

그녀를 만났던 날의 수첩을 펼쳐보았다. 테스코TESCO에서 산 'Hand-Picked With Care(정성을 다해 직접 손으로 재배한 꽃)'의 5파운드짜리 영수증 하나만 붙어 있다. 이렇듯 잊지 못할 날의 기록은 둘 중 하나다. 전부 적혀 있거나 아니면 아무것도 없거나. 이날은 후자였다. 그날 나는 일기를 남기기에는 너무 취했고, 그녀의 방은 너무 추웠다.

2021년 12월 28일. 런던에 사는 정원을 만나러 갔다. 세인트 존스 역에서 그녀의 집까지는 주빌리 라인 튜브(전철)와 68번 버스를 타고 50분쯤 걸렸다. 처음 가보는 남쪽 동네였다. 그녀는 중국인 남자와 슬로베키아 여자 부부와 그들의 갓난아기가 사는 집에 세 들어 살고 있었다. 로비에 도착하자, 뛰쳐나오는 그녀가 보였다. 언제나처럼 꼭 자기다운 옷차림(통 넓은 청바지에 허리의 가장 잘록한 선까지 찰랑거리는 긴 머리를 반으로 묶은, 조니 미첼이 입었을 법한 쭈글쭈글한 체크무늬 셔츠)을 한 채. 볼은 빨갛고 피부는 까무잡잡하다. 그리고 어쩔 줄 몰라 하는 듯 환한 웃음. 누가 봐도 잊지 못할, 어떤 이에게는 눈부신 짐이 될 웃음이다.

그녀와 동네 구경을 하기로 했다. 우리는 빈티지 숍부터 들렀다. 야, 가는 길에 빈티지 가게 있어? 어. 있어, 언니. 지금 아마 열었을 거야. 그녀를 만나고 보니 나의 세련된 옷차림이 외려 촌스러워 보여 마음이 급했다. 나는 가게에 들어가자마자 고동색 단추가 달린 짜임새 좋은 니트와 1970년대 실버 주전자 세트를 골랐다. 가게 주인은 컨트리풍의 가게 분위기와는 상반되는 고스룩을 입고 짧은 머리를 하고 있었다. 여자 섹스 피스톨스 같았다. 살벌한 옷차림에 비해 그는 천사처럼 친절했다. 그럴 때 사람은 쉽게 녹는다. 우리는 왜 첫인상과 다른 상냥함에 바보처럼 감동하는 걸까. 그의 악센트는 '슈거'와 '밀크'조차 색다른 단어로 들리게 했고 영화 「시드 앤 낸시」와 젊은 이완 맥그리거가 나오는 「트레인스 포팅」을 생각나게 했다. 우리는 주전자가 든 비닐봉지를 달그락거리며 정원의 단골 베트남 음식점으로 향했다.

우리는 가게 가장 안쪽 아늑한 구석 자리를 차지했다. 쌀국수와 스위트 사워 새우, 사이공 병맥주 두 병을 시켰다. 아주머니는 우리가 시킨 메뉴를 일회용 종이 테이블보에 볼펜으로 적어주었다. 김이 서린 분주한 주방에서는 베트남어가 새어 나왔다. 2년 만에 만난 우리는 한숨부터 쉬며 이야기를 시작했다. 그 한숨은 밤을 새워도 할 말을 다 마칠 수 없다는 확신에서 오는 막막함과 조급함의 표현이다. 그 두 감정이 결속하여 우리의 대화는 불타오른다. 더 빨리, 깊게, 많이 말하려고. 자세한 이야기는 아직 꺼내지도 못했다는 두려움을 느끼면서.

나는 너무 힘들었거든. 돌아보기도 싫게 힘들었거든. 뚝뚝 눈물을 흘렸었거든. 과정이 너무 힘드니까 결과라도 좋아야지, 하는 생각이 들더라. 그게 무서운 생각이야. 왜냐하면 과정이 좋으면 결과는 운명에 맡기고 초연하게 돼. 근데 그게 잘 안 돼. 친구가 그러는데 꼭 고통스러워야만 무언가를 만들어내는 건 아니래. 당연히 고통은 필요하겠지, 나야말로 스스로한테 고통을 잘 주는 타입이고. 근데 그게 지나치면? 뭘 위해서야?

내 안의 모든 가지를 깎아내고 단정해지는 느낌이 들었던 지난 나날들을 돌아보며 내가 그녀에게 말했다. 한편 그녀는 그녀 최신의 불행으로 나를 숙연하게 했다.

언니, 나 정말 끝내려고.

하지만 그 말 이전에 미련일지 운명일지 모를 혼란스러움 몇 개가 있었다. 그녀는 오랫동안 사귀어온 친구와 헤어지고 나서 사랑일지 이별일지 모를 지난한 과정, 정말 사랑하지 않았다면 반복하지 않을, 알 만한 사람은 다 아는 그 과정을 거치고 있었다. 전혜린이 한 남자와 이별하며 남겼던 말, 날아올 때는 독수리인 줄 알았던 남자가 날아갈 때 보니 참새에 지나지 않았다는 말*은 아직 그녀 안에 없는 듯했다. 나는 다정함을 담아 그러려니, 했다. 담백하기만 하면 그게 어떻게 사랑이겠나. 친구라는 건 내일이면 바뀌어 있을 그들의 변덕스런 역사를, 속으며 믿으며 들어주는 역할인 것을.

그런 이야기를 하다 보니 두 시간이 훌쩍 지나 있었다. 옆에는 중국인 가족 다섯 명이 둥근 테이블에서 식사하고 있었다. 아직 남아 있는 크리스마스 전구의 빛이 아이들의 뒤통수에 내리쬐었다. 그녀가 말했다. 언니, 우리 선생님 만나볼래? 언니가 정말 좋아할 것 같아, 선생님도 그렇고. 우리 학교 선생님인데 멋진 분이야. 나는 알겠다고 했다. 그녀는 저녁을 꼭 사주고 싶다며 현금으로 값을 지불했다. 허름한 식당은 암묵적 룰처럼 현금만 받으니까. 그런 식당에서의 저녁 식사는 현금인출기 앞에 줄을 서 있는 친구의 뒷모습을 보는 추억까지 포함한다.

식당에서 멀지 않은 곳에 2층짜리 스튜디오가 있었다. 선생님과 몇몇 친구들이 함께 쓰는 공간이랬다. 자물쇠로 1층 문을 열

---

* 『그리고 아무 말도 하지 않았다』, 전혜린.

고 폐허 같은 계단을 지나 2층으로 갔다. 실내는 바깥보다 훨씬 추웠다. 그곳에 선생님이 있었다. 고등학교 미술 선생님처럼 자유롭고 푸근한 인상에 페인트가 많이 묻은 네이비색 점퍼, 짧게 자른 머리. 잘 웃어서 눈가에서 입가까지 섬세한 주름으로 연결된 듯 보였다. 그는 나를 마치 아는 사람처럼 반갑게 맞아주었다. 우리는 이야기를 시작했는데 그도 나도 어디로 튈지 모른다는 공통점을 가지고 있었다. 이야기는 그의 옷에 묻은 페인트처럼 사방으로 튀기 시작했다. 그가 말을 걸어온다.

크리스마스에 뭐 했어, 너네?

나는 친구와 요리해 먹으며 지냈다고 했고 그는 고향인 스코틀랜드에 다녀왔다고 했다. 오랜만에 본가에 내려가 부모님을 만나고 함께 시간을 보내다 왔다고 하면서 한숨을 푹 내쉬었다. 젠장, 부모님과의 관계는 나이가 들어도 절대로 나아지질 않아. 우리는 동의했다. 맞아, 아무리 시간이 지나도……. 그는 말했다. 돌아오자마자 ○○(베트남 식당) ─ 동네의 명소인 모양이었다 ─ 를 들러서 맥주 한 잔을 먹었어. 음식은 뭐 먹었는데? 우리가 묻자, 스위트 사워 새우. 그가 답했다. 오! 중년 남자 혼자 가서 스위트 사워 새우를 먹는 건 좀 창피하더군. 그러면서 히히, 웃었다. '히히'보다는 '킬킬'에 더 가까웠다. 혼자만 아는 비밀이 있다는 듯한 웃음이었다. 그가 담배를 하나 더 말았다. 담배2부터 담배8까지는 온통 책 이야기였다. 마치 누구 하나는 거짓말을 하고 있는 것처럼 그와 내가 좋아하는(숭배하는) 것들이 일치했다. 마르그리트 뒤라스와 알베르 카뮈, 밀란 쿤데라를 좋아하는 그와 "너도? 나도!"라는 공감의 감탄만 몇십 번 주고받은 것 같다. 내가 좋아했던 그 이름들이 한국 사람이 아닌 그의 입에서 원어로 쏟아져 나올 때 그건 어쩐지 원작에 더 가까워지는 느낌이었고(심지어 그는 프랑스인도 아니었는데) 한국어 버전으로 읽은 나의 뒤라스와 영어 버전으로 읽은 그의 뒤라스가 같을 때 이전에 느껴보지 못한 경이로움을 느꼈다. 언어와 시간을 뛰어넘는 얼떨떨한 기분. 이제는 그가 언급한 작가를 내가 잘 모르겠다 말하면, 그는 들으면 분명 알 거라며 열렬히 설명을 하기 시작했고, 우리는 서로의 다른 점(각자만 좋아하는 다른 책) 때문에 서운해질 만큼 가까워졌다. 아무 사이도 아닌 우리가 책 이야기로 이렇게 친밀해질 수 있다는 사실에 나는 무척 놀랐다.

그가 잠깐 자기 작업실로 들어갔을 때 나는 정원의 구역을 구경했다. 뽁뽁이로 싸여 거칠게 테이프질된 몇몇 작품, 종이, 알콜 스왑, 조악한 검정 고양이 조각, 헤어 무스, 자, 빈 오렌지 주스 통, 페인트 통, "Keep dancing-keep singing-Have a good drink and Do not get too serious! Ok?"라고 적힌 포스터가 붙은 시멘트 벽. 쌓여 있는 영화 DVD와 음악 CD. 내가 좋아하는 영화들도 보였다. 옛것을 추앙하는 나보다도 더 오래전으로 돌아가 살고 있는 그녀였다.

그 어지러운 공간 속에 그녀가 그린 그림 하나가 이젤에 걸려 있었다. 얼굴이 다 가려지는 큰 챙 모자를 쓴 여자의 옆모습이었다. 그녀가 그리는 사람들은 하나같이 사막에 피어난 꽃 같았다. 표정은 건조한데, 어딘가 힘이 있다. '없음'보다 더 깊이 구슬프고 메말라 보인다. 마치 그렇게 생긴 여자를 실제로 만나서 몰래 지켜보다 그린 그림 같다. 그녀는 그 그림들을 그리기 위해 사막까지 갔을까? 그녀가 그림을 그리는 모습을 본 적은 한 번도 없지만 상상해 보면 부서질 듯 아름다울 것 같다. 나는 속으로 작품의 가격을 매겨보았다. 50만 원? 100만 원? 500만 원? 모두 터무니없이 적게 느껴졌다. 그녀의 작품은 이미 학생의 수준을 넘어섰다. 아마 누구라도 동의할 것이다. 나는 그 순간 아주 은밀하게, 그녀가 너무 큰 화가가 될까 봐 두렵다고 느꼈다.

난방도 들어오지 않는 그 스튜디오는 몹시 추웠다. 나는 성당에 있는 창문처럼 윗부분이 둥근 창을 필름에 담은 뒤, 시간이 멈춘 듯한 그 방에서 나오며 선생님에게 인사했다. 정원은 내게 말한다. 언니, 선생님이 많이 놀라신 거 같은데? 왜? 언니가 달링이라고 해서. 왜? 달링이라고 하면 안 되는 거야? 아니, 난 학생이니까 선생님께 달링이라고 할 일이 잘 없어서. 아무래도 언니가 그렇게 말해서 놀라신 것 같아, 하면서 쿡쿡 웃는다. 이럴 땐 영어권에서 오래 생활하지 않은 것이 나를 독특하게 매력적인 사람으로 포장한다. 무지가 도발을 만들 때 우리는 영영 즐겁다. 우리는 한참 깔깔대다가, 정원이 담배를 꺼내어 불을 붙이며 이런 말을 덧붙인다. 여기 건물 역사가 대단하대. 70년대 후반에는 마약 소굴, 섹스 던전이었고 80년대부터 90년대까지는 댄스 클럽이었대. 그 이후에는 판화 작업실이었어. 출판도 하는. 우리는 담배를 피우면서 집으로 향했다. 정원은 입김을 내뿜으며 소근댔다. 아, 근데 서로 좋아할 줄 알았어. 너무 재밌었지?

정원의 집에 도착해 짐을 풀었다. 나는 새로 출간된 내 책을 선물했다. 나는 그럴 때 쑥스러움을 가리려 무뚝뚝해지곤 한다. 그녀는 그걸 번역한 뒤 직접 녹음해서 영국인 친구에게 보내주겠다고 한다. 언니, 미안한데 이어폰 껴줄 수 있어? 나 좀 부끄러워서……. 참 나, 알겠어. 그런 식으로 우리는 같은 침대에서 한 시간 정도 따로 시간을 보낸다. 그러는 동안 나는 혼자 그녀의 작은 방을 하나씩 살펴보기 시작했다. 스튜디오보다 훨씬 내밀한 이 공간에는 모든 것이 제자리에 산만하게 흩어져 있었다. 데이비드 보위 포스터, 화초들, 지점토, 자잘한 세라믹 조각들, 천, 장난감, 인형, 조악하게 모아둔 각종 엽서들, 그것들의 알맞은 자기 자리를 찾아주는 페인트칠 벗겨진 벽. 그리고 방은 무지 추웠다. 그것은 'Organized Mess(정돈된 엉망)'이었다. 그녀만의 질서로 정돈된 세계였다.

나는 가난해야만 진짜라고 생각하는 경향이 있다. 가난이란 일종의 절실함이라서, 자신을 가난하게 만드는 일에 여전히 열심인 사람은 그 일에 진심일 가능성이 높다. 반대로 그런 절실함을 가지고 성공한 사람들이 급격하게 시시한 사람이 되는 건 안락함을 얻으면서 그 속에 구별하기 힘들 만큼 비슷한 나태함도 섞이기 때문이며, 그런 사람들은 세련된 스타일을 하고 있지만 구별되는 삶을 가지긴 어렵다. 비좁고 냉랭한 정원의 방에서, 작은 엉덩이 반쪽씩만을 붙여 함께 앉은 손바닥만 한 전기장판 위에서 나는 오랜만에 그러한 절실함을 느꼈다. 무엇이 그녀를 이 작은 방에서 살게 했는지. 이전의 방, 또 이전의 방, 또 전의, 전의, 전의 방들을, 그 틈새에서 여자로서 이방인으로서 겪어야 했던 수많은 일을, 인스타그램에는 보이지 않는 고생을 느꼈다. 무엇이 그녀를 열여덟 살에 한국을 떠나 영국으로 오게 했고 지난 8년간 이곳에 머물게 했는지, 궁금했고 그 절실함이 부러워졌다. 아크네 청바지나 조 말론 향초를 살 수 없는 가난한 유학생만 느낄 수 있는 절실함. 여기서 그녀가 버텨온, 실제로 존재하는 시간들이 보이는 듯했다. 지난 8년간의 그녀의 삶이 다른 삶보다 더 진짜라고 말할 수는 없겠지만 더 절실한 것은 확실했다.

그 앞에서 나는 반성했다. 스물여섯의 나를 완벽히 잊고서 무엇이 그리 떳떳한 채 쾌적하게만 지내고 있었나. 애매한 성공, 어정쩡한 나이에 기대어 나는 깨끗하고 지루한 사람이 되어버렸나.

더 나아가기 위해 내게는 어떤 새로운 결핍이 더 필요할까. 이런 추위, 이런 배고픔, 영국의 살인적인 물가를 감당하기 위해 머릿속으로 점심값을 계산하고, 어떤 날에는 굶고, 동네에서 가장 저렴한 베트남 음식점을 자주 들르는, 아낀 돈으로 이틀 정도 다른 유럽 도시를 가난하게 여행하다 돌아오는, 그러면서도 자기 생활에 대한 한탄이나 불필요한 불평 없이 그저 살아가고 있는 그녀가 부러웠다.

그녀의 그림이 빛났던 것도 절실함 때문이었을 것이다. 그 사람의 생활, 생각, 태도는 그림에 고스란히 드러나게 되어 있으니. 그녀는 절실히 자기 자신을 부정하고 또 그 감정에 푹 빠져서는 헤어나지 못한다. 자기가 어떤 사람인지 너무 잘 아는 동시에 너무 몰라서 치를 떨며 불안해하지만, 사실은 그 모습마저 그녀의 특별함을 증명하는 장면이다. 무언가를 만들어내는 사람이 아니라면 그 정도의 괴로움은 없을 테니까. 예술가는 태평할 수 없다. 창조하는 이는 극도로 예민할 줄 알아야 하며 그 예민함으로 세상을 다르게 볼 줄 알아야 한다. 다른 사람이 아닌 스스로를 끝까지 불편하게 만들어야 한다. 지나치게 확신해서도 안 된다. 그건 고민이 없다는 뜻일 테니까. 매사에 자신감 넘치는 사람은 사업가는 될 수 있을지 몰라도 아마 예술가는 될 수 없을 거다. 자기 자신을 어느 정도 경멸하는 태도, 끝없는 자기검열과 지나친 자의식 또한 그림을 그리는 사람이라면 반드시 거쳐가야 하는 필수 단계다. 확신할 수 있는 것은 그녀가 아무리 유명한 화가가 된들 어느 정도는 자기를 영원히 싫어할 거라는 것이다. 마치 호르헤 루이스 보르헤스가 거리에 나가서 자신의 책들을 다 회수하고 싶다고, 자기 책을 한 번도 책장(위대한 문학작품들 옆)에 꽂아놓을 수 없었다고 말하면서 드러낸 겸손처럼. 마음을 움직이는 것을 만드는 사람 중 자기 작품을 지나치게 애지중지하는 사람이 있다면, 그 태도는 그 작품이 실제로 훌륭한지 아닌지에 상관없이 조금은 우스꽝스럽지 않을까.

나는 만날 때마다 매번 새롭게 우울한 그녀가 좋았다. 그녀를 볼 때 나도 그래야겠다고 마음을 다잡게 됐다. 여기서 '그래야겠어'라는 말의 대상은 이런 괴로움 속에서도 그녀가 이어나가는 마음가짐이다. 오직 자신과 자신이 그리는 그림, 그 고민 외에는 어디에도 소속되지 않고 사는 그녀의 삶이다.

그녀가 SNS에 공유하는 사진들을 보면 누군가는 옛날 영국 사람의 것이라 속을지도 모른다. 모든 게시물이 영어로 써져서가 아니라 그녀가 시간이나 국적의 경계 없이 사유하는 사람이기 때문이다. 10대 소녀 때부터 시작된 사유가 그녀를 어디에도 없는, 전형적인 유학생도 아니고 그렇다고 전형적인 20대나 전형적인 여자도 아닌 무언가로 만들었다. 런던도 서울도 아닌 어느 먼 곳에 뚝, 하고 혼자 떨궈진 것 같았다. 전형성이 없는 만큼 피드는 독특하게 아름답고 침해할 수도, 따라 할 수도 없는 분위기로 가득

했다. 올더스 헉슬리와 파블로 네루다의 책 인용구, 흑백 필름, 고대 신화를 그린 판화, 그녀와 너무 닮은 기타 치며 노래하는 60년대 여자들, 포크송 가사, 세라 번스타인의 책, 전쟁에서 파괴된 성당의 잔해, 김환기의 엽서 위에 놓인 그림 등. 진정 영화 같은 삶을 살고 있으면서도 자기는 잘 모르겠다는 듯 A컷도 B컷도 아닌 C컷만을 골라 두 달에 하나 정도 툭 올려두는 그녀. 남들 같으면 모든 걸 공유했을 이벤트를 생략하고 전혀 다른 것을 중요하게 여기며 사랑하고 자랑한다.

나희덕 시인과 아녜스 바르다를 내게 처음 알려준 것도 그녀였다. 그녀는 내가 패티 스미스를 사랑하던 시절 딱 그만큼 바르다를 사랑했고 우리는 서로의 존경 어린 사랑을 공유했었다. 전혜린, 릴케, 사르트르, 디킨슨을 함께 이야기할 수 있는 것은 그녀뿐이었고 한국어로 번역되지 않아 잘 알려지지 않은 수많은 작가들의 글을 내게 시시때때로 공유하던 사람도 그녀가 유일했다. 그녀는 나를 놀라게 하고 깨어 있게 하는 유일한 여자였다. 이제는 한국에 사는 게 편해서 외국으로 터전을 옮겨오는 것을 조용히 포기한 내게, 언니는 여기 살아야 돼, 돌아가지 마, 라고, 그럴 때만 힘주어 말하는 것도 그녀였다. 그 말이 해이해진 나의 국적 지향과 정체성을 되돌려 놓았고, 어디에도 속박되어 있지 않던 과거의 나를 향해 다시 끌어당겼다. 그녀만이 내게 줄 수 있는 마음이었다.

다음 날이 밝았다. 입김이 나오기 직전인 추운 방에서 감기에 걸리지도 않은 채로 푹 자고 일어나다니 신기했다. 나는 집으로 돌아갔다. 우리가 다시 만난 건 새해가 밝은 뒤 1월 4일 노팅힐에서였다. 그녀는 내게 줄 게 있다고 한국으로 돌아가기 전에 꼭 만나야 한다고 했다. 그녀가 카페에서 꺼낸 건 오래된 책이었다. 그녀가 말했다. 제인 오스틴이 1796년부터 친구들한테 보낸 편지를 엮어 만든 책이야. 아주 오래전에 산 건데 이제야 주네. 제인이 와인 너무 많이 마셨다고 푸념하는 내용도 나오고 하여튼 재밌을 것 같아서 샀어……. 책을 세워놓고 본문 용지 쪽을 보면 크레이프 같다. 크기가 조금씩 다른 종이들을 하나하나 손으로 직접 제본해서 만든 옛날 책이라서 그렇다. 표지를 열어보니 맨 첫 페이지에 책을 선물하는 이의 서명과 함께 손으로 쓴 날짜가 연필로 적혀 있다. 1926년 5월 22일. 누가 누구한테 선물했던 것일까. 우리처럼 친구끼리 선물을 주고받았을까? 여자였을까 남자였을까? 어떤 서점에서 샀을까? 프림로즈힐? 아니면 소호? 달스턴? 아니면 지금 우리가 앉아서 얘기하는 노팅힐 근처? 책을 사고 나왔을 때 마차가 지나갔을까? 비가 내렸을까? 정원은 이런 상상까지 내게 선물했다. 역시 특별하다.

그녀와 여름 유럽에서 다시 만나기로 하고 작별했다. 헤어지고서 한참을 아껴두었던, 책과 함께 받았던 카드 두 장을 읽었다.

언니에게 새해 편지를 쓰고 싶었는데 어느 카드에 쓸까 고민하다가 여기에 써. 화가 버네사 벨이 그린 버지니아 울프 초상화가 언니와 나와의 관계를 생각나게 해서. 나도 언젠가는 언니를 직접 그릴 수 있길 바라며(빠른 시일 안에)! 짧은 하루 동안 언니와 울고 웃으면서 내게는 신의 존재와도 같이 아리송하고 너무도 멀게만 느껴졌던 '사랑'이라는 개념에 한 발자국 더 가까이 다가가게 된 것 같아서 너무 감사하고 행복해. 언니와 내가 나누는 우정은 내가 다른 누구와도 나눠보지 못한 우정의 개념이라 아직도 새롭고 기대가 돼. 내 방에 널브러진 언니의 옷가지를 주워 예쁘게 잘 접고 제자리에 두는 과정에서 언니를 향한 따스한 친밀감을 느꼈어. 둥지를 품고 있는 새처럼 말이야.

화가 조르주 브라크가 이런 말을 한 적이 있어. "예술가를 생각나게 하는 작품이 있는가 하면, 인간을 생각하게 하는 작품이 있다."* 언니라는 사람 자체와 언니의 글은 내게 인간, 인간됨, 인간성, 사랑, 인류와 인류애, 그 희망을 떠올리게 해. 언니와 언니의 글을 내 인생에서 이렇게나 가까운 거리에서 직접 알고 경험하게 되는 게 사실 아직도 크게 믿기지 않아. 언니는 나를 이상적인 사랑의 세계로 인도해. 나는 언니가 열

---

* 『예술의 주름들』, 나희덕, 마음산책.

어준 그 길을 굳게, 나만의 신념을 가지고 걸어나갈게. 사랑을 알려줘서 고마워.

2021.1.4.
많은 사랑과 우정을 담아, 정원이가.

정원은 제인 오스틴의 편지를 이겼다. 아직 그 책을 단 한 자도 읽지 못했지만 알 수 있었다. 생각했다. 앞으로 살면서 두 가지를 해내야겠다고. 첫째는 이 주옥같은 편지를 잘 간직하는 것이고 나머지는 괴롭게 멋지게 각자 커가고 함께 노는 것. 그러면 언젠가 우리의 2022년이 누군가에게 1796년처럼 읽히는 날도 오겠지. 이런 말을 하면 수줍어 얼굴을 붉힐 그녀가 떠올랐다.

이후로 시간이 꽤 지나 봄이 왔다. 오랜만에 들여다본 그녀의 인스타그램에는 아름다운 무덤 사진 하나가 올라와 있었다. 파리에 있는 아녜스 바르다의 무덤이었다. 나는 정원의 무덤을 상상해보았다. 그 무덤에 차려진 그녀의 미래는 아찔하게 찬란했다.

뒷걸음질도 춤으로 보였다

행복에 대해 말을 아낄 것. 변덕스런 그것이 내 정체성이 되는 일을 막기 위해 나는 자주 이와 같이 다짐한다. "나는 행복한 사람"이라고 말하는 순간, 아무리 작은 목소리라도 그건 선언이 되고, 조금이라도 행복이 부족한 상황을 견딜 수 없게 되었다가, 결국은 사소한 거짓말쟁이가 된다. 행복은 고정된 정체성이 아닌 마음의 날씨다. 삶은 한동안 침울했다가, 다시 살 만하다가, 때때로 벅차게 행복하거나 하는 일련의 과정을 반복한다.

나이가 들면서 점점 우리는 삶의 높낮이에 항복하지만, 그걸 꼭 체념이라 비관할 수는 없다. 오히려 그것은 삶의 비결에 가깝다. 행복하다고 지나치게 확신하던 날을 지나, 행복을 말하면 날아가 버릴까 조심하는 사람이 되어 남몰래 소망한다. 찬란하지 않아도 좋으니 이 아늑한 생활이 내게 오래도록 머물러주길.

나와 이 세계 안의 접점을 적어도 하루에 한 번 정도 곱씹을 수 있을 때, 행복은 내게 온다. 팔이 저리듯 내 안에 살며시 퍼지는 기운. 흘러가듯 살다 불현듯 삶의 통제권이 돌아올 때, 나는 낯설게 설렜다.

이를테면 오랜만에 여행을 떠났을 때 맞닥뜨린 모르는 사람 때문에. 나는 숙소를 향해 무거운 캐리어를 끌며 걸어가고 있었다. 그때 대각선 방향에서 자전거를 타고 천천히 달려오는 한 사람을 보았다. 머리가 짧고 눈빛이 선한, 여행객으로 보이는 그와 힐끔 눈이 마주쳤고 나는 그가 돌연 활짝 웃는 것을 보았다. 내가 다시 뒤를 돌아보았을 때 그도 나를 돌아보았고 그가 타고 있던 자전거가 중심을 잃고 휘청거렸다. "Hey!" 당찬 기분을 실어 그를 불렀더니 그가 소리치듯 답해왔다. "Hi!" 그러고는 난 돌아서서 갈 길을 갔다. 물론 그도 자전거를 돌려서 내게 오지 않았다. 그 찰나의 순간이 잊고 있던 나의 기질을 상기시켰다. 아, 삶은 즐거운 거였지! 낯선 사람과 인사하는, 무엇으로도 대체될 수 없는 우연하고 격렬한 기쁨. 그건 지나치게 혼자 있던 나를 일으켜 세상을 가늠하게 하는 작은 환희다. 불안을 무력하게 하는 일들은 모두 내 밖에서 일어난다. 내 안의 냉각되어 있던 냉소가 깨진다.

어느 날은 알 수 없는 무력감에 몇 시간 동안 가라앉아 있다가, 헤드폰을 쓰고 집 밖을 나선다. 외출 하나로 모든 것이 뒤바뀐다. 나는 어느새 봄이 오고 있다는 것을, 듬성듬성 피어 있는 꽃들 사이를 걸으며 확인한다. 바깥세상은 개인의 연약한 마음가짐과는 상관없이 동일하게 흐른다. 세상은 내게 무심하고 나를 바라보지 않기 때문에, 나는 세상을 바라볼 수 있다. 나를 향한 세상의 무관심을 몰래 찬탄할 기회로 삼다니, 나는 얼마나 삶을 사랑하고 있는 것인지. 빈속을 채울 다른 것들을 줍기 위해 걷는다. 그러면 나는 금방 불안을 까먹는다. 내가 다른 것들로 채워지는데도 나에게 더 가까워지고 있음을 예감하게 되는 건 왜일까? 걷다 보면 마음속 찌꺼기 같은 소음이 다른 소음들로 세탁된다. 산책은 신비롭게 세상과 나를 뒤섞는다.

반대로 내가 나쁜 상태일 때, 나는 나에게만 몰두한다. 내 안으로 파고들면 또 다른 세계를 가늠할 수 없다. 그런 태도는 세상을 까먹게 한다. 내가 놓친 세상은 관찰되지도, 기록되지도 않는다. 그런 시기에는 모든 일이 용기를 필요로 한다. 삶은 내게 다가오지 않는다. 행복이 내 안에 있었을 때 나는 말하곤 했다. 그 나무는 멋져. 너는 눈부셔. 그 길을 걷는 것이 너무 즐거워. 그건 '행복해'라는 말 대신 뱉는 전율의 표현이었다. 하지만 지금 내 머릿속에는 오직 '나'로 시작하는 단어들만 울린다. 내 인생이 이래서는 안 되는데. 나는 내가 가여워. 내가 잘할 수 있을까? 그래, 결국 내가 그렇지 뭐. 나는 서서히 내 안으로만 뒷걸음질 친다.

그런 날은 침대 밖으로 기어나가는 데만 해도 용기가 필요하다. 겨우 일어나 방울토마토 몇 알을 꺼내 먹는다. 깔아놓은 요가 매트는 고양이가 차지했다. 고양이 털과 발톱으로 긁은 자국 외에는 먼지만 수북이 쌓여 있다. 비정상적인 생활이 계속된다. 아침에 잠들어 저녁 5시쯤 찌뿌둥한 상태로 기대 없이 눈을 뜬다. 머리가 아프다. 뇌를 꺼내서 헹구고 싶다. 나 자신의 굴욕적인 냉소에 감금된다.

언제부터 우울이 시작되었는지 생각해 본다. 실연을 당하거나 하던 일이 망한 것도 아니다. 어떤 충격적인 계기가 아니라, 아마도 매일 먹었던 아보카도 토스트를 그만 먹기 시작하면서 모든 것이 무너졌던 것 같다. 산책과 요가를 덜 하면서 나는 확실히 수동적으로 변했다. 일상이 무너진다는 건 행동으로 이루어진 패턴이 완전히 사라진 생활을 의미한다. 이제는 행동이 아닌 생각이 그 자리를 독차지한다. 하루 종일을 생각하는 데에 쓴다. 생각을 많이 하는 상태에서 가장 자주 하는 착각은, 생각이 행동을 설계하고 효율적으로 만들어주는 지름길이라는 믿음이다. 하지만 이마저도 생각뿐이다. 생각은 허벅지의 근육을 키워주거나 책을 완성해 주거나 새로운 친구를 만들어주지 않는다. 이미 생각의 고리에 엮인 사람은 때로는 손가락을 움직이지 못할 정도로 무기력하다. 가만히 있는 행동은 제자리걸음이 아닌 퇴행처럼 느껴진다. 나는 아주 서서히 스며들듯 그때로 돌아간다. 우울은 행복이 그랬던 것처럼 내 혈관에 서서히 쌓인다.

일상적인 자신감이 완전히 결여된 사람은 하루하루를 고통 속에서 보내지만 주변 사람은 그것을 알 수 없다. 우울과 무기력은 게으름의 생김새를 하고 있기 때문이다. 밖에 좀 나가! 사람도 좀 만나고! 이런 말은 전달되지 않는다. 터널을 지나고 있는 사람에게 세상은 음소거된다. 자신의 마음의 소리만 왕왕 울린다. 나는 터널을 지나며 내 방 안의 무엇도 건드리지 않는다. 분명 내가 사랑했던 책과 음악을 낯설어하면서. 한때 나와 밀접했던 것들과의 연결이 끊긴다. 그래서 좋아했던 그 무엇도 쉽게 기억할 수 없다. 일종의 기억상실이다.

이대로는 안 돼. 죽을지도 몰라. 위기의식을 느끼면 일단 집을 벗어나는 것부터 시작한다. 운동은 우울증 극복의 효율적인 첫 단계다. 산책을 나선다. 올 겨울 들어 가장 추운 날이라고 뉴스는 보도했다. 영하 15도의 추위. 그 속을 걷는다. 숨이 가빠서 아무 생각도 할 수 없어진다. 걸음걸음마다 낭창한 위기다. 그러나 육체의 위기가 뇌에는 곧 기회다. 뇌가 깨끗이 비워지기 시작한다. 나는 동물적으로 걷고 본능적으로 헉헉거린다.

그다음엔 계획이 생긴다. 계획은 어딘가에 적히지 않고 바로 실행된다. 계획은 그럴싸하게 고도화된 생각의 지표일 뿐이다. 다시는 나 자신을 생각에 가두지 않게 주의해야 한다. 내 발길은 무의식중에 이미 광화문 교보문고 H 코너에 도착해 있다. 나는 그냥 둘러본다. 책을 살 생각조차 하지 않는다. 그냥 다른 사람들을 구경한다. 삶을 더 잘 살고 싶다는 같은 열망을 지닌 사람들이 H 코너에 모여 있고 그 모습이 귀여워서 새삼 위안이 된다. 피식 웃다가 깨닫는다. 기분이란 얼마나 쉽게 당신을 배신하는지. 나는 내가 어제까지 얼마나 우울한 사람이었는지를 상기하고는 민망해진다. 모든 감정을 친구에게 이야기하지 않길 잘했다는 생각과 함께. 그건 그 사람과 가깝고 멀고의 문제가 아니다. 기분의 변덕스러움을 파악해 민망함을 방지하는 일은 다른 이와의 관계뿐 아니라 나 자신과의 우정에도 좋다.

책 속의 사람들은 말했다. 아침 일찍 일어나세요. 전쟁에서 승리하기 전에 우선 침대 정리부터 시작하세요. 작은 성취를 쌓아가세요. 일어나자마자 핸드폰을 보는 습관을 고치세요. 한잔의 차와 20분의 독서로 하루를 시작하세요. 성공한 사람들의 조언은 판에 박힌 말로 통일되어 있다. 그들의 성공 법칙은 헷갈리지 않는다. 문학적이지도 예술적이지도 않다. 자로 잰 듯 딱 떨어지는 말에는 쾌감이 있다.

어느 책에서 이런 글을 보았다. "푸시업 몇 번 하며 땀을 뻘뻘 흘리고 나면 해결될 문제에 대해서 너무 많은 일기를 쓰고 있는 것은 아닌가요." 이미 건강한 상태인 사람들이 거의 폭력적으로 주장하는 확신들이 좋았다. 가르치려고 드는 말투도 지나치게 길을 잃은 사람에게는 필요하기 때문이다. 사람이 너무 취약한 상태에 있을 때에는 자기처럼 물러터진 비유적 표현은 부정하게 된다. 명징한 질책과 활기가 필요하다. 생각할 틈 없는 명령조의 강요가 필요하다. 다 잘될 거야, 괜찮아, 라는, 복숭아처럼 금방 멍들 것 같은 말은 위로가 되지 않는다(적어도 그때의 나에게는 그랬다). 생각이라는 끝없는 선택에서 해방되어야 한다. 유치한 수준부터 시작해야 한다. 아주 기본적인 성취에 집착하면서. 이를 닦고, 이불을 개는 단순한 일과에 아이 같은 자부심을 느끼면서.

　자, 그러면 나는 이제 다시 평범한 사람들처럼 살 수 있게 될 것이다. 적어도 아침에 일어나고, 일어나자마자 양치를 하고, 물 한 잔을 마시고, 친구들과 약속을 잡고, 일을 처리할 수 있을 만큼의 에너지를 얻게 될 것이다. 사람답게 살고 싶다는 절실한 바람을 현실로 만들기 위해 나는 아주 심플한 방법들을 지켰다. 생각 없이 그대로 해버릴 수 있는 일. 자신에게 더 실망할 여력이 없기 때문에 좌절을 예방하기 위해서 현실적인 계획을 세운다. 사소한 좌절은 건강하지 못한 사람에게 돌이킬 수 없는 시련이 될 수 있다. 아침 5시가 아니라 오후 1시, 해가 있을 때 기상. 이불 정리는 생략(정리 정돈에 영원히 취약함을 인정할 것). 아보카도 토스트를 만들고 커피 내리기. 아침은 반드시 식탁에서 먹을 것. 스트레스받을 만한 자질구레한 일처리는 아침을 먹으면서 한 시간 안에 전부

해치울 것.

자기계발이란 일상을 단단하게 만들어주는 아주 기본적인 규칙에 불과했다. 재량권은 나에게 있다. 내게 맞는 것을 정하고 그 안에서 실행해 나간다. 그것이 습관이 되어버릴 때까지. 우울이 자기혐오로 향하는 건 쉽고 자연스러운 경로지만, 우리는 습관으로 이 경로를 가뿐히 이탈해야 한다.

나를 긍정하는 기본적인 일과를 자신에게 꼭 맞는 식으로 연구해서 고정시킨다. 하나하나의 행동에 지나치게 의미 부여를 하고 자의식의 부피를 키우는 건 뇌를 피로하게 만든다. 무의식중에 그 일과를 하는 것이 무엇보다 중요하다.

최소한의 자신감을 찾고 나면 전등에 불이 켜지듯 세상과 내가 동시에 깨어난다. 밀려 있는 연락과 세상의 소식들을 따라잡는 일이 남아 있다. 그 상태에 도달해서야 나는 비로소 내가 열광하고 사모했던 것들을 기억한다. 이를테면 패티 스미스. 예술가이자 한 여성으로서 그를 한때 얼마나 좋아했었는지 기억해 낸다. 그가 여전히 활발하게 활동하고 있다는 사실이 나를 안심시킨다. 다시 그의 족적을 따라 나는 움직였다. 좋아하기를 다시 시작하는 것은 앞으로 상대에게 최대한의 영향을 받기로 작정하는 마음가짐이다. 그 마음이 나의 미래를 보여줄 수 있도록, 기꺼이 유혹당하겠다고 나는 다시금 외친다.

세상이 진화함에 따라 그를 좋아하는 일도 더 구체적으로 변했다. 패티 스미스가 구독 서비스를 시작한 거다. 정기적으로 그가 홈페이지에 글을 올리면, 그 글을 일정 금액을 지불한 사람들만 볼 수 있는 식이다. 나는 1년에 50달러씩 후원하고 글을 받아보는 방식을 택했다. 이런 것이 과연 '덕후'의 마음인지, 더 직접적으로 그를 지지하는 기분이 들었다. 타인을 좋아하는 일은 부지런해야만 가능하다. 그 사람의 소식을 놓치지 않기 위해서 서두르고, 책상에 앉아 공연 영상에 접속하고, CD를 산다. 이 일련의 과정은 정신 건강에 큰 도움이 된다.

나다운 인생을 살기 위해서 내가 아닌 다른 사람에게 더 큰 관심을 가져야 한다는 사실이 새로운 해방감을 준다. 나를 잊으면 잊을수록, 스스로에게 관심을 끌수록 내가 부서지고 절망할 확률이 줄어든다는 교훈. 자기계발서에는 적혀 있지 않던 비법이었다. 더 이상 그를 사랑하지 않을 때 우리는 정체성 한 조각을 잃어버린다. 더 이상 누군가를 사랑하지 않을 때 나는 부분적으로 소멸한다.

그를 다시 좋아하기 시작한다. 나는 잊고 있던 메일함을 열었다. 밀린 소식들 가운데 독자들이 가장 많이 물어오는 질문은 다음과 같다.

아직도 패티 스미스 좋아하세요?

최근 그의 존재가 내게 단순한 취향을 의미하지 않음을 깨달았다. 나는 그의 삶을 따라 살고 싶었고 그가 속했던 세계에 잠입하고 싶었다. 그 오랜 바람이 삶의 뼈대가 되었다. 나는 언제나 그의 영향권 안에 있기를 자처한다. 한 사람을 오래 좋아하면 그의 삶이 나의 인생에 진지하게 투영된다. 나는 비난이나 미움이 아닌 우정에서 힌트를 얻는다. 우정은 건설적이다. 그것은 결국 그의 이야기와 닮아가는 나를 지지해 준다.

패티 스미스를 만나고 싶다는 마음이 사라지면서 중요한 전환점이 도래했다. 우연히 파리의 사인회에서 만나 전달한 절절한 편지는 그가 읽지 않았을 가능성이 크고, 어릴 적 패기로 당신의 동료가 되겠다 말했던 약속은 여전히 뜨뜻미지근한 성장 탓에 유효할 듯 말 듯하다. 그것이 핵심이다. 일방적인 화살표에 엄연히 만족하는 일. 그것만으로도 나를 일으켜 세우기에는 모자람이 없다. 어쩌면 올해 일흔인 그의 콘서트를 운 좋게 한두 번 더 볼 수 있을지도 모르고, 우연히 만나 인사를 나눌 수 있을지도 모른다. 그러나 그런 행운 없이도 그는 내 마음속에 살아 있다. 사랑은 과거와 현재를 잇고 삶을 재구성하며 영영 존재한다.

멈춰 있던 삶이 삐거덕 소리를 내며 다시 가동된다. 후퇴했던 나를 복원한다. 아침에 일어나 먹는 물 한 컵처럼, 마음의 안정을 주는 침대 옆 향초처럼, 양쪽으로 머리를 땋은 노인 록스타의 한

없이 상냥한 미소를 내 마음 어딘가에 띄워놓는다. 과잉된 감정 없이, 그저 습관처럼. 이것은 첫 마음을 기억하는 습관이자 자기계발의 일환이다.

행복하다는 말 대신 무언가를 아직도 좋아하고 있다고 말한다. 아무것도 담을 수 없을 것 같던 못난 마음속에 나 아닌 다른 것이 팽창할 때 생기는 반가운 혼돈. 애틋한 현기증. 나는 조심스럽게, 그것을 행복이라 부르기로 했다.

가끔 찾아와 주는 그것을 믿는다. 나는 그것이 오고 가는 변덕스러운 과정에, 그 길 위에 서 있다. 멀리 떨어져 바라보니, 과거의 그 모든 비틀거림도, 뒷걸음질도,

결국 춤으로 보였다.

우정 도둑

초판 1쇄 발행 2023년 5월 17일
초판 4쇄 발행 2023년 6월 30일

지은이 유지혜
펴낸이 김선식

경영총괄이사 김은영
콘텐츠사업본부장 임보윤
책임편집 이상화 **책임마케터** 배한진
콘텐츠사업2팀장 김보람 **콘텐츠사업2팀** 박하빈, 이상화, 채윤지, 윤신혜
편집관리팀 조세현, 백설희 **저작권팀** 한승빈, 이슬
마케팅본부장 권장규 **마케팅3팀** 권오권, 배한진
미디어홍보본부장 정명찬 **영상디자인파트** 송현석, 박장미, 김은지, 이소영
브랜드관리팀 안지혜, 오수미, 문윤정, 이예주
지식교양팀 이수인, 염아라, 김혜원, 석찬미, 백지은
크리에이티브팀 임유나, 박지수, 변승주, 김화정 **뉴미디어팀** 김민정, 이지은, 홍수경, 서가을
재무관리팀 하미선, 윤이경, 김재경, 안혜선, 이보람
인사총무팀 강미숙, 김혜진, 지석배, 박예찬, 황종원
제작관리팀 이소현, 최완규, 이지우, 김소영, 김진경, 양지환
물류관리팀 김형기, 김선진, 한유현, 전태환, 전태연, 양문현, 최창우

펴낸곳 다산북스 **출판등록** 2005년 12월 23일 제313-2005-00277호
주소 경기도 파주시 회동길 490
대표전화 02-704-1724 **팩스** 02-703-2219 **이메일** dasanbooks@dasanbooks.com
홈페이지 www.dasanbooks.com **블로그** blog.naver.com/dasan_books
종이 아이피피 **인쇄** 민언프린텍 **코팅 및 후가공** 평창피앤지 **제본** 다온바인텍
ISBN 979-11-306-9969-1 (03810)